Arrêtez-moi là !

Du même auteur,
chez le même éditeur

Un petit boulot, 2003
(et « Piccolo » n° 28)

Une canaille et demie, 2006
(et « Piccolo » n° 51)

Tribulations d'un précaire, 2007
(et « Piccolo » n° 61)

Trois hommes, deux chiens et une langouste, 2009
(et « Piccolo » n° 76)

Iain Levison

Arrêtez-moi là !

Traduit de l'anglais (États-Unis)
par Fanchita Gonzalez Batlle

Liana Levi

Titre original : *The Cab Driver*

ISBN : 978-2-86746-565-9
www.lianalevi.fr

À Richard Ricci

CORRESPONDANT : Salut. Le FBI ou la police judiciaire chargés de l'affaire peuvent-ils utiliser le pentothal sur M. Ricci pour découvrir s'il est impliqué dans la disparition de cette fillette ? Que le résultat puisse ou non être utilisé contre lui par la suite ?

GRACE : Ah, Larry, comme j'aimerais ! Malheureusement, notre Constitution ne le permet pas. Pas de pentothal, pas de sérum de vérité, pas de coups, pas de torture.
Nous devons attendre que Ricci craque, c'est tout.

(Nancy Grace, commentatrice juridique, invitée dans l'émission de télévision *Larry King Live* le 11 juillet 2003, déplorant que la loi américaine n'autorise pas la police à torturer un homme contre qui les charges ont été abandonnées.)

Bien sûr ils disent qu'il est dangereux… s'il était inoffensif, comment pourraient-ils être des héros ?

Alfred Hitchcock, *Sabotage*

1

Ce mardi-là je vais à l'aéroport en fin d'après-midi. Juste après six heures, quand ceux qui voyagent pour affaires ont l'habitude de rentrer. Il y a d'ordinaire une longue file de taxis à la station, tous les chauffeurs le savent, et s'il y a plus de taxis que de clients, vous pouvez attendre là pendant des heures pour rien. C'est pour ça qu'en général je laisse tomber l'aéroport et la gare, et que je ne vais plus à la gare routière depuis des années (si ces gens-là avaient de l'argent pour un taxi ils n'auraient pas pris le car), mais ce soir je me sens en veine.

Et j'en ai. La circulation est fluide, et il n'y a que deux taxis devant moi à la station. L'un des chauffeurs est Charlie White, qui a probablement passé tout l'après-midi là, rien que pour pouvoir être le premier aux arrivées. Charlie conduit depuis trente ans, et sa philosophie est qu'une grosse course vaut mieux qu'une douzaine de petites. Dans les années quatre-vingt il a fait une course de l'aéroport Fort Worth de Dallas jusqu'à Waco, plusieurs centaines de dollars plus le pourboire assorti. Depuis, il traîne à l'aéroport.

Un plein avion de cadres supérieurs sort par les portes automatiques, chacun traînant sa mallette à roulettes. Je réfléchis à l'évolution des styles de bagages quand j'entends ma portière s'ouvrir. Je me retourne et vois une jolie blonde en tailleur marron clair. Je hume un parfum de luxe.

Elle me demande : « Vous connaissez Westboro ?

– Ouais, je connais. » Je sais que c'est à une demi-heure au moins. Ça devrait faire dans les soixante dollars. Je vois Charlie démarrer et je me demande si sa longue attente lui a procuré une aussi bonne course. La plupart des voyageurs ne vont que jusqu'à un hôtel du centre.

Elle jette sa mallette sur le siège, monte, et me donne l'adresse. Puis, comme tout le monde, elle sort son portable.

Les portables ont changé la vie des chauffeurs de taxi. Autrefois, ils devaient faire abondamment la conversation. Désormais ils doivent écouter celle des autres. On dirait qu'aucun individu n'est capable de tenir cinq minutes dans un taxi sans appeler un être aimé pour lui dire qu'il est dans un taxi. « Trésor… qu'est-ce que tu es en train de faire ? Ah bon ? Je suis dans un taxi… » Les courses doivent être beaucoup plus intéressantes que je l'aie toujours cru, puisque tout le monde se sent obligé d'en parler.

Je jette des coups d'œil vers elle dans le rétroviseur pendant qu'elle appelle ses enfants. Elle dit gaiement : « Maman sera là dans une demi-heure à peu près », puis elle pose quelques questions sur l'école. Je devine qu'elle a de la poigne, en tant que mère et dans son métier, quel qu'il soit. Je suis sûr que c'est elle qui fait la loi chez elle. Sa voix est ferme et pleine d'assurance.

Elle raccroche pour un autre appel, et cette fois sa voix est plus douce. « Oui. Un vol sans histoire. Aucun retard. » Elle essaie de parler encore plus bas, comme si je l'observais avec curiosité au lieu de regarder devant moi et de surveiller la route. Si elle appelait son mari, pourquoi se donner ce mal ? Cette relation-là, elle veut la garder secrète, mais si même un chauffeur de taxi peut le deviner ça signifie probablement qu'elle est débutante dans le monde de l'infidélité. Je me demande si c'était vraiment un voyage d'affaires. Avant qu'elle termine la conversation, sa voix est devenue inaudible.

Elle referme son portable, le remet dans son sac, s'adosse au vinyle noir et regarde la route.

« Vous êtes américain », dit-elle au bout d'un moment. Elle a regardé ma licence.

« Oui, madame. » Il y a tellement de chauffeurs de taxi qui viennent aujourd'hui du Moyen-Orient ou d'Asie que beaucoup de gens font la remarque. Le commentaire suivant contient généralement l'expression « foutus étrangers », mais cette dame est trop distinguée pour ça.

« Il y a des siècles que je ne suis pas tombée sur un chauffeur américain. Je ne savais pas qu'il en restait.

– Je vous donnerai ma carte. » Quand elle dit que je suis américain, en réalité elle veut dire que je suis blanc. Elle en est contente. Si nous avons le choix ne choisissons-nous pas tous de nous entourer de gens qui nous ressemblent le plus ? Je glisse ma carte par la fente de la séparation en Plexiglas et elle la prend. On se sert de ce qu'on a.

Nous roulons un long moment en silence, et quand je quitte l'autoroute nous tournons dans Westboro. Plus d'usines, de derricks et de pipe-lines, plus de bruits divers de semi-remorques, de trains et de jets. À quelques pâtés de maisons de la sortie, il n'y a plus que des rues tranquilles bordées d'arbres. Je passe lentement devant un couple assis à l'ombre d'un orme à la terrasse d'un café. Un peu plus loin il y a un jardin public où des enfants jouent sur des balançoires. Après le jardin, les maisons deviennent nettement plus grandes et plus isolées les unes des autres, les allées plus longues, et toutes les voitures qui y sont garées sont grosses et étincelantes.

« C'est la troisième maison plus loin, dit-elle. Vous pouvez entrer dans l'allée. »

Devant sa maison il y a un jardin de la taille d'un terrain de football avec deux chênes bien entretenus à chaque extrémité d'une allée en fer à cheval. Je m'arrête directement devant sa porte d'entrée, et quand elle voit le prix au compteur, cinquante-huit dollars, elle jure.

« Oh zut ! » Elle fouille dans son sac. « Je n'ai que cinquante sur moi. Entrez donc une seconde, je monte chercher de l'argent.

– Merci. Vous permettez que j'utilise vos toilettes ? » Je suis assis dans ce maudit taxi depuis au moins cinq heures d'affilée et mes jambes sont un peu engourdies. Je garde sous le siège du passager une bouteille de lait pour pisser pendant mon service – petite information que je cache à tous les clients payants – mais elle ne me sert qu'en cas d'urgence. Si l'occasion se présente d'éviter d'y recourir, j'en profite.

Quand je descends de voiture, mes deux ou trois premiers pas sont incertains, jusqu'à ce que mes muscles se réveillent. Je propose de lui porter son bagage mais elle me signifie d'un geste de n'en rien faire, sort ses clés et ouvre la porte. En entrant, je suis frappé par la vague d'air frais de la climatisation et l'odeur fraîche et propre des boiseries en érable.

« La salle de bains est juste là », dit-elle en indiquant une porte à côté de la cuisine. Elle monte l'escalier en spirale recouvert de moquette. « Je reviens dans une seconde. »

Je vais dans la salle de bains, ravi de l'air frais et du silence de cette riche demeure, c'est un tel contraste avec le vrombissement permanent et la chaleur du taxi. Je me regarde dans la glace. J'ai les yeux chassieux, l'air fatigué et une barbe d'un jour. Je ne me serais pas laissé entrer chez moi. Après avoir utilisé les toilettes je me lave les mains et me passe de l'eau sur la figure. À présent je ne me vois plus que fatigué et mouillé. Au moins, je ne travaille pas demain.

Je tire la chasse et quand je retourne dans le vestibule elle n'est pas encore redescendue. Je l'entends parler au téléphone en haut, et ce n'est pas la voix douce de sa dernière conversation en voiture. Cette voix est aiguë, tendue, agressive. Quelqu'un l'a contrariée. Je l'entends traverser la pièce au-dessus de moi en criant presque.

Je jette un coup d'œil au rez-de-chaussée. Une cuisine de la taille de mon appartement avec un gros billot de boucher est éclairée par une baie vitrée donnant sur l'étendue apparemment infinie du jardin derrière. J'aperçois un patio où les meubles sont plus confortables et plus chers que mon canapé. À ma droite, derrière l'escalier, une salle de jeux, le sol jonché de jouets. J'y entre en veillant à ne pas déranger les jouets et je remarque une ligne bleue caractéristique en haut des vitres.

Il y a douze ans, avant d'être engagé dans la compagnie de taxis, je posais des fenêtres chez Pierson Home Improvements, et je reconnais là un de leurs produits. Toutes leurs fenêtres avaient une fine ligne bleue sur la partie supérieure du cadre. Je me souviens que, chaque fois qu'il terminait un travail, le propriétaire, Paul Pierson, imprimait un petit «PP» en bas à l'intérieur du cadre, et comme le châssis est déjà déverrouillé, je le relève un peu pour vérifier la présence des initiales. Elles n'y sont pas et je redescends le châssis. Un des employés de Pierson a dû la poser, ou bien Pierson a abandonné son habitude. Qui sait? Je retourne sur mes pas et j'attends près de la porte d'entrée.

Si j'ai appris quelque chose de tout ça, c'est qu'il ne faut jamais toucher aux fenêtres des gens.

La femme qui est là-haut affirmera plus tard que ses fenêtres étaient toujours verrouillées. Toujours. Elle était une maniaque de la sécurité à son domicile, dira-t-elle. Elle le déclarera sous serment devant un juge.

Une autre chose que j'ai apprise c'est que tout le monde ment, même les mères éplorées.

Au bout d'un moment j'entends la femme se mettre à crier au téléphone et raccrocher. Elle claque une porte et descend l'escalier si vite que j'ai peur qu'elle glisse et tombe. Bien qu'elle soit encore impeccablement habillée elle est pieds nus à présent et court comme une gamine.

« Désolée de vous avoir fait attendre, dit-elle en me tendant un billet de cinquante qui en enveloppe un autre de vingt. Je cherche de la monnaie dans ma poche mais encore une fois elle fait un geste de la main pour m'en empêcher. « Gardez la monnaie, je vous en prie.

– Merci. »

Je me retourne pour partir et elle dit : « Soyez prudent au volant.

– Vous aussi. » C'était un réflexe. Je remonte dans mon taxi avant que la stupidité de ma réponse fasse son chemin.

Je retraverse Westboro, je repasse devant les ormes et les cafés et me retrouve sur l'autoroute dans la chaleur et le bruit.

Ne touchez jamais aux fenêtres des gens. Tout le monde ment.

Le reste de la soirée passe lentement, un mardi soir typique, et il est près de deux heures du matin quand je rentre chez moi en passant devant l'université. Deux jeunes femmes marchent d'un pas incertain tout en essayant de faire du stop. Je me dis qu'elles rentrent à la résidence universitaire à un kilomètre environ et c'est exactement sur ma route, alors je m'arrête.

« On n'a pas d'argent, me dit l'une en m'envoyant une haleine chaude chargée d'alcool.

– Vous allez à la résidence plus loin ?

– Ouais. » Elle a à peine l'âge de boire, les paupières lourdes d'avoir picolé, et elle est un peu chancelante.

« Pas de problème. Je vous emmène. Vous ne devriez pas faire du stop ici la nuit. »

Elle me regarde longuement en essayant de décider si je fais partie des gens contre lesquels je la mets en garde, mais ses facultés de raisonnement sont flinguées pour cette nuit. Elle est trop soûle pour juger et son regard commence à devenir gênant.

« Vous voulez que je vous emmène ou pas ? » Je suis fatigué d'entendre le bruit du moteur de ce taxi immobilisé. Fatigué d'être dans cette voiture.

Elle se tourne vers son amie qui est pratiquement inconsciente, même si elle tient debout par miracle.

« Kelly », dit-elle. Comme Kelly ne répond pas et regarde fixement un arrêt de tram de l'autre côté de la rue déserte, elle la prend par le bras et la tire vers la voiture. Elle ouvre maladroitement la portière et pousse Kelly à l'intérieur, où celle-ci s'effondre immédiatement sur la banquette arrière en laissant ses jambes pendre au-dehors. Elle les fourre dedans avant de monter tant bien que mal à son tour et s'assoit à moitié sur son amie.

« Merci, dit-elle beaucoup plus fort que nécessaire en claquant la portière. C'est vraiment gentil. » Au moment où je démarre, elle fouille dans son sac et sort son portable.

Les rues de la ville sont quasiment désertes, mais je suis piégé par la programmation des feux et je me prends tous les rouges. Le trajet demande plus de temps que je ne pensais.

J'entends la fille dire : « Salut. Ouais. Un taxi nous a prises. Non. Je lui ai dit qu'on a pas d'argent. Ouais. Il est trop cool. Il s'appelle Jeff Sutton. »

Elle a lu ça sur ma licence et dit mon nom à son interlocuteur, quel qu'il soit, au cas où il lui arriverait quelque chose d'horrible. C'est devenu courant. Dès qu'il fait nuit, beaucoup de femmes que nous chargeons laissent le nom du chauffeur sur un répondeur. Personne ne fait plus confiance à personne. L'a-t-on jamais fait ?

Quand un nouveau feu passe au rouge juste devant moi et m'oblige à freiner un peu sec, je jure tout bas. Je sens un coup dans mon dossier, ce doit être Kelly qui vient de glisser de la banquette en vinyle noir.

Je dis : « Pardon. » Qu'elle aille se faire voir, la course est gratuite. On n'a que ce qu'on paie. J'espère qu'il n'y a pas de nez cassé, ce qui entraînerait des poursuites, qui m'obligeraient à avouer que je roulais gratis, ce qui est contraire au règlement et me vaudrait d'être viré. J'aurais peut-être dû y penser avant de décider de jouer les preux chevaliers auprès de deux filles qui ont passé la soirée à se pinter.

« Oh merde, oh merde », se met à psalmodier la fille au portable. Il y a un affolement réel dans sa voix et je m'arrête au bord du trottoir.

« Qu'est-ce qui se passe ? » Je regarde par-dessus mon épaule le Plexiglas à l'épreuve des balles tout rayé. Je comprends vite. Kelly est par terre et fait un bruit que je n'ai encore entendu que dans les documentaires animaliers, quand une lionne plante ses griffes dans sa proie. L'odeur de vomi frais s'insinue par les trous de la séparation. Kelly enchaîne les haut-le-cœur, et chaque fois on entend jaillir du liquide.

L'autre fille répète comme un mantra qu'elle est terriblement désolée. En fait, ça n'est pas si grave. Je fais le taxi depuis onze ans et j'ai appris certains trucs. Il y a quelques jours j'ai acheté des tapis en plastique pour recouvrir la moquette en charpie, et la banquette arrière est en vinyle brillant. Quand on permet l'accès au public, c'est toujours une bonne idée de s'assurer que chaque centimètre carré qu'il peut toucher est lavable au jet. J'ai nettoyé toutes les sécrétions corporelles imaginables sur les surfaces en plastique, y compris de la cire d'oreille. Il y a quelques semaines, j'ai eu un homme d'affaires d'un certain âge, plutôt beau, que j'ai vu s'enfiler quelque chose dans les oreilles et l'essuyer sur le siège.

Nous nous arrêtons devant la résidence et je sors des chiffons de sous mon siège, encore un truc que j'ai appris. Quand vous avez affaire au grand public, ayez toujours beaucoup de chiffons sous la main. J'ouvre la porte et je mets Kelly debout sans avoir de vomi sur moi. L'autre fille, qui n'est pas loin de faire elle-même des bruits de bête sauvage, sort de l'autre côté en chancelant et fait le tour de la voiture. Je lui confie Kelly et elle continue de marmonner qu'elle est terriblement désolée.

« C'est rien. » J'allume une cigarette, un peu pour couvrir l'odeur, un peu par habitude. À peu près chaque fois que je sors du taxi j'allume une cigarette. « Vous savez où vous allez ? »

La fille montre l'entrée de la résidence, qui est bien éclairée. J'aperçois un vigile dans le hall.

« Très bien. Bonne nuit. » Elles titubent vers l'entrée.

Je finis ma cigarette, je remonte dans le taxi et j'arrive au garage. Après avoir chassé le vomi au jet je passe la banquette arrière à la vapeur, c'est bien pour enlever les odeurs.

S'il y a une chose que j'ai apprise de tout ça, c'est que vous ne devriez jamais nettoyer votre taxi à la vapeur après avoir touché les fenêtres d'une inconnue.

Je monte ma recette au bureau, où Denise me paie sans m'adresser la parole. Après retenues diverses, cent seize dollars. Pas génial pour une journée de dix-huit heures, mais pas catastrophique pour un mardi.

Comme toujours, je fais les trois kilomètres à pied pour donner à mes jambes une chance d'être irriguées avant que je me mette au lit. Ma semaine commence le vendredi et se termine le mardi, je suis donc de repos pour deux jours, et tout en rentrant chez moi, à travers les clôtures et les terrains abandonnés, je me dis que c'est bon d'avoir fini encore une semaine, d'avoir survécu sept jours de plus.

Le lendemain, le soleil brille et l'air est lourd, j'ai l'impression qu'il est assis sur moi. Quand je souffle la fumée de ma cigarette dehors par la porte de la laverie, elle reste suspendue autour de ma tête. Je dégouline de sueur en m'asseyant, mais même le trottoir est mieux que l'intérieur, où l'humidité des machines à laver et la chaleur des sèche-linge ont transformé la laverie en sauna, les vitres sont opaques de buée. Chaque fois qu'un client entre ou sort, l'odeur âcre de la lessive flotte vers la rue.

Parfois je lis en attendant, mais aujourd'hui toutes les femmes du quartier sont là, elles crient et jacassent en commentant les photos des magazines. Leurs voix se répercutent sur le béton et me percent les tympans. Chaque semaine elles ont la même conversation, seuls les personnages changent. Ce serait bien d'avoir l'argent ou l'allure de cette star de cinéma ou le talent de ce candidat à un jeu de télé-réalité, non? Regarde les voitures que ce type collectionne. Tu n'aimerais pas en avoir une comme ça? Qu'est-ce que tu dirais de cette villa avec cette vue sur une île grecque?

Un jour j'ai feuilleté un de ces magazines, vaguement intéressé par ce dont elles parlent tout le temps. C'était une succession de photos sur papier glacé montrant des gens beaux, leurs propriétés somptueuses, leurs voitures et leurs diamants. De la pornographie financière.

Je fais ce que j'ai l'habitude de faire mon premier jour de repos, c'est-à-dire m'asseoir dehors dans un des fauteuils en vilain plastique de la laverie et réfléchir à ma vie pendant que mon linge tourne à l'intérieur. En m'adossant et en regardant mon ventre je remarque que la bière commence à me donner une jolie brioche. C'est peut-être le débardeur que je porte toujours les jours de lessive qui l'accentue, mais je la remarque de plus en plus depuis quelque temps.

Conduire un taxi me tue. Littéralement. À force de rester assis au volant des jours entiers, du lever au coucher du soleil, sans possibilité de faire de l'exercice, mes jambes, qui étaient musclées, sont en train de s'étioler. Je jouais au football au lycée et j'avais des jambes d'acier. À présent je me ramollis comme un marshmallow d'un mètre quatre-vingt-dix, ou un jouet d'enfant dépourvu d'arêtes dangereuses. Les jours de repos j'ai des douleurs fulgurantes dans le dos parce que je n'utilise jamais mes muscles, excepté ceux qui servent à appuyer sur l'accélérateur et le frein. Ceux dont je ne me sers pas se rebellent quand je leur demande de descendre un étage avec un sac de linge sale.

J'ai été héroïque de rester en forme aussi longtemps. Ma première année au garage, je me rappelle avoir regardé les vieux de la vieille jouer aux cartes, ils avaient tous un ventre tellement gros qu'ils n'arrivaient pas à s'approcher de la table. Ils devaient tendre le bras au maximum rien que pour poser l'argent de la mise. Ils avaient les dents noircies par les cafés de la nuit, les jambes et les bras affaiblis faute d'être utilisés. J'avais décidé que quel que soit le temps que je passerais là je ne permettrais pas que ça m'arrive.

Les toutes premières années j'avais un abonnement dans un club de gym et je m'entraînais pendant mes demi-journées ou mes journées libres. J'essayais de rester en dessous de dix heures de service par jour et je rentrais toujours à pied, rien que pour pouvoir utiliser mes membres à autre chose qu'à appuyer sur des pédales. Et puis les loyers ont augmenté, la gym est devenue une dépense inutile, je n'ai plus pu refuser les longs postes et les heures supplémentaires. Les forces terrifiantes de l'entropie et du délabrement ont commencé à me ronger. Je travaillais tout le temps, et quand je ne travaillais pas j'étais trop fatigué pour faire autre chose que me reposer pour pouvoir travailler de nouveau.

Au moins, j'ai un travail. Les clodos traînent devant la laverie ; des hommes suants, édentés, en T-shirt sale et avec une barbe hirsute. Ils savent que nous avons des pièces.

J'en tends quelques-unes à un type qui se souvient que je lui en ai déjà donné et en le regardant ça me rappelle que je dois me raser. Il n'y a qu'un pas entre l'ombre sexy sur les joues des mannequins des magazines et la barbe dégueulasse d'un ivrogne débauché.

« Merci monsieur. » Il me salue et s'incline légèrement. Ça ne m'embête pas de donner quelques pièces chaque semaine à ce type, parce que je sais qu'il est toujours très reconnaissant. « Dieu vous bénisse, Dieu vous bénisse. » Tant de reconnaissance pour soixante-quinze cents. Comme je sens que je ne l'ai pas vraiment méritée, je lui offre une cigarette, qu'il accepte avec encore plus de gratitude.

Une Mercedes passe et il la contemple avec autant d'intensité que les femmes à la laverie admirent les villas en Grèce. « Ouah, je me vois bien dans cette bagnole. Super cuir à l'in-té-rieur. » Il traîne sur les syllabes, il rigole et s'attend à ce que je l'imite. Je ne le fais pas. Quand on passe seize heures par jour à conduire on ne fantasme pas sur les bagnoles.

« Elle vous plaît pas ?

– Je conduis un taxi toute la journée. » Mes chimères tournent généralement autour de cabanes en rondins, de baraques primitives pour ermites autosuffisants loin de la saleté et de la chaleur de la ville. D'un endroit où il n'y a ni circulation, ni diesel, ni clodos qui mendient quelques pièces. Je rêve davantage de paix et de tranquillité que de luxe.

Mais lui suit la Mercedes des yeux. Peut-être y a-t-il une minuscule partie de son cerveau qui imagine qu'un jour il pourrait la posséder. À condition de jouer les bonnes cartes, d'acheter le bon billet de loterie, de rencontrer la bonne personne, il pourrait l'avoir. C'est cette idée qui le fait vivre, et en ne communiant pas avec lui je l'ai offensé. Il s'éloigne, en fumant ma cigarette, sans me dire au revoir.

Je consacre mon premier jour libre à la lessive, le second à me reposer, me ressaisir, et faire le ménage. J'essaie de terminer les corvées assez tôt pour pouvoir passer l'après-midi à quelque chose qui me plaît.

Le second jour, j'emprunte habituellement des livres à la bibliothèque pour m'aider à planifier une autre vie. À différentes époques j'ai imaginé devenir avocat, botaniste ou chef cuisinier, ou simplement économiser et m'acheter une maison à Belize. Le droit exige plusieurs années de cours du soir pour être accepté comme étudiant, j'ai donc laissé tomber. J'ai calculé que je pouvais gagner davantage comme chauffeur de taxi que comme botaniste, j'ai donc renoncé à ça aussi. L'idée de devenir chef cuisinier m'était venue d'un véritable chef qui était un client régulier du week-end. Je le chargeais vers dix heures du soir devant son restaurant, un endroit chic dans les beaux quartiers, et je l'emmenais à Corinth Street où il achetait de la coke pour son personnel. Il n'a jamais admis que c'était ce qu'il faisait, mais je ne suis pas idiot. Quand je le ramenais il était toujours plus bavard et me disait que si jamais j'avais envie de ne plus être taxi il m'engagerait comme assistant.

Il y a quelques années, Belize est devenu une destination touristique courue et les Américains ont acheté toutes les bonnes plages.

Il me faut de nouveaux rêves.

Je prends un livre sur le Costa Rica et un autre sur le jardinage en ville. Il y a environ deux ans, j'ai créé un jardin communautaire sur un terrain vacant près de mon immeuble, mais la première année des vandales et des voleurs ont saccagé tous les plants de tomate et de citrouille, et la seconde le service des eaux a dit que le terrain lui appartenait et m'a fichu dehors. J'ai envisagé dernièrement de recommencer, mais cette fois avec la permission de la mairie.

En rentrant chez moi avec les livres, je trouve un message de Charlie White qui me dit qu'il est chez Sullivan, un bar de la rue, et demande si je veux le rejoindre. Boire des bières avec Charlie White a ses bons et ses mauvais côtés. Côté positif, quand il a assuré ses courses régulières, Charlie file le surplus à ses copains de bar de la semaine. Si je le rejoins, je pourrais probablement avoir quatre ou cinq courses supplémentaires cette semaine. Côté négatif, après quelques bières il commence à parler du bon vieux temps de la profession, les années quatre-vingt, où l'argent et la cocaïne étaient partout. Il y a l'histoire du pourboire de trois cents dollars pour une course à Waco, et celle des strip-teaseuses qui l'ont invité à une soirée à l'hôtel Marriott, qu'il raconte avec des tas de clins d'œil et d'allusions vaseuses. À mon avis, l'histoire s'est terminée avec Charlie dans les vapes et les strip-teaseuses qui l'enjambaient pour aller aux toilettes. Mais je me dis qu'aujourd'hui je peux le supporter. Avant de s'égarer rue de la Nostalgie il est en général de bonne compagnie, et des courses supplémentaires sont toujours bonnes à prendre.

J'appelle Charlie pour lui dire que je serai là dans quelques minutes. J'attrape mes clés, mon portefeuille et mon portable, et je m'apprête à descendre chez Sullivan quand on frappe à la porte. Un jeudi à une heure de l'après-midi, qui ça peut bien être ? Sans doute une livraison. Je commande beaucoup sur Amazon.

J'ouvre et je vois trois hommes : un flic en uniforme et deux types en civil, l'air très grave. Ma première idée est qu'un parent éloigné est mort et qu'on vient m'en informer. Trois types pour cette démarche, c'est un peu gaspiller l'argent des contribuables.

Je dis : « Salut. Qu'est-ce qui se passe ? »

Un des types en civil pose la main contre la porte et l'ouvre plus largement. Il passe la tête à l'intérieur et regarde. « Pouvons-nous entrer ? »

Ça n'est manifestement pas une question et déjà le voilà qui me pousse pour entrer, me laissant perplexe. Les deux autres sont juste derrière et nous nous retrouvons tous sur le seuil. Les trois flics m'examinent.

Je répète : « Qu'est-ce qui se passe ? »

Pas de réponse. Le premier en civil est un homme d'un certain âge au front dégarni qui sent le tabac. Il regarde la pièce où je viens de faire le ménage. Il y a des marques fraîches d'aspirateur sur la vieille moquette beige. Les deux autres entrent sans me quitter des yeux, en me bousculant.

Je demande : « Il est arrivé quelque chose ? » Je trouve bizarre que le premier type, celui qui pue le tabac, soit allé dans ma chambre alors qu'à l'évidence, ils ont une grave nouvelle à m'annoncer. Je commence par me féliciter d'avoir fait le lit. Ensuite je me demande ce que ce type fiche dans ma chambre. S'il doit m'annoncer un décès, je suis là.

« Vous alliez quelque part ? » demande le second flic en civil en montrant les clés et le portable que j'ai dans les mains. Il est assez jeune, avec un sourire sournois qu'il essaie, j'imagine, de faire passer pour de la bienveillance.

C'est une drôle d'expression dans ces circonstances et je doute qu'elle ait trompé beaucoup d'escrocs interrogés. Elle fait l'effet d'un sourire de supériorité, d'une jubilation mauvaise qui vous rappelle qui commande. J'ai un mouvement instinctif de recul devant ce type et je réponds au plus jeune d'entre eux, le gros en uniforme avec un calepin, qui est resté sur le seuil.

«Je vais retrouver un ami dans un bar au bout de la rue.»

Le plus âgé revient lentement de la chambre en faisant des détours comme s'il enregistrait tout ce qui l'entoure. Je lui demande: «Vous avez besoin d'aller aux toilettes?» Je ne m'explique pas autrement pourquoi il s'intéresse aux autres pièces de mon appartement. Sans répondre, il est allé dans la cuisine où la vaisselle propre sèche sur une serviette. Il la regarde comme si c'était un indice.

Je ne veux pas me montrer impoli, parce que être impoli avec des policiers ne sert jamais à rien, surtout pas quand quelqu'un a besoin de son permis de conduire pour survivre. Un mot de travers et c'est le retrait pour un an, tous les chauffeurs de taxi le savent. Nous sommes des gens particulièrement dociles. Mais je voudrais qu'ils m'expliquent leur présence, parce que j'ai une bière qui m'attend. Au sens propre. Charlie White l'a probablement déjà commandée.

«Dites, les gars. Qu'est-ce qui se passe?»

J'ai remarqué que lorsque j'ouvre la bouche les deux en civil se contentent de me regarder comme s'ils essayaient de lire les pensées qui ont produit ce que je viens de dire. J'ai l'impression d'être soumis à une expérience, et qu'ils prennent mentalement des notes chaque fois que je parle. Tout chez moi les intéresse, sauf ce que je dis.

« Où étiez-vous mardi soir ? » demande celui au sourire supérieur. Tout en parlant il relève mes stores et laisse le soleil entrer à travers les vitres sales. C'est une façon de me montrer que mes affaires sont à lui, qu'il mène le jeu. Ils ne sont pas là pour m'annoncer un décès, c'est clair.

« Je travaillais. » Ma voix est ferme. Je veux que ces types s'en aillent. Je ne veux pas qu'ils relèvent mes stores, ce qui transforme l'appartement en serre et oblige ma climatisation à fonctionner à fond en faisant exploser ma facture d'électricité. Je ne veux pas qu'ils se promènent partout et examinent ma salle de bains et ma vaisselle. Ils sont décidément bizarres, ils me donnent la chair de poule, et puis j'ai des choses à faire. « Vous pouvez vérifier avec les taxis Dillon. » Je tends ma carte de visite à Arrogance Satisfaite.

« Je dois sortir. » L'énorme flic à la porte ne bouge pas.

Le plus âgé, au front dégarni, qui sent le tabac, a fini de visiter mon appartement. « Nous leur avons déjà parlé, dit-il.

– Alors pourquoi êtes-vous ici ? »

Ils se regardent quelques secondes en silence. « Nous devrions peut-être en parler au poste, dit le plus vieux.

– Parler de quoi ? De quoi s'agit-il ?

– Nous parlerons au poste », dit Arrogance Satisfaite. Il détache les menottes de sa ceinture et me demande de me retourner.

Je crie « Merde à la fin ! » et l'ahurissement me fait lever les bras. Ce geste attire le gros qui était à la porte. Je comprends qu'il va m'attaquer et je recule. Le plus vieux me saisit fermement un bras et le tord pendant que le gros en uniforme s'avance et me dit : « Du calme, du calme. » Quelques secondes plus tard je me retrouve agenouillé la figure sur mon canapé, le genou du gros dans le dos et les menottes tellement serrées qu'elles me coupent la circulation dans les poignets. Quand ils me remettent debout je vois Arrogance Satisfaite près de la porte, tout content. Les deux autres sont derrière moi, épaule contre épaule.

Arrogance Satisfaite dit gaiement: «Allons parler au poste.»

En chemin, je me repasse les événements de mardi soir en essayant de comprendre de quoi il s'agit. La seule chose qui me vient à l'esprit c'est que j'ai chargé les deux filles soûles. Quelqu'un a dû me dénoncer, mais envoyer trois flics dans mon appartement me jeter sur le canapé et me menotter pour une course gratuite me paraît un peu excessif. Jusqu'où peut aller la Commission de discipline pour ça? Je sais qu'on n'est pas censé charger gratuitement, mais je n'ai jamais beaucoup réfléchi à la peine encourue.

À l'arrière de la voiture, le trajet est assez long pour faire redescendre mon adrénaline et me ramener sur terre. Je pense à Charlie qui attend au bar et se demande où je suis passé. La prochaine fois que je le verrai, il va adorer cette histoire. Les blacks adorent les histoires de flics qui cafouillent. J'espère seulement que tout sera réglé à temps pour qu'il soit encore là quand j'arriverai au bar.

S'ils m'accordent un coup de téléphone, je devrais appeler Charlie pour lui dire que je serai en retard?

Nous quittons l'autoroute par la sortie que j'ai prise avec la femme de l'aéroport mardi. Nous prenons la même route, nous passons devant les ormes et les cafés. Je suis stupéfait de reconnaître le couple assis à la table dehors, et qui ne remarque pas la voiture de police noire qui passe, ignorant que j'étais là il y a moins de quarante-huit heures.

Je vois le jeune homme aux cheveux clairsemés rire avec la fille qu'il a invitée. Ces gens-là ne travaillent jamais?

Nous tournons à gauche avant de passer devant la maison de la dame que j'ai ramenée de l'aéroport et nous longeons une autre rue bordée d'arbres, puis une autre. Puis une caserne de pompiers et ce qui ressemble à un centre social, et nous entrons dans un parking. Nous nous arrêtons près d'une lourde porte métallique flanquée de deux flics qui fument. Ils s'écartent pour laisser notre véhicule se garer.

Ils me regardent tous les deux avec un intérêt que je trouve exagéré pendant qu'on m'aide à descendre. L'un d'eux pointe sa cigarette vers moi et demande au policier plus âgé au front dégarni: «C'est le type?» Sa voix résonne dans le parking.

«C'est lui, répond le policier.

– Bien joué, Dave, dit celui à la cigarette.

– Ç'a été rapide, confirme l'autre. Du bon boulot.»

Dave et Arrogance Satisfaite hochent la tête comme Clint Eastwood après avoir descendu un méchant. Comme s'ils appréciaient le compliment, mais que leur excellence ne méritait pas de commentaire parce qu'elle va de soi. Aucun des flics dans le garage ne croise mon regard. Il se passe quelque chose de pas clair.

Après avoir tripoté un moment ses clés, Arrogance Satisfaite ouvre la porte métallique et nous entrons dans une cage d'escalier en parpaings où nous prenons un ascenseur de service jusqu'au troisième. Pendant toute la montée Arrogance Satisfaite garde les mains sur mes poignets entravés comme si j'allais essayer de m'échapper. Je sens sa prise solide sur le métal entre les menottes qui me dit que je lui appartiens.

L'ascenseur s'ouvre sur un grand bureau divisé en boxes éclairés par des rampes de néon.

« C'est le type ? demande quelqu'un.

Oui, c'est lui », répond Dave. Tout le monde se retourne sur moi avec curiosité pendant que je passe entre les boxes.

« Bon travail, Dave », dit quelqu'un. Tout un chœur le confirme. La porte d'un bureau vitré s'ouvre et un homme d'âge mûr au regard clair et intense sort la tête.

Il demande : « C'est le type ?

– Oui, c'est lui », dit Dave.

Je suis visiblement le type. On me fouille encore et après une nouvelle recherche de clés on me fait entrer dans une salle d'interrogatoire meublée de trois chaises et d'une petite table. Loin des regards, Arrogance Satisfaite me fait asseoir sur une chaise de bureau moderne avec une expression de haine dans les yeux.

« Asseyez-vous là », dit-il alors que je suis déjà assis. Je m'attends à ce qu'il m'ôte les menottes, mais il se borne à aller et venir derrière moi de façon menaçante. Il me pousse la tête en avant, pour rire, et comme je ne réagis pas il recommence, plus fort.

Je regarde derrière moi, mais je ne peux pas tourner suffisamment la tête pour le voir. Je lui demande : « Qu'est-ce que vous faites ? »

Il y a une caméra de surveillance dans le coin au fond de la pièce, et j'imagine qu'il est presque hors champ. Je sens un coup violent sur la nuque et me penche instinctivement en avant. Je grimace de douleur et ma vision reste floue quelques secondes, mais ça passe vite. Finalement j'entends qu'on ouvre la porte, qu'on la referme et la verrouille. Je suis seul dans la pièce.

C'est à coup sûr ce qui m'est arrivé de plus bizarre.

J'entends parler dans le couloir, quelques sonneries de téléphone et des pas sur la moquette. Des voix discutent de questions terre à terre: «Deux burritos… non, Danny ne veut pas de fromage sur le sien. Prends une portion de frites.» Une phrase à propos de la presse en bas qui veut des détails. Un autre téléphone sonne. Quelqu'un d'autre passe dans le couloir. Des voix étouffées juste devant la porte, puis une clé dans la serrure, et Dave et Arrogance Satisfaite entrent et verrouillent la porte derrière eux.

L'inspecteur Dave jette un épais dossier sur la table et en tire la photo agrandie d'une jolie petite collégienne qui pose devant le photographe.

Il me demande: «Qui est-ce?»

Je regarde la photo quelques secondes et je hausse les épaules. «Je sais pas.»

Les deux inspecteurs se regardent, sourient et s'assoient. «Vous savez pas, hein?» Arrogance Satisfaite me sourit.

«Non. Je n'ai jamais vu cette petite.»

L'inspecteur Dave, le plus âgé au front dégarni, s'adosse à sa chaise et croise les mains derrière la tête. «Vous regardez le journal télévisé?

– Ça m'arrive.

– Vous savez qu'on parle partout de cette petite, comme vous l'appelez, depuis trente-six heures.

– Non. Je n'ai pas regardé les infos dernièrement…

– Vous pensiez pouvoir l'enlever sans que personne le remarque?

– L'enlever? C'est quoi cette connerie?» Je crie d'indignation. «Je ne l'ai pas enlevée.»

L'inspecteur Dave sourit. «Si.

– Non.

– Si.»

D'accord, on n'arrivera à rien. Je me tais une seconde, le regard fixe, et je répète: « Non, je ne l'ai pas enlevée.
– Si. »

Je ne sais pas pourquoi, à partir des séries policières et des émissions de télé-réalité sur la police, j'avais imaginé qu'un interrogatoire était un peu plus élaboré que ça. J'assiste à une dispute de cour d'école. Je sens monter une certaine panique, mais en même temps j'ai confiance: la raison va l'emporter, et je prendrai une bière avec Charlie dans quelques heures.

Je prends un ton exagérément patient: « Écoutez, pourquoi ne pas examiner... »

Arrogance Satisfaite ne veut rien entendre. Il me hurle à la figure: « ARRÊTEZ VOS CONNERIES ! VOUS L'AVEZ ENLEVÉE ?
– Non.
– Si. » Il hoche la tête et sourit, un immense sourire triomphant, en s'adossant à sa chaise, tout rouge d'avoir crié. Il s'essuie le menton parce qu'il a postillonné et il me regarde fixement.

« Comment croyez-vous que nous vous avons attrapé ? » demande l'inspecteur Dave, le plus âgé, plus aimable. Ce doit être le gentil flic, puisqu'il ne hurle pas.

« Vous ne m'avez pas *attrapé*. Je n'ai rien fait.
– Nous avons trouvé vos empreintes sur le châssis de la fenêtre. » Dave me jette un dossier ouvert et je vois une photo de moi, prise par l'identité judiciaire il y a quinze ans quand j'ai été arrêté pour ivresse et trouble à l'ordre public pendant un match des Cowboys. Je la regarde. J'aimerais la prendre pour l'examiner de plus près, mais j'ai toujours les menottes, alors je me penche en avant et je lis la totalité du procès-verbal. Il y a un paquet de

renseignements. Dont ma vieille adresse de Hopkins Lane, un petit appartement où je vivais avec une secrétaire qui s'appelait Karen. Sa signature figure au bas du document. Elle était venue me tirer de là.

Pendant une seconde je trouve bizarre que la police ait jugé utile de garder ce procès-verbal. C'était un tel non-événement pour moi à l'époque. Deux supporters des Eagles, l'équipe invitée, avaient jeté de la bière sur moi après un touch-down, il y avait eu une bagarre, et l'instant d'après on prenait mes empreintes, on me mettait les menottes et on m'enfermait dans une cage pour quelques heures. Quand Karen m'avait récupéré, nous étions partis descendre quelques bières et l'histoire nous avait fait rire. Quelques semaines plus tard j'avais payé une amende de cent cinquante dollars et n'y avais plus jamais repensé.

Je regarde ma photo. J'avais l'air plus jeune. Plus confiant, plus énergique. Qu'est-ce qui m'est arrivé ? J'ai dû regarder très longtemps la photo parce que Dave retire brusquement le dossier.

« Vous ne pensiez pas que nous avions vos empreintes, n'est-ce pas ?

– Je ne m'étais pas posé la question. »

L'inspecteur Dave, l'air aussi détendu qu'un chat repu, les mains toujours croisées derrière la tête, demande : « Dans ce cas pouvez-vous me dire une chose ? » Il se penche et pose les mains sur la table. « Pouvez-vous me dire pourquoi nous avons trouvé ces mêmes empreintes sur le châssis d'une fenêtre à quelques mètres de l'endroit où dormait la fillette ?

– Quoi ? » La surprise et l'inquiétude me font grimacer, ce qui les amène à conclure que j'en fais trop, et ils sourient tous les deux. J'essaie de vite trouver une explication.

Je réponds précipitamment: «Je n'en ai aucune idée, absolument aucune. Vous devriez peut-être vérifier avec le type qui s'occupe des empreintes.

– Il y a cinq points de concordance, dit l'inspecteur Dave. Aucun doute. C'est sûr à cent pour cent.» Son index frappe le dossier qui contient un spécimen de mes empreintes. «CELLES-CI sont les empreintes que nous avons trouvées sur la fenêtre ouverte. Et ce sont les vôtres.

– Je posais des fenêtres. J'en ai posé dans tout Dallas. Je suis sûr que c'est à cause de ça.»

Dave et Arrogance Satisfaite se regardent, et pendant une seconde, une magnifique seconde victorieuse, je crois percevoir un doute. Ils n'étaient pas au courant. C'est le détail qui va mettre fin à cette folie, et je vais entendre très bientôt le déclic des menottes qu'on me retire, ils s'excuseront, et je suis prêt à tout oublier. Ils ne font que leur travail, c'est une erreur commise de bonne foi.

«Je gagnais ma vie en posant des fenêtres.» Je parle cette fois avec calme et fermeté. «J'ai très souvent travaillé ici aussi. Je parie que mes empreintes se trouvent sur la moitié des fenêtres de Westboro.

– Je croyais que vous étiez chauffeur de taxi», dit Dave, mais sa voix a perdu sa suffisance.

«Je le suis maintenant.

– Depuis quand?

– Onze ans.

– Oh.» Dave et Arrogance Satisfaite rient. Le rire du soulagement. «Alors vous n'avez pas posé de fenêtre depuis onze ans?

– Dans ces eaux-là.» Je sens que le mouvement s'est inversé à nouveau, ils sont repartis sur leur mauvaise piste, et ravis d'y être.

« Oh non. Ces fenêtres étaient récentes. Elles ne dataient pas de onze ans. Vous ne les avez pas posées.

– Ces fenêtres ! Je sais desquelles il s'agit ! La maison de Westboro, la dame de l'aéroport ! » Tout devient clair, l'arrestation, le trajet de Dallas jusqu'ici en banlieue, l'interrogatoire. Ils ont trouvé mes empreintes sur le châssis de la fenêtre où je suis allé voir si Paul Pierson avait mis sa marque ! Merde alors. Je réfléchis une seconde. Ça veut dire qu'il s'est passé quelque chose dans la maison après mon départ, et je suis ici parce qu'ils ont relevé les empreintes sur les fenêtres !

Je me mets à parler très vite, mais je préférerais poser des questions. Qu'est-ce qui s'est passé ? Quelqu'un a enlevé l'enfant de la gentille dame ? Elle m'a donné un bon pourboire. Sa maison était très agréable. J'explique, j'explique, et je m'aperçois que les policiers me regardent de la même façon que lorsque j'étais chez moi, comme si mon langage corporel les intéressait bien davantage que tout ce que je peux dire. Je les vois échanger des regards et ricaner comme s'ils s'amusaient de ce long chapelet de mensonges, la même interminable litanie de justifications qu'ils ont entendue de cent autres suspects, dans cette même pièce peut-être, assis sur la même chaise. Je les ennuie.

« Je suis prêt à passer au détecteur de mensonges. »

Ils se regardent et haussent les épaules. « Nous verrons », dit Dave. Ils verront ? Serait-ce pour eux un grand dérangement ? Un détecteur de mensonges ne sert-il pas à déterminer si quelqu'un est coupable ? Je pense tout à coup qu'ils sont tellement sûrs de ma culpabilité qu'ils considèrent ne plus en avoir besoin, c'est un embêtement pour eux, un pas en arrière.

« Alors dites-nous pourquoi vous avez nettoyé votre taxi à la vapeur mardi soir », demande Arrogance Satisfaite avec ce qui ressemble à de l'amabilité.

Je suis pris de court par cette nouvelle orientation des questions et je me demande comment on pourrait interpréter ce fait pour me faire paraître coupable. Mais ça semble bien être la spécialité de ces types.

« J'ai nettoyé mon taxi à la vapeur. Et alors ? Je nettoie le tapis trois ou quatre fois par mois.

– C'est drôle que vous l'ayez fait le soir où vous avez transporté un enfant kidnappé, vous ne trouvez pas ?

– Il n'y avait pas d'enfant dans mon taxi. Je l'ai passé à la vapeur parce qu'une jeune fille avait vomi dedans.

– Une jeune fille a vomi dans votre taxi ?

– Une étudiante. J'en ai chargé deux au moment où les bars fermaient. »

Les policiers échangent rapidement un regard de satisfaction, de joie à peine dissimulée. Dave ouvre lentement le dossier, le même dossier épais où il a trouvé le procès-verbal de mon arrestation il y a quinze ans, et il rit. Un bref aboiement aigu de victoire. Il tient ma feuille de route jaune de mardi soir.

« Vous pouvez peut-être expliquer pourquoi il ne figure sur cette feuille aucune course après la fermeture des bars. » Il rit de nouveau.

Et merde.

« Peut-être n'avez-vous pas chargé ces étudiantes », dit Arrogance Satisfaite, et c'est ahurissant : il rit exactement comme l'autre. Ils m'aboient à la figure.

HA HA. HA HA.

« Aucune course après vingt-deux heures n'est indiquée sur votre feuille, mon ami. Et vous savez pourquoi ? Parce qu'à ce moment-là vous rouliez avec la fillette que vous avez enlevée. » L'inspecteur Dave se penche tellement vers moi que je peux sentir son haleine et voir sous son menton les endroits où il s'est coupé en se rasant ce matin. Sa voix se durcit: «Alors pourquoi ne pas me dire OÙ ELLE EST, BORDEL? »

Aucun des deux n'est le gentil flic.

Je suis enchaîné à un banc dans une pièce fermée à clé. Il y a au moins deux gardes armés dehors. La porte est en acier, les murs sont en parpaings blancs. J'entends de vagues voix dans le couloir, des pas de temps en temps, sinon c'est le silence.

Je pense à Karen, la petite amie qui m'a sorti du poste après mon arrestation. La semaine où nous avons rompu, j'avais roulé dans le nord de Dallas à la recherche d'un bar où boire en vitesse avant de rentrer de mon travail de poseur de fenêtres. De la route j'ai vu une enseigne, je me suis arrêté, je me suis garé et je suis allé commander au comptoir.

En attendant le barman, j'ai regardé autour de moi et je me suis rendu compte que c'était le genre d'endroit où normalement je ne mettrais jamais les pieds. C'était un peu trop yuppie, avec un éclairage au néon au-dessus du bar, du plastique noir et luisant partout, et de la musique trop forte, style New Age. Probablement un bar pour employés de bureau célibataires du centre d'affaires proche. Mon regard est tombé sur Karen, blottie dans un des boxes avec un de ses collègues. Ils se tenaient la main.

Il y a eu une scène, mais je me suis assez bien comporté, elle n'a pas duré longtemps et personne n'a été arrêté ni blessé. Mais ce n'est pas pour ça que j'y pense maintenant.

J'y pense parce que Karen avait une amie, Sarah, une gentille fille studieuse qui travaillait comme assistante vétérinaire parce qu'elle aimait les animaux. C'était la seule personne à qui Karen avait parlé de sa petite aventure avec le type du bureau, et elle lui avait aussi dit dans quel bar elle irait ce soir-là.

Je suis tombé sur Karen des années plus tard, et quand nous avons pris quelques bières en évoquant nos souvenirs je lui ai demandé des nouvelles de Sarah.

« Cette garce ? Je ne lui adresse plus la parole depuis que nous avons rompu toi et moi.

– Pourquoi ?

– Parce qu'elle t'a dit où j'étais ce soir-là. Elle a toujours été jalouse de moi.

– Elle ne m'a rien dit. C'était une simple coïncidence.

– Arrête ! » Karen a ri. « Tu n'irais jamais dans un bar de ce genre.

– Pourquoi aurais-je appelé Sarah ? Je la connaissais à peine. Nous ne nous étions vus que quelques fois, avec toi.

– Tu ne l'as pas appelée. C'est elle qui t'a appelé. »

J'ai eu beau lui répéter que c'était un pur hasard, Karen a refusé de me croire. Elle n'a même pas envisagé la possibilité que Sarah et moi puissions dire la vérité. Il est vrai que c'était invraisemblable. Pourquoi traverser la ville pour aller prendre une bière dans le genre de bar que je détestais ?

Je ne sais pas. Mais je l'avais fait.

C'était la dernière fois qu'on ne m'avait pas cru. Je me suis senti désarmé, impuissant. Comme si je portais un de ces colliers dont on se sert pour mater les chiens exubérants. Plus vous vous débattez, plus il se resserre. Le mieux à faire est de ne pas bouger.

Ils peuvent toujours s'époumoner à dire qu'un individu est présumé innocent jusqu'à preuve du contraire, ce n'est pas vraiment comme ça que fonctionne l'esprit humain, je me trompe ?

De retour dans la salle d'interrogatoire avec trois chaises et une table, je réponds aux questions sur les étudiantes que j'ai chargées gratis. Oui, je sais que c'est contraire au règlement. Oui, je sais que c'est passible du retrait de la licence de taxi. Oui, c'est probablement difficile à croire que j'ai transporté gratis deux filles soûles sur à peine un kilomètre. Non, je n'ai pas pris leurs noms. Je crois que l'une des deux s'appelait Kelly. Oui, je sais que c'est un prénom assez répandu.

Transporter les filles soûles vous a peut-être tellement excité que vous avez dû aller kidnapper une enfant. C'est ce qui s'est passé ?

Non.

Vous avez agi par bonté d'âme ? Parce que vous êtes un preux chevalier ?

Ce n'était qu'une course. Un kilomètre. C'était sur le chemin du garage.

Ces filles n'existent pas, fiston. Aucune fille n'a vomi dans la voiture, sauf peut-être une fillette de douze ans qui a vomi parce qu'elle était terrorisée...

Je veux un avocat.

Jusqu'ici j'avais oublié la question de l'avocat. Ou bien elle était dans un coin de ma tête et je pensais qu'elle serait considérée comme hostile. Votre réaction instinctive est d'essayer de collaborer, de tirer les choses au clair. Vous savez que vous n'avez rien fait, et vous êtes certain que quelques instants de discussion rationnelle rétabliront la vérité, que vous allez rentrer chez vous et vous demander quoi manger pour le dîner. Réclamer un avocat ne fait que freiner ce processus.

Mais toutes mes illusions sont pulvérisées l'une après l'autre, et je dois accepter sans cesse de nouvelles réalités. Je ne retrouverai pas Charlie au bar. Je ne serai pas chez moi pour dîner. Ces types pensent vraiment que j'ai fait ça. Pour eux, ce n'est pas le début de l'enquête, c'est la fin. Ils ne me considèrent pas « comme un suspect », ce qui est probablement ce qu'ils racontent à la presse. Ils sont déjà certains de tenir le coupable. Ils ont cessé de chercher quelqu'un d'autre, et ils ont l'intention de me faire dire ce qu'ils ont besoin d'entendre, même s'il faut pour ça me garder ici vingt heures d'affilée en me posant encore et toujours les mêmes questions.

J'entends une femme parler au téléphone devant la salle d'interrogatoire, elle répond à des journalistes. Elle dit qu'elle ne peut pas donner le nom du suspect pour le moment, mais que la police en a un en garde à vue. Non... Non... Nous ne pouvons rien dire de plus pour le moment.

C'est au moins une bonne chose. Tant que mon nom n'est pas rendu public, j'ai une chance de pouvoir garder mon emploi quand cette connerie sera passée.

Je pense à mon travail. À l'évidence ils sont déjà allés au garage, puisqu'ils ont la feuille jaune et qu'ils savent que mon taxi a été nettoyé à la vapeur. On est probablement en train de le désosser, de l'examiner et d'y relever des empreintes dans un de ces garages de la scientifique où des experts répandent de la lumière bleue et des produits chimiques sur la banquette arrière. Un nouveau, venu du Soudan, James, devait utiliser ma voiture pour le premier service. Je me demande quel taxi Donnie va lui attribuer.

J'imagine que les rumeurs doivent aller bon train. Je vois Donnie, le coordinateur, secouer la tête, consterné, en racontant à tous les chauffeurs qui viennent prendre leur service que Jeff Sutton a kidnappé une fillette. Je n'en vois aucun défendre ardemment mon innocence, même parmi ceux que je connais bien.

Je répète: «Je veux un avocat. Vous ne m'écoutez pas.

– Nous ne l'écoutons pas, Dave. Tu as entendu ça?» Arrogance Satisfaite m'adresse un rictus tellement faux et malveillant que je devine une prochaine explosion de rage ou de violence. J'essaie de réprimer un sursaut instinctif et Arrogance Satisfaite s'approche lentement de moi, le sourire figé, rayonnant de haine à l'état pur. «Si nous ne vous écoutons pas, dit-il d'une voix qui n'est presque plus qu'un chuchotement, c'est parce que nous n'avons pas envie d'entendre des conneries interminables à propos d'étudiantes qui n'existent pas, ni que vous nous disiez que vous aimez simplement vous balader chez les gens pour toucher leurs PUTAINS DE FENÊTRES SANS RAISON, BORDEL!

– Vous avez ouvert cette fenêtre pour pouvoir entrer plus tard», dit Dave sur un ton calme et raisonnable, les mains croisées de nouveau derrière la tête.

«Non.

– Si.

– Je veux un avocat.»

Arrogance Satisfaite et l'inspecteur Dave ont décidé que si je n'admets pas que je suis coupable c'est parce que je suis vraiment fier d'avoir kidnappé et tué une fillette de douze ans. Je suis ravi que mon refus d'avouer les déçoivent. Ils le comprennent… ils me comprennent. Ils savent comment je fonctionne. Ils sont dans ma tête.

C'est ce qu'ils me répètent. Ça pourrait marcher si j'avais fait quelque chose, mais ça devient risible puisque je n'ai rien fait. S'ils étaient vraiment dans ma tête, ils sauraient que je suis innocent, autrement dit, ils passent pour des crétins. Ils ressemblent à des magiciens qui feraient leurs tours de dos, si bien que je vois tous les mécanismes de leur boîte magique alors qu'ils s'attendent à ce que je sois ébahi.

D'après leur théorie, quand j'étais chez la femme j'ai remarqué des jouets d'enfant, et le lit où la fillette dormait près de la fenêtre. J'ai aussi regardé les photos (que je n'ai même pas vues) et j'ai pu ainsi déterminer son âge. Puis j'ai déverrouillé une fenêtre (en réalité, la fenêtre n'était pas verrouillée) et je l'ai un peu ouverte, afin de pouvoir pénétrer dans la maison plus tard dans la soirée. J'y suis retourné vers vingt-trois heures, j'ai enlevé la petite, je l'ai violée et tuée (ça, ils l'ont imaginé), je me suis débarrassé du corps et je suis rentré au garage pour nettoyer le taxi à la vapeur au cas où la fillette aurait laissé des traces susceptibles d'être analysées. Ensuite j'ai inventé que j'avais transporté deux étudiantes qui avaient vomi.

Voilà ce que leur ont appris des empreintes digitales.

Quand ils ont fini de m'expliquer ce que j'ai fait je dis: «Je veux un avocat.

– La maîtresse de maison a reconnu votre photo parmi d'autres au moment de l'identification.

– Parce que je l'ai transportée depuis l'aéroport. Je reconnais que je suis chauffeur de taxi. Je l'ai transportée de l'aéroport jusqu'à chez elle.

– Et vous avez déverrouillé sa fenêtre », etc., etc. Et les voilà repartis.

« Je veux un avocat. »

Je croyais que lorsque vous demandiez un avocat votre interrogatoire cessait. La télévision m'avait donné cette impression, et avec elle des notions irréalistes sur le fonctionnement de la police et de la justice. On devrait afficher une mise en garde sur les postes de télévision, comme il y en a sur les paquets de cigarettes : *Attention ! Cet appareil nuit à votre vision du réel.*

Quand pour la dixième fois je réclame un avocat, Dave et Arrogance Satisfaite commencent à bâiller et à regarder leur montre. Il se fait tard. Je sais qu'il doit faire nuit à présent. J'entends moins d'activité dans le couloir, moins de sonneries de téléphone. Tout le personnel du bâtiment de la police semble être rentré à la maison. Les deux inspecteurs se regardent.

« On finira demain matin », disent-ils. Ils se sont mis d'accord sans me demander mon avis.

« Je pourrai avoir un avocat demain ?

– Levez-vous. » Aucun des deux ne veut accéder à ma demande. Ce serait reculer. Ils sont le bastion qui protège la société et ils résistent fermement. Arrogance Satisfaite, qui a oublié que je suis enchaîné à la chaise les mains derrière le dos, pense que je refuse d'obéir, il passe derrière moi et me met brutalement debout, chaise comprise. Je titube et m'écrase contre le mur.

Naturellement, tout est enregistré en vidéo, et Arrogance Satisfaite en fait des tonnes pour me rendre responsable de l'incident. « Arrêtez de résister ! » crie-t-il comme si je me débattais de toutes mes forces. Puis il me libère de la chaise et me remet les menottes aux poignets dans le dos.

Nous sortons dans le couloir et je me rends compte que je suis resté huit heures au moins dans cette pièce. L'air plus frais de la grande salle, pleine de boxes et de néons atténués, me fait du bien. J'ai subi une espèce de privation sensorielle presque toute la journée, à ne rien voir d'autre que des parpaings blancs, trois chaises et une table, et je regarde tout avec avidité. Corbeilles à papier, bureaux, allées, inscriptions, sièges divers. La région de mon cerveau qui active la vision se réveille et je comprends à quel point c'est anormal de n'avoir rien à regarder.

Je suis conduit vers le même ascenseur au bout du couloir et ils m'y font entrer avec brutalité. En bas, avant d'ouvrir la porte du parking, Dave se tourne vers Arrogance Satisfaite. « Prêt ?

– Prêt. »

Avant que je puisse me demander ce qui se passe, Dave ouvre la porte et j'aperçois une foule de journalistes au-dehors. Les flashes se déclenchent. Dave se retourne vers moi qui suis encore dans l'ascenseur. « Vous voulez vous couvrir la tête ?

– Non. » Pourquoi voudrais-je me couvrir la tête ? J'ai toujours pensé que les gens qui se couvrent la tête quand ils sont emmenés par la police se trompent. Ils passent pour des lâches. Si vous n'avez pas commis le crime, pourquoi ne pas permettre qu'on vous photographie ?

En fin de compte, je ne suis pas si calé que ça en médias. Les journalistes ont déjà écrit leur histoire, et ma culpabilité ne fait plus de doute. Je suis forcément coupable, sinon les flics ne m'emmèneraient pas menottes aux poignets. Je viens de passer fièrement devant les journalistes, la tête haute, ce qui conduira la plupart d'entre eux à passer les prochains jours à se scandaliser de mon attitude, je l'apprendrai plus tard. Au journal télévisé je deviens exactement ce que Dave et Arrogance Satisfaite croient que je suis, un violeur d'enfant sans remords, fier de ses actes et heureux d'attirer l'attention.

On me met au fond d'un fourgon qui m'emmène au centre de détention de l'autre côté de la rue. Le fourgon a des barreaux d'acier aux fenêtres arrière, ce qui le rend imposant et sûr. Nous aurions pu traverser la rue à pied, mais ça n'aurait pas fait aussi bien devant les caméras que de m'embarquer dans ce genre de fourgon.

En face du centre de détention j'ai la surprise de trouver davantage de journalistes. Il ne se passe donc rien d'autre aujourd'hui en Amérique que mon entrée dans un fourgon dont je sors ensuite ? Tous ces adultes ont un emploi et sont pourtant debout dans des parkings et devant des grilles surmontées de barbelés pour m'apercevoir *moi* ? Je me sens comme Michael Jackson, ou au moins comme John Dillinger, et avant de pouvoir m'en empêcher je salue tout le monde d'un signe de tête. Ils sont là pour moi, non ? Ce serait impoli de faire comme si je ne les voyais pas. J'entends des exclamations de surprise devant mon insolence et je commence à me dire qu'il y a là une infraction aux règles de l'étiquette.

Je suis traité aimablement jusqu'à ce que la porte d'acier du centre de détention se referme, puis je sens mes menottes se resserrer. On me pousse dans une autre pièce et on me demande de me déshabiller. La porte claque.

Autour de moi, de nouveau des parpaings blancs. Qu'est-ce qui se passe avec tous ces parpaings ? Tout ici est en métal et en brique, comme pour nous faire savoir qu'on ne dépense rien pour nous réconforter. Vous avez commis un crime, allez vous faire foutre, plus de canapés, ni de fenêtres, ni de tapis, ni de plantes en pot. Je me pose une question : avec un peu de décoration intérieure dans ces endroits, les criminels avoueraient-ils plus vite ? Seraient-ils plus coopératifs ? Pourquoi est-ce si important de rendre tout ce qui nous entoure aussi peu attrayant que possible ? Ça ne suffit pas que nous soyons en cage ?

La porte s'ouvre et ce ne sont pas Arrogance Satisfaite et Dave, mais deux policiers en uniforme marron du bureau du shérif. L'un est noir, dans les cinquante-cinq ans, l'air d'être dans une colère permanente. L'autre est blanc, plus jeune, et a la tête rasée.

« Vous devez vous déshabiller, dit le black en laissant tomber devant moi une combinaison marron pliée. Enlevez tous vos vêtements.

– Avec les menottes, je ne peux pas. »

Il rit. Incroyable. Je n'ai vu personne montrer de l'amusement ni le moindre signe amical depuis que les flics sont venus chez moi. Même s'il ne s'agit que d'une chose aussi ridicule et banale que des menottes qu'on a oublié de m'enlever, je réponds par un sourire, comme si ce gardien et moi avions un lien.

« Les cons », marmonne-t-il, et il me les retire. Puis il sort trouver les deux inspecteurs pour leur rendre leurs menottes, pendant que l'autre reste là. La porte est restée à demi ouverte.

« Déshabillez-vous », répète le plus jeune.

OK, je sais que je ne suis pas dans le salon d'essayage d'une boutique de lingerie, mais est-ce qu'on pourrait fermer la porte ? La salle d'attente devant avait l'air d'un lieu public. L'auxiliaire du shérif me surveille et attend que je me déshabille.

« Allons-y », dit-il en tapant dans ses mains comme un coach de football.

Je me déshabille, et en quelques instants je me retrouve nu comme un ver face à lui. Après une journée où j'ai été menotté, frappé, où j'ai eu droit à des sourires mauvais, des cris, et où on m'a promené comme un trophée, c'est la première fois que je me sens vraiment mal à l'aise. Le reste ne comptait pas, parce que je sais que je suis innocent. Mais ça, c'est la preuve que je ne suis rien pour eux, rien qu'un bout de tissu vivant qu'ils doivent garder sain pour le procès.

Pour que je comprenne encore mieux, il m'ordonne de me pencher en avant et d'attraper mes chevilles, puis il braque sa torche sur le trou de mon cul.

Pendant qu'il l'examine je lui dis : « J'ai été arrêté dans mon appartement.

– Pliez vos affaires et mettez ça. » Il fait glisser le survêtement vers moi d'un coup de pied. « Gardez vos sous-vêtements.

– Vous croyez que je me balade chez moi avec des trucs dans le cul ? »

Il ne répond pas et prend une posture de sentinelle à côté de la porte tandis que le black plus âgé revient. Ce n'est qu'un rituel d'humiliation parmi d'autres, pour me montrer leur pouvoir et mon insignifiance. Je n'entends pas ce qu'ils se disent pendant que j'enfile la combinaison marron. L'un deux glousse. Probablement à propos des deux inspecteurs. C'est comme si je n'étais même pas là.

2

Je sais que tout se résoudra. Je fais confiance au Système. Demain j'aurai un avocat, qui montrera à ces flics le ridicule de leur conclusion à partir de si peu de preuves. Mon avocat sera furieux en mon nom, il lancera des formules juridiques qui feront blêmir les flics d'embarras, ils m'enlèveront les menottes devant le juge et me renverront chez moi. Le juge pourra même me présenter des excuses, que j'accepterai tellement je serai soulagé d'avoir tiré les choses au clair, et je comprendrai que parfois, quand on a affaire à des criminels, des pervers et des menteurs, il n'y a tout simplement pas d'autre moyen. Je verrai la situation du point de vue des flics, et ils la verront du mien. Nous pourrons même nous serrer la main.

J'imagine tout ça couché sur une banquette en lattes dans ma combinaison marron, le néon au plafond baigne la cellule d'une lumière blanche et dure qui rend le sommeil impossible. Il y a quatre cellules au sous-sol du poste de police de Westboro, avec barreaux à l'ancienne et grille coulissante, et ce soir deux d'entre elles sont occupées. En entrant je suis passé devant un Mexicain à l'air triste assis tout seul dans la première cellule, les mains sur les cuisses, les yeux rivés au sol. Je suis couché sur ma banquette depuis une heure à présent, et je n'ai même pas entendu ce type remuer.

La lourde porte d'acier qui conduit au hall s'ouvre; j'entends un cliquetis de clés et des voix. Chaque son se répercute sur les parpaings froids, retient l'attention, interrompt le fil de la pensée.

Une voix ennuyée appelle: « Rodriguez ! » J'entends des pieds traînants et un fracas métallique quand la porte de la cellule de Rodriguez s'ouvre. « Non, c'est inutile de faire ça. Vous êtes libéré sous caution. » Je devine que Rodriguez s'est levé et a mis les mains derrière le dos en attendant qu'on lui mette les menottes. « Venez, dit l'auxiliaire du shérif. Vous êtes libéré sous caution. » Rodriguez n'a pas l'air de comprendre, alors l'autre parle de plus en plus fort et s'exprime comme Tarzan. « NON ! TOUT OK ! VOUS LIBRE ! PAS MENOTTES ! VOUS PARTIR ! » Des portes s'ouvrent et se ferment, et au bout d'un moment c'est de nouveau le silence. Je suis à présent le seul détenu au poste de Westboro.

Couché sur la banquette, je fixe le plafond. Je cherche une position confortable, mais tout confort est impossible sur une banquette en bois à lattes endommagées. Le sol en béton, les toilettes en inox et les barreaux en acier ont été conçus pour être fonctionnels et durables, pas pour le confort. Ici, même la lumière est brutale. Je pense tout à coup qu'on viendra me chercher demain matin pour un nouvel interrogatoire, et que je n'aurai probablement pas fermé l'œil.

Il n'y a pas de fenêtre, et je n'ai aucune idée de l'heure. Il pourrait être minuit. Ou quatre heures du matin. L'heure du petit déjeuner pourrait être passée, et la porte pourrait s'ouvrir, Dave et Arrogance Satisfaite pourraient être là, prêts à me ramener dans ma salle d'interrogatoire et me poser encore une fois les mêmes questions. J'ignore pourquoi savoir l'heure prend soudain une telle importance, je suis au bord de la panique. Si je savais l'heure qu'il est ça ne changerait rien, c'est évident, parce que je ne peux rien faire d'autre dans cette cellule qu'attendre.

J'entends une bousculade derrière la porte de communication avec le secteur des cellules. Elle s'ouvre peu après et deux auxiliaires amènent un jeune bagarreur en jeans et T-shirt. Il est soûl et hurle des insanités aux deux auxiliaires qui le font entrer de force dans une cellule.

« Vous savez pas à qui vous avez affaire ! » crie-t-il pendant qu'ils parviennent à claquer la grille sur lui. Il continue de tempêter alors qu'ils sont partis et ont refermé la porte d'acier.

« Vous l'aurez dans le cul, mon père s'en chargera ! Sales brutes ! Connards ! Vous me faites pitié. Vous me faites pitié. »

Il n'est pas en combinaison marron comme moi et j'en conclus que quelqu'un va payer sa caution. Ça peut être une conduite en état d'ivresse ou ivresse et trouble à l'ordre public. Il ne sait pas que je suis dans la cellule à l'autre bout et se croit seul, il continue d'injurier les auxiliaires, qui sont partis depuis belle lurette.

« Vous avez vraiment foiré sur ce coup ! Vous vous êtes gourés de type ! J'aimerais pas être à votre place demain quand vous vous rendrez compte de votre connerie ! » Et ça continue. Le métal et le béton se renvoient chacune des phrases qu'il crache. Étendu sur la banquette, je fixe le plafond en me demandant quand il va se fatiguer de crier, quand les effets débilitants de l'alcool se feront enfin sentir. Finalement, il arrête de vociférer et se borne à pousser de longs cris de colère et de désespoir. Je me bouche les oreilles. Puis j'entends un bruit sourd et je comprends qu'il est tombé. Ses hurlements prennent peu à peu le ton de la résignation, se transforment en sanglots, et finalement en ronflement.

Dommage, j'espérais qu'il pourrait me donner l'heure.

Plusieurs heures plus tard, la porte s'ouvre de nouveau, et cette fois un seul auxiliaire entre en portant un plateau. Il s'approche de ma cellule et le glisse par la fente aménagée dans les barreaux à cet effet.

« Petit déjeuner », annonce-t-il.

Je me lève pour regarder ce qu'il y a sur le plateau. Deux tranches de pain blanc et une seule et unique tranche de mortadelle dans une assiette en carton. Le tout accompagné d'un gobelet en plastique à moitié plein d'un liquide violet. Je suis sur le point de refuser tant je trouve ça insultant, mais je m'aperçois soudain que j'ai faim. En fait, je me rappelle que j'avais faim quand j'ai été arrêté, et que lorsque les flics sont arrivés je me demandais quoi commander quand je retrouverais Charlie au bar. J'avais faim depuis tout ce temps sans même m'en être rendu compte.

Je tire le plateau et je mets la mortadelle entre les deux tranches de pain pour que ça ait l'air d'un sandwich. La mortadelle a une drôle d'odeur, elle sent davantage les produits chimiques que la viande, mais je l'engloutis. Je m'aperçois aussi que j'ai soif, et je renifle le liquide violet. Lui aussi a une odeur chimique, tellement forte que j'ai la nausée. C'est un de ces jus de fruits en poudre auquel on n'a manifestement pas ajouté la proportion d'eau indiquée. Je me lève et me colle contre les barreaux en espérant rattraper l'auxiliaire avant qu'il ne franchisse la porte d'acier.

Je demande : « Hé, je pourrais avoir de l'eau ? »
Il m'ignore, et la porte claque.

Le pain sec s'est transformé en boules humides dans ma bouche, et pour les faire passer je regarde de nouveau dans le gobelet. Je l'approche de ma bouche, je ferme les yeux, et je m'apprête à l'avaler, mais l'odeur chimique me donne encore la nausée. J'abandonne le pain mâché dans le gobelet et je repose la bouillie violette sur la banquette. En quelques instants, l'odeur âcre et pénétrante de la boisson a imprégné chaque centimètre de ma cellule.

Mon avocat n'est pas le jeune justicier ardent que j'espérais. De fait, il ne supporte pas de me voir et me le fait savoir dès que nous nous rencontrons enfin.

« Je ne voulais pas de ce dossier, me dit-il quand je m'assois à la table. J'allais partir en vacances. Et on m'a donné… *ça.* » Il a craché ce dernier mot avec mépris, et j'hésite à décider si « ça » s'applique à moi, à mon affaire, aux accusations portées contre moi, ou simplement à ses vacances gâchées. J'ai l'impression que c'est à tout à la fois. En tout cas, lorsqu'il laissera libre cours à son mécontentement, je serai son public. Il en a été décidé ainsi.

Nous sommes au tribunal pour la lecture de l'acte d'accusation, et depuis mon arrestation hier je n'ai rien avalé d'autre que mon petit déjeuner immangeable. J'ai la gorge sèche et rêche, la faim m'étourdit et j'observe mon avocat qui tire de sa mallette une pâtisserie enveloppée dans des serviettes, il commence à la grignoter. Des miettes de glaçage blanc tombent et je me demande de quoi j'aurais l'air si je les ramassais. Il marmonne à propos d'actes d'accusation et de reconnaissance de culpabilité.

«Le procureur a dit que si vous fournissez des renseignements sur l'endroit où se trouve la fillette il fera des recommandations pour le prononcé de la sentence.

– Je ne sais pas où elle est. Je n'ai rien à voir là-dedans.»

Il est déçu. Il va devoir monter une défense. Il espérait que je plaiderais coupable, me mettrais à la merci du tribunal, qu'il pourrait signer quelques documents et courir prendre un avion. Je regarde les miettes de glaçage et je m'étonne de la liberté de cet homme.

«J'ai besoin d'eau.

– Oui, tout à l'heure», dit-il, et il se remet à fouiller dans des papiers, à la recherche du procès-verbal d'arrestation. Son absence d'intérêt pour ma soif déclenche ma première véritable réaction de colère. Je sens la chaleur me monter au visage et je suis sur le point d'avoir le comportement qu'on attend de moi. Je veux me lever et crier. Ce type est censé être de *mon côté*.

«Je vois que vous exercez une activité rémunérée. Vous gagnez probablement trop pour bénéficier de l'assistance juridique. Je vais avoir besoin de la permission d'accéder à votre dossier fiscal.»

Incroyable. Il essaie de trouver une échappatoire pour ne pas me représenter, et il veut que je l'y aide. La seule personne qui, de toutes celles que j'ai rencontrées depuis hier, est supposée avoir mon intérêt à cœur essaie de me fuir le plus vite possible. Pendant qu'il enfourne la dernière bouchée de son gâteau, je regarde ses petits yeux en pensant que ce serait peut-être une bonne chose que d'être débarrassé de lui. Son remplaçant pourrait être un avocat diligent qui s'implique, et non un incompétent nerveux et en colère qui ne s'intéresse qu'à ses propres projets.

Je dis sur un ton ferme: «J'ai besoin d'eau, maintenant. Je n'ai rien eu à boire depuis mon arrestation.»

Il lève le nez. «On ne vous a pas nourri en cellule?

– C'était immangeable. Une boisson chimique aux fruits et une tranche de pain.

– Oui, bon, ce n'est pas un hôtel…

– J'ai besoin d'eau, merde.

– Très bien, très bien.» Il me lance un regard irrité, prend le gobelet en carton qu'il a utilisé pour son café et frappe à la porte. Quand un gardien ouvre, il va chercher de l'eau à la fontaine dans le couloir. Je sais exactement où elle se trouve parce que lorsque je suis passé devant je me suis demandé si je pouvais boire un peu avec les menottes. Mais mon avocat était arrivé avant que je puisse essayer, on m'avait détaché les mains et conduit dans cette pièce. Il revient peu après, pose le gobelet plein devant moi, et je le vide d'un coup. Il s'assoit et ne m'en propose pas davantage.

Je lui demande comment il s'appelle.

«Maître Randall.»

Maître. Il ne souhaite manifestement pas devenir copain avec un violeur d'enfant. «Merci, maître Randall.»

Indifférent à ma gratitude il retourne à ses papiers. On frappe à la porte et le gardien annonce que nous sommes les prochains à passer devant le juge.

«Laissez-moi parler», me dit Randall pendant que le gardien me menotte et m'enchaîne à nouveau. J'ai une sangle de cuir autour de la taille et mes chevilles sont entravées par une chaîne. Difficile de ne pas avoir l'air menaçant quand vous portez la combinaison des prisonniers et que vous êtes enchaîné comme Hannibal le cannibale.

Le tribunal est bourré de photographes qui se mettent tous à me mitrailler à mon entrée. Un cameraman me filme pendant que Randall et deux gardiens me conduisent devant le juge. Cette fois je m'attendais à voir la presse et je ne réagis pas, mais je sais à présent ce que doivent ressentir les célébrités. J'essaie de regarder loin devant tandis que les flashes crépitent autour de moi.

Randall s'installe à une table en Formica en face du juge et je suis debout à côté de lui. Je remarque que Randall a les épaules voûtées et que toute son attitude est celle de quelqu'un qui veut se faire tout petit, disparaître, si possible. Mon protecteur aimerait se fondre dans les boiseries.

« Jeffrey Sutton, vous êtes accusé de kidnapping. Que plaidez-vous ? »

Je ne réponds pas, puisque Randall m'a demandé de le laisser parler, mais il me pousse du coude et murmure : « Vous devez parler. »

Je réponds : « Non coupable », et je suis surpris de la faiblesse de ma voix. C'est celle d'un homme honteux, d'un coupable qui espère qu'un procès, une tentative auprès du système judiciaire, le sauvera. Je me racle la gorge pour parler de nouveau, mais le juge me précède.

« Placé en détention provisoire », déclare-t-il. Naturellement. Il y a des caméras partout qui retransmettent l'affaire de l'enlèvement d'une fillette. Ce type ne me laissera aller nulle part. On m'emmène avant que j'aie repris mes esprits, avant que mon avocat ait dit un mot. « Affaire suivante », dit le juge.

Rapide et unilatéral. On m'a sorti de prison pour me dire que je vais en prison. Mais pas dans la cellule du poste de police. Cette fois je vais dans une vraie, une bonne vieille prison. Les policiers du tribunal me conduisent vite vers la porte du fond et je traîne les pieds avec mon attirail de chaînes et de cuir. Qui d'autre qu'un coupable traînerait les pieds de cette façon?

Avant que nous atteignions la porte, une femme se met à crier de la rangée à l'autre bout. Je regarde et je vois la jolie femme blonde qui était dans mon taxi il y a seulement quelques jours, celle qui m'a donné un bon pourboire, celle dont j'ai touché la fenêtre. Elle crie d'une voix aiguë à travers le tribunal bondé: «Où est ma fille?» Elle essaie de s'avancer vers moi, de traverser une salle bourrée de journalistes et de policiers. «Qu'est-ce que vous avez fait d'elle... ESPÈCE DE MONSTRE!»

J'espère que les flics me feront franchir la porte et m'emmèneront dans les coulisses, mais ils restent figés. La femme crie de nouveau: «OÙ EST MA FILLE?» Le cameraman la suit pendant qu'elle essaie de me rejoindre. Ça, c'est de la bonne télé. On la laisse s'approcher à travers la foule, passer la barrière qui sépare les avocats du public. Ce devrait être le moment où le juge se met à frapper avec son marteau et à exiger le retour à l'ordre, comme ça se fait dans toutes les fictions policières que j'ai pu voir. Mais le juge se contente de regarder, comme s'il suivait sa propre série à la télé. C'est pour lui un spectacle en *live.* Mon avocat s'est écarté de moi, comme pour bien montrer que mon affaire lui a été imposée, qu'il ne veut pas en faire davantage que ses obligations juridiques. Si cette femme veut me frapper, me donner des coups de pied et me griffer alors que je suis enchaîné et immobilisé devant une foule de spectateurs, qu'il en soit ainsi. Finalement, l'huissier s'interpose, mais elle est à présent assez près pour me cracher dessus, ce qu'elle fait.

«MONSTRE!» Les caméras la filment, et je ne peux pas m'empêcher de penser que, malgré son chagrin, elle joue pour elles. Elle a vu sur Lifetime Channel que c'est ainsi que se comporte une mère affligée. Je me rappelle sa conversation au téléphone quand elle était dans mon taxi et que je pensais qu'elle avait une liaison. « Dites-moi ce que vous avez fait d'elle ! Dites-le-moi ! » Sa voix est un grondement animal. De la salive pend encore de son menton.

Je sens celle qui coule sur le mien pendant que le garde ouvre finalement la porte, et quand elle se referme tous les regards me brûlent le dos.

3

Je suis dans le couloir de la mort parce que c'est l'endroit le plus sûr où me mettre. Il paraît que les kidnappeurs tendent à rencontrer des difficultés avec la population carcérale ordinaire, on a donc trouvé un moyen de me protéger en me donnant ma cellule personnelle dans le couloir de la mort. Je médite sur l'ironie d'une mesure qui consiste à me placer pour ma sécurité parmi des hommes dont la mort est programmée.

Certes, dès que le procès sera terminé, la population ordinaire de la prison aura tout le loisir de s'occuper de moi comme elle l'entendra, mais en attendant je dois rester en bonne santé et indemne. Les premiers jours dans Le Couloir, comme nous l'appelons, j'ai droit à deux visites médicales, l'une pour un bilan physique complet et l'autre pour un examen psychologique. Durant mes vingt-trois heures quotidiennes d'enfermement, je réfléchis à une autre ironie : c'est dans le couloir de la mort que je trouve enfin un fonctionnaire qui paraît se soucier de ma santé.

L'examen psychologique n'est pas destiné à découvrir si je suis un tueur d'enfants. Toutes les questions portent sur le suicide et l'agressivité. Essayez-vous parfois de résoudre les problèmes par la violence ? Imaginez-vous souvent qu'il arrive malheur aux personnes que vous n'aimez pas ? Avez-vous déjà essayé de vous blesser avec des ustensiles ménagers? Je dois reconnaître que j'ai des tendances à la violence – qui ne jure pas quand il se cogne le petit orteil? – juste assez pour convaincre que j'écoute les questions et que je n'essaie pas de me faire passer pour le dalaï-lama, mais pas assez pour justifier des chaînes et des précautions supplémentaires. On dirait que je me suis bien débrouillé; je reçois une taie d'oreiller et une couverture, luxe réservé aux plus stables mentalement, parce qu'elles peuvent servir à étrangler ou étouffer quelqu'un, voire soi-même.

Pendant la première semaine, les vingt-trois heures quotidiennes de néant provoquent un ennui tellement intense qu'il se traduit par une douleur physique. Mon corps a envie d'exploser tant il a besoin de choses à faire, à voir, à lire, à écouter. Avec ma télé et Internet chez moi, et un travail à plein temps, mon cerveau est habitué à des stimulations permanentes. Conduire un taxi est une activité visuelle. À présent, les neurones qui absorbaient les avenues, la circulation urbaine, les couleurs et les lumières du centre de Dallas doivent se contenter de toilettes en inox et d'une fenêtre blindée toute en hauteur, large comme la main.

Le seul soulagement est ce que j'appelle la récréation, l'heure où je suis hors de ma cellule. J'essaie de ne manifester aucune joie quand j'entends le guichet de ma porte s'ouvrir, parce que je sais que les gardiens ne tarderaient pas à s'en servir pour me menacer de supprimer cette heure en cas d'insolence. Vous ne pouvez pas leur montrer que vous dépendez de la mesquinerie de leur bon vouloir. Je suis sûr que mon langage corporel me trahit, parce que c'est un fait acquis que nous voulons tous sortir. Aucun mammifère n'a envie de passer toute la journée dans une boîte. Ils ouvrent la porte et me conduisent dans une cage à l'extérieur, où je peux rester au soleil et regarder de véritables détenus du couloir de la mort tourner en rond.

Nous sommes actuellement six ici, et je ne suis pas encore autorisé à me mêler aux autres. C'est un privilège. Il y a plusieurs cages dans notre cour de récréation, dont celle où je suis et d'où j'observe les cinq autres hommes: deux Noirs à l'écart, un Blanc assis sur les gradins le regard fixe, et un autre Blanc et un Mexicain qui ont l'air d'être amis. Mon premier jour dans la cage, le Blanc a dit quelque chose qui a fait rire le Mexicain, et je me suis rendu compte que je n'avais pas entendu ce son depuis plusieurs jours.

Aujourd'hui, le Mexicain vient vers ma cage et me regarde. Je soutiens son regard. Il est torse nu et couvert de tatouages.

« Quand est-ce qu'y te laisseront sortir de la cage, mec ?

– Il faudrait leur demander.

– Ça doit faire une semaine que t'es là. C'est quoi cette connerie ? »

C'est quoi cette connerie. Bien vu. C'est long, une semaine ? Je n'ai pas de point de repère. Quelque chose dans mon examen psychologique a dû les déranger. Ma remarque à propos des jurons quand on se cogne le petit orteil dénote peut-être que j'ai absolument besoin d'être maintenu en cage plus longtemps.

Je lui demande : « Combien de temps ils t'ont gardé en cage ? » Il a un sourire de fou et s'éloigne.

Les gardiens sortent et nous ramènent dans nos cellules, un à un. Chaque prisonnier doit être accompagné de deux gardiens et il n'y a que trois gardiens par service, ils nous enferment donc séparément dans une cage de la cour pendant le retour en cellules. Si l'un de nous proteste contre le fait d'être encagé ou ramené en cellule et leur fait perdre du temps, ils réduisent d'autant la sortie de tous le lendemain, dans l'espoir que nous le punirons et qu'ils n'auront pas à le faire eux-mêmes. Quand la punition a lieu, les gardiens regardent ailleurs.

Personne n'aime les perturbateurs.

À la fin de ma première semaine, il se met à pleuvoir au moment où les détenus sont mis dans les cages. Un des Noirs entonne un gospel à propos de la pluie, sa voix est lente, profonde, belle, et elle me fait espérer que quelqu'un, quelque part, commence à comprendre qu'on s'est trompé de coupable. Je sens une bouffée d'optimisme. J'aimerais pouvoir entendre cette voix depuis ma cellule. Quand les gardiens le font passer devant ma cage, je l'appelle. « Hé, mec, tu as une belle voix.

– TA GUEULE BORDEL ! » Il s'éloigne vers la porte en traînant les pieds, il ne chante plus.

Le Huitième Jour je suis autorisé à sortir de la cage. Quand un gardien vient me libérer pendant la récréation, je me sens comme un ours ou un loup rendus à la vie sauvage. Il déverrouille simplement la porte et me laisse, et j'ai soudain l'idée paranoïaque que c'est un coup monté, que si je pousse la grille un des types dans le mirador va me descendre avec son arme de précision. Alors je décide de traîner dans la cage, et j'imagine le type dans le mirador de plus en plus dépité. Puis Ernie s'approche de moi et dit : « Hé, abruti, ta cage est ouverte. T'es taré ou quoi, merde. » À l'évidence, il faut être un véritable crétin pour rester dans une cage quand on n'y est pas obligé.

Ernie, c'est le Mexicain qui n'avait pas répondu quand je lui avais demandé combien de temps il était resté dans une cage. Je sors enfin, il se présente, ainsi que son copain Bert. Ernesto n'aime pas qu'on l'appelle Ernie, je l'apprendrai plus tard, mais quand le gars avec qui vous vous promenez tout le temps s'appelle Bert, comme dans *Rue Sésame*, ça peut arriver. Nous nous serrons la main pendant les présentations, ce qui donne à ma sortie de la cage l'atmosphère d'une réunion d'anciens du lycée.

Je me demande quelles sont les règles de la conversation ici. Est-il de bon ton de parler de la date prévue pour l'exécution de son interlocuteur ou de lui demander qui il a tué ? Ou s'en tient-on au sport et au temps qu'il fait ? Existe-t-il la même séparation raciale que celle que j'ai vue dans les films qui se passent en prison, où les Noirs ne parlent pas aux Blancs et vice versa, bien que nous ne soyons que six ?

Ernesto m'interroge : « Alors, qu'est-ce qui se passe à Hollywood, mec ?

– Hollywood ? » J'essaie d'avoir l'air dans le coup. C'est peut-être une expression propre à la prison, la façon de se saluer. Hé, mec, quoi de neuf à Hollywood ? Je hausse les épaules.

Il insiste. « Tu sais bien, avec Angelina Jolie, tout ça… Et Beyoncé. Avec qui elle est maintenant Beyoncé ?

– Angelina et Brad sont toujours ensemble ? » demande Bert avec inquiétude.

C'est donc à ça que pensent les types dans Le Couloir ? Jamais je ne l'aurais deviné. Je regrette de n'avoir pas passé plus de temps en compagnie des femmes qui lisent les magazines à la laverie, mais je ne peux rien pour eux.

Je prends ma voix la plus réconfortante pour répondre à Bert : « Je suis sûr qu'Angelina et Brad sont toujours ensemble. Je pense que s'il était arrivé quelque chose je serais au courant. » Je me creuse la cervelle pour trouver des potins sur des célébrités, n'importe quoi que j'aurais pu entrapercevoir sur la couverture glacée d'un magazine en passant à la caisse d'un supermarché. Le mieux que je trouve est : « Michael Jackson est mort.

– Putain, mec, ici c'est Le Couloir, pas la Russie, bordel. Je sais que Michael Jackson est mort, c'était il y a presque deux ans. » Ernesto est visiblement dégoûté par mon ignorance de l'actualité, mais la nostalgie l'emporte. « Je me rappelle le jour où Michael Jackson est mort, poursuit-il, un des gardiens, Le Frisé, on l'appelait comme ça parce qu'il était chauve, il est plus là parce qu'il a eu l'hépatite ou une saloperie qui te rend tout jaune. HÉ, CLARENCE ! » crie-t-il aux deux Noirs au bout de la cour.

Ernesto a une manière très personnelle de parler et une étrange inaptitude à se fixer sur un sujet.

« QUOI ? » Le Noir qui crie à son tour est celui qui chante, celui qui m'a incendié quand je me suis risqué à ma première conversation de prison.

« C'EST COMMENT LE NOM DE LA MALADIE DU FRISÉ ?

– L'HÉPATITE.

– Ouais, c'est ça, et il a eu l'invalidité totale, qui fait qu'on n'a plus à travailler jamais. Alors ce salaud a été gardien de prison pendant, disons, trois ans, et maintenant les contribuables vont payer pour lui pendant soixante ans. »

Je trouve surprenant que la générosité du régime de pension des fonctionnaires soit un motif de colère pour un détenu du couloir de la mort. Surprenant aussi qu'Ernie ait abordé le sujet après avoir commencé, quelques phrases plus tôt, à parler de la mort de Michael Jackson. Bert semble y être habitué, il lève les yeux au ciel et me prend à part.

Il me demande, comme s'il attendait des ragots: «Alors, qu'est-ce que tu as fait?

– Comme métiers dans ma vie?» J'ignore si les crimes sont un sujet tabou.

«Non, comme crime. Pourquoi tu es ici?

– Je n'ai rien fait. Ils se sont trompés de coupable.»

Bert est ébaubi. «Tu veux dire que tu es innocent? Pas possible. Pourquoi tu as été condamné?» Il est émotif et expressif, pas du tout tel que j'imaginais un détenu du Couloir. Il a l'air d'un brave type qu'on peut rencontrer dans un bar, un représentant peut-être, un brin trop expansif à mon goût, mais quelqu'un de correct. Je me demande ce qu'il a bien pu faire.

«Je n'ai pas été condamné. Je suis privé de communication avec la population ordinaire de la prison jusqu'à ce que les médias se calment. C'est une affaire qui fait beaucoup de bruit.»

Il est troublé. «Qui tu as tué?» Il se corrige aussitôt. «Qui est-ce qu'ils *pensent* que tu as tué?

– Ils croient que j'ai kidnappé une petite fille chez elle et que j'ai fait des choses avec elle.

– Pas possible. Et tu n'as rien fait?» Il me dévisage, ahuri, et se tourne vers Ernesto qui s'était totalement abstrait et regardait dans le vague. «Hé, Ernie, ce gars est innocent.»

Après mes nombreux interrogatoires, ça me fait une drôle d'impression d'entendre qu'on me croit sur parole. J'aimerais que ces types soient les policiers. Ah bon? Vous n'avez rien fait? Très bien, vous êtes libre. Ernie me regarde attentivement pendant une minute, comme s'il sondait mon âme.

Quand il a tiré sa conclusion il déclare : « Ouais. Ce gars est innocent. » Je suppose qu'il y est parvenu grâce à un pouvoir psychique imaginaire, mais il donne une explication scientifique. « Les tueurs d'enfants, ils sont pas comme toi. Toi, t'es comme un type normal. Les tueurs d'enfants ils ont l'air tranquille, timide, tout ça. Inoffensif. C'est ça le mot. Les tueurs d'enfants ils essaient toujours d'avoir l'air inoffensif. »

Le haut-parleur annonce la fin de la récréation. Quand nous nous retirons calmement dans nos cages j'ai un moment de jubilation. Il y a quelque chose dans le fait d'être cru qui donne un sentiment de pouvoir. Mes paroles ont un effet, je parle rationnellement, je ne suis pas fou. Il y a eu un instant pendant l'interrogatoire où je me suis vraiment concentré sur les événements de la soirée en question, et je me suis sérieusement demandé : est-ce que j'ai kidnappé cette fillette ? L'avais-je simplement effacée de ma mémoire ? À ce moment-là j'ai découvert qu'il existe chez les humains une force très puissante qui les pousse à croire tous la même chose, et j'étais entouré de gens qui pensaient que j'étais un tueur d'enfant. Qui étais-je pour discuter ?

Heureusement, ça m'était passé avant que je signe ou dise quelque chose qui aurait pu être utilisé contre moi.

Les gardiens bouclent toutes les cages, puis ils nous en font sortir un par un. Je suis dans celle qui se trouve le plus près de la porte, et donc je sors le dernier. En passant devant ma cage, Ernesto se tourne vers un des gardiens qui l'escortent et fait un signe en direction de ma cage. « Ce garçon est innocent », dit-il joyeusement.

« Unhun », fait le gardien. Puis il crie : « Porte principale ! »

La porte s'ouvre avec un déclic sur notre petite cour du couloir de la mort.

Ce garçon est innocent. Si seulement quelqu'un le croyait, quelqu'un qui n'aurait pas commis un meurtre quelconque.

Il se trouve qu'il y a quelqu'un.

Au bout de quelques semaines, j'ai une visite. Le visiteur se présente une demi-heure avant la récréation et je suis tenté de refuser de le voir. C'est important la récréation. Nous avons des droits dans Le Couloir, et l'un d'eux est de pouvoir refuser les visiteurs. En réalité, c'est à peu près tout ce que nous avons comme droits.

« Qui est-ce ?

– Je ne sais pas. Je ne suis pas chargé de tenir ton carnet de rendez-vous. » C'est Zeke le gardien, un body-buildé à la tête rasée qui mâche tout le temps du chewing-gum. Il ne regarde jamais les prisonniers en face, et je ne l'aime pas parce qu'il parle de sa vie privée devant nous avec les autres gardiens. Son partenaire habituel, un jeune Noir, Evans, est le plus sympathique des deux. Le jour où j'ai dit que j'avais mal à la tête il m'a filé deux Tylenol sans que je le lui demande.

Je me mets dos à la porte, je glisse les mains dans la fente et il me passe les menottes, puis, seul, il m'accompagne au parloir. Un seul gardien, pas de chaînes aux pieds. Le dernier test psychologique a dû montrer que je n'étais vraiment pas dangereux.

Franchir une succession de portes est un rituel auquel je me suis habitué. Ouverture Quatre ! La porte s'ouvre avec un déclic et émet un bourdonnement après notre passage.

Ouverture Trois ! Déclic et bourdonnement. Il faut toujours répéter trois fois Ouverture Deux parce que la réception audio de la caméra de surveillance au-dessus de cette porte est défectueuse. Elle a besoin d'être réparée.

Le parloir est une grande cellule séparée en deux par un mur où est encastrée une fenêtre en Plexiglas. Les téléphones individuels sont réservés à la section générale, la section G. Ici, nous avons perdu nos droits à l'intimité, et si nous voulons recevoir une visite, c'est une affaire publique, avec des téléphones rattachés à un système d'enregistrement.

Je vois un homme noir à la carrure imposante, proche de la soixantaine, large visage sensible, marqué par une expression d'épuisement permanent. Quand Zeke me fait entrer et m'enlève les menottes, l'homme m'adresse un signe de tête. Dès que ma main est libre j'attrape le téléphone.

« Qui êtes-vous ? » Ces quelques semaines en prison ont fait sauter le vernis de civilité que nous avons tous. Je ne m'assois pas.

« Je suis l'inspecteur Watson, de la police de Waco », dit-il, et il lève déjà la main comme pour repousser ce qu'il s'attend à entendre.

« Allez vous faire foutre tous, vous savez que vous ne devez pas me parler en l'absence de mon avocat. » Pour les policiers, je fais comme si mon avocat était un preux chevalier, un défenseur de mes droits, et non un fonctionnaire ennuyé et apparemment incompétent qui se montre ouvertement hostile à mon égard.

« Je vous demande seulement d'écouter. » Il me fait signe de m'asseoir. Sa façon de parler et ses gestes ont quelque chose de patient et de paternel. Je reste debout, mais je l'encourage à poursuivre.

Il tourne vers moi la photo d'un homme blanc à peu près de mon âge. Ce type à l'air plus mauvais qu'un serpent, mais au fond, qui sait? C'est peut-être un amour. La caméra de l'identité judiciaire ne saisit pas vraiment le meilleur des gens. Watson me demande: « Vous connaissez ce type?

– Je croyais que je devais seulement écouter. »

De nouveau ce geste de la main, et un sourire tranquille. « Il s'appelle Vernon Jay Brightwell. Il vit à Waco, Texas. Je vais vous raconter une histoire sur lui. »

Je hoche la tête en haussant les épaules. Je sens que l'histoire pourrait être longue, et j'aime bien l'attitude de cet homme. Ça ne coûte rien d'être poli avec lui. Je m'assois.

« Il y a environ deux ans, il y a eu une tentative de kidnapping à Waco. Une fillette de dix ans a été enlevée par la fenêtre d'une chambre au rez-de-chaussée. Elle s'est échappée. J'étais chargé de l'enquête, et ce type ici, Vern Brightwell, était mon suspect numéro un.

– Et alors?

– Nous n'avons rien pu prouver. Il habitait tout près, il avait une voiture semblable à celle qui avait été vue quittant le lieu de l'enlèvement. Mais la fillette n'a pas pu l'identifier de manière formelle. Il faisait nuit, et il portait un masque.

– Qu'est-ce que ç'a à voir avec moi?

– Après avoir appris votre arrestation, j'ai recherché Vern Brightwell. Une semaine avant la disparition de cette fille, il était encore chauffeur de bus scolaire à Westboro. »

Oui! Quelqu'un fait enfin un vrai travail de police. « Alors vous croyez que c'est lui? » Je ne parviens même pas à admettre que j'ai été accusé de kidnapping. « Lui qui a fait cette... chose dont on m'accuse?

– C'est une possibilité que je veux examiner», dit Watson en baissant lentement sa main libre comme un chef d'orchestre qui demande aux musiciens de jouer plus doucement. Il ne veut pas que je m'excite trop.

«Alors vous savez que je suis innocent.» Je suis déjà trop excité. Il refait le même geste; mais à présent j'ai des questions et je veux des réponses. «Pourquoi ne pas arrêter ce Brightwell?

– Nous ne savons pas où il est. Il a déménagé.

– Pourquoi ne répétez-vous pas à la police de Westboro ce que vous venez de me raconter?»

Son regard devient compatissant. «Je l'ai fait, Jeff. Ils m'ont ri au nez.» Je vois dans ses yeux qu'il sait exactement ce qui se passe ici, il sait que je suis innocent, il sait que les flics qui m'ont arrêté sont des imbéciles. Voilà une personne, une personne réelle de l'extérieur, qui pourrait vraiment croire les mots qui sortent de ma bouche et ne pas les rejeter immédiatement comme du radotage.

«Ils ont des témoins, Jeff. Deux dealers qui disent qu'ils vous ont vu avec la petite.

– Vous vous foutez de moi.

– Non. C'est pour ça qu'ils n'ont pas voulu m'écouter quand je leur ai parlé de Brightwell. J'ai interrogé ces témoins. Ils sont en prison ici même, dans la section générale. Deux des voyous les plus louches qui soient, ils disent qu'ils vous ont vu en taxi dans le sud de Dallas. Que vous vous êtes arrêté à une épicerie du quartier hispanique pour acheter un soda et qu'il y avait une fillette sur la banquette arrière.»

Je proteste. «Je ne suis pas allé dans le sud de Dallas ce jour-là.» Watson acquiesce.

« Ces deux types vont s'en tirer en témoignant contre vous. »

Je secoue la tête, je ne peux pas le croire. « Vous savez ce qui se passe ici, n'est-ce pas ? Vous le voyez ? » Son regard est plein de compassion. Ce doit être la façon dont le personnel paramédical et les secouristes regardent les gens qu'ils trouvent au bord de la route après un accident. Mon cas a fait de moi l'équivalent de la victime d'un chauffard qui s'est enfui en me laissant les tripes à l'air sur la chaussée. Je veux trouver un moyen de faire comprendre à cet homme qu'il ne peut pas abandonner, qu'il ne doit pas lever les bras au ciel, résigné, et dire : « On s'est fait baiser. » Il faut qu'il s'acharne. Il me regarde comme si j'étais déjà mort.

« Le dossier qu'ils ont contre vous... » Watson cherche les mots justes. Il veut donner son point de vue sans insulter des collègues, sans franchir une frontière ténue. « ... Il présente quelques lacunes.

– Vous devez retrouver ce Brightwell. Vous devez parler à mon avocat. » Je suis devenu intarissable, les mots se bousculent. Aussi contrarié que puisse se sentir Watson, ce n'est rien à côté de ce que ressent un homme dans une boîte en ciment pendant vingt-trois heures par jour, sans rien d'autre à faire que se déchirer de l'intérieur. J'ai tout le temps mal au ventre.

Watson continue de me regarder à travers le Plexiglas en hochant la tête. Quand Zeke vient me chercher, j'essaie de trouver dans son regard des signes d'espoir ou de fermeté, mais je n'y vois que de la tristesse.

Zeke m'emmène à la récréation, où je suis impatient de raconter mon histoire d'un policier qui a pris mon parti, et je trouve une atmosphère aussi lourde que le ciel. Il paraît que Clarence a appris la date de son exécution.

Quand cette date est notifiée à un condamné, tous les autres sont affectés, moins par empathie fraternelle que parce que ça leur rappelle qu'ils sont dans le couloir de la mort. Ils ont quelques récréations agréables, ils lisent un livre particulièrement passionnant, et il leur est effectivement possible d'oublier. Certes, ils savent qu'ils sont en prison, mais ils oublient pourquoi ils sont confinés dans ce secteur particulier. L'homme possède une aptitude à nier la réalité de la mort qui s'étend même à ceux pour qui elle est imminente, mais pas à ceux pour qui elle est programmée.

Parce que j'attends mon procès et que je n'ai pas encore été condamné à mort, je ne me sens pas le bienvenu parmi les trois types qui entourent Clarence pour le soutenir. Je n'ai encore aucune idée de ce qu'il a fait pour finir ici, et je ne connais le nom de famille de personne. Je ne suis ici que depuis quelques semaines, et j'ai la même sensation que pendant ma première semaine dans un nouveau lycée, à savoir qu'il vaut mieux que je m'occupe de mes oignons. Je vais vers les gradins, où le type blanc qui ne parle jamais est assis le regard fixe.

Quand je m'assois tout en bas il me jette un coup d'œil. Il est à sa place habituelle, quatrième rangée, et je sens ses yeux sur moi qui ai pris la même posture que lui. Quand il me regarde, c'est la première fois qu'il répond directement à un stimulus externe.

J'essaie de ne pas le regarder et je fixe la cour, comme il le fait d'ordinaire, mais je sens son regard me brûler. Je me retourne et il me dévisage franchement. Pourquoi ? Suis-je assis sur « ses » gradins ? Allons-nous nous bagarrer pour une question de territoire ? Je m'apprête à me lever et m'en aller quand il me demande : « Tu fais la une des journaux ?

– Quoi ? » Il a une petite voix claire, pas menaçante comme je m'y serais attendu. J'aurais cru que tous les types du Couloir ont une voix menaçante, et ce n'est vrai pour aucun, sauf peut-être pour Clarence.

« Tu fais la une, c'est ça ? On met chez nous les cas où il s'agit d'enfants pour qu'ils n'arrivent pas blessés au procès. »

Je hoche la tête.

« Qu'est-ce que tu as fait ?

– Rien. Je suis innocent.

– Innocent », il rit. Il a l'air d'être amusé par le mot, non par la question de savoir s'il s'applique à moi ou pas. « Tu veux dire non coupable », ajoute-t-il gaiement.

Comme j'imagine qu'il aime tout simplement s'asseoir sur ses gradins et se sentir d'humeur poétique, j'acquiesce et m'intéresse de nouveau à la cour, mais mon nouvel ami est en veine de conversation. Il descend les gradins et se présente : Robert. Sa poignée de main est confiante et son attitude agréable, il a l'aisance de ceux qui sont beaux, comme c'est son cas, je le remarque pour la première fois.

« Ne m'appelle pas Bob. Même si la tentation est très forte, tiens-t'en à Robert. »

Je n'arrive pas à savoir si c'est une menace ou une plaisanterie. J'ai la vague impression que quelqu'un qui l'a appelé Bob quand il ne fallait pas est enterré quelque part. Quand vous êtes dans le couloir de la mort, vous pouvez rendre chaque mot que vous dites menaçant, simplement à cause de qui vous êtes. Il aime peut-être son prénom.

« Robert. Moi c'est Jeff.

– Tiens-t'en à Robert, Jeff, dit-il en souriant. » Il regarde Bert et Ernie, dans leur bulle. « Cet Ernesto, il te dira qu'il a tué trois femmes, commence Robert avec un sourire en coin. Mais c'est faux. Il a tué trois types. Des homos. Il les a dragués dans des bars, emmenés chez lui et tués. C'est une tante. »

Comme je ne dis rien, Robert poursuit. « C'est marrant, non, qu'il mente sur ça ? Après tout, qu'est-ce que ça peut foutre ? Comme si celui qui tue des femmes était au-dessus de celui qui tue des types parce que c'est une tante. On est là, dans le couloir de la mort, et lui il continue de raconter ses salades pour essayer de se faire mousser.

– Tu es ici pour quoi ? » Nous avons une simple conversation et rien jusqu'ici n'indique que cette question est tabou, mais je n'en suis pas moins soulagé quand je vois Robert hausser les épaules.

« J'ai tué sept personnes », dit-il, comme si c'était une réplique anodine dans un spectacle à l'école. Puis il me regarde de l'air de pouvoir percer les mécanismes de mon esprit, un regard pénétrant, celui que les flics ont essayé en vain d'employer dans la salle d'interrogatoire. Ils auraient dû prendre des leçons avec ce type. « Des femmes *et* des hommes. »

Je hoche la tête.

« Pour de l'argent.

– Ah bon ? » Je suis surpris. Je lui imaginais des mobiles plus personnels et plus sinistres, tels que des voix dans sa tête ou un désir sexuel pervers. Tuer pour de l'argent paraît terriblement terre à terre. Je suis frappé de constater qu'il fait exactement ce dont il vient d'accuser Ernesto : obtenir un certain statut pour son crime. Il s'est peut-être dit que ceux qui tuent pour de l'argent sont supérieurs à ceux qui tuent pour le sexe ou par colère.

« La juge m'a dit que je suis un psychopathe », poursuit Robert tout content, comme s'il se vantait d'avoir reçu un prix. « Elle a dit que je suis incapable d'éprouver du remords, et je crois que c'est vrai. Je pense que je ne ressens rien, excepté le regret de m'être fait prendre. Mais tu sais le plus drôle ?

– Quoi ? » J'ai du mal à imaginer quelque chose en liaison avec Robert qui soit réellement drôle. Ironique peut-être, ou tordu, or Robert a l'air vraiment amusé.

« Au cours de l'audience qui a fixé ma peine, mon avocat et la juge ont décidé d'un commun accord que je devais présenter mes excuses aux familles des victimes. Que je devais les écouter me raconter pendant deux heures que les gens que j'avais tués étaient merveilleux, et ensuite lire une déclaration disant combien je regrettais. Tu te rends compte ? La juge avait entendu trois experts psychiatres affirmer que j'étais incapable de remords, et elle venait me demander d'exprimer mes regrets par écrit. » Robert s'étrangle de rire, et je suis tenté d'en faire autant.

Encouragé par ma réaction, il développe. « Ces familles m'ont toutes dit que les personnes que j'avais tuées étaient des êtres humains admirables qui auraient donné leur chemise à un inconnu. C'était à crever de rire. Ces gens-là pleuraient sur leurs foutus parents en parlant tous des remords que je devrais avoir, et j'essayais de ne pas rigoler. Mes victimes étaient un tas de merdes exigeantes, collantes et cupides. Et elles n'auraient donné leur chemise à personne. La plupart n'auraient pas filé dix cents à un mendiant. »

Mon sourire se fige légèrement quand le psychopathe semble réapparaître, mais soit Robert ne le remarque pas, soit il continue sur sa lancée

« Tout ça c'est des conneries, me dit-il. C'est un spectacle. Quand tu comparaîtras, penses-y. Rien qu'un spectacle.

– Je viens de rencontrer un flic qui pense que je suis innocent. » J'ai vraiment envie de connaître la position de Robert là-dessus. Depuis que je suis ici, il est le premier qui semble vouloir simplement bavarder, et il a une façon de voir les choses qui correspond assez bien à la mienne. Il est intelligent, curieux et cynique, et le fait qu'il a tué tous ces gens ne semble même pas compter. Il se peut qu'en un mois à raison de vingt-trois heures quotidiennes enfermé seul dans une pièce j'en arrive là à force de solitude. Un peu d'isolement suffit à faire sombrer les critères en matière de contacts humains.

Quand retentit le signal de la fin de la récréation, Robert secoue la tête. « N'espère pas trop. Tu n'es qu'un cheval de cirque. »

Trop tard. Pendant que nous sommes emmenés dans nos cages, j'ai le sentiment de m'être fait deux amis. Il y a un policier qui me croit innocent et un type qui comprend ce que je vis. Il s'en fiche, je sais, mais il comprend. Et, bizarrement, ça me suffit.

4

L'enfermement me ronge littéralement. Il y a des limites au nombre de jours où je peux fixer les parpaings blancs du matin au soir sans que mes tripes se contractent, et je sens une espèce de caillou se former dans le côté droit de mon ventre. Certains jours, j'espère que c'est un cancer.

Quand j'en parle à Evans il me dit: «Le médecin vient mardi.» Il pense que je sais quel jour nous sommes.

«C'est dans combien de jours?

– Deux. Aujourd'hui il y a eu l'office religieux.»

Evans a oublié que j'ai coché la case «athée» sur mon formulaire d'admission et que je ne bénéficie pas de la visite hebdomadaire de l'aumônier, le dimanche est donc pour moi un jour comme les autres. Certains dimanches, j'ai une demi-heure à la douche pendant que tous les autres supplient Dieu de leur accorder une commutation de peine ou un nouveau procès, mais aujourd'hui je ne l'ai pas eue. On dirait que ça se produit de façon aléatoire, et je ne m'étais pas rendu compte jusqu'ici que la plupart de mes jours de douche étaient des dimanches. Je me demande quand les pratiquants se lavent.

Je dis à Evans: «Ce truc commence à me faire vraiment mal.» Il me répond: «Ne vous fatiguez pas trop.» Je me demande s'il blague, compte tenu de mon emploi du temps complètement vide, ou s'il me donne un conseil.

Alors j'acquiesce et je hausse les épaules. Evans n'est pas responsable de ma présence ici et c'est donc inutile de lui crier dessus. Il gagne entre douze et quatorze dollars de l'heure et il m'a raconté que lorsqu'il était dans la section générale les détenus lui jetaient leur merde dessus. Le Couloir c'est du gâteau pour des types comme lui, et ils ne veulent pas se saborder. En échange, nous essayons de ne pas trop nous agiter et ils nous laissent parfois un peu de mou.

« Si vous voyez passer un médecin dans la prison, demandez-lui de s'arrêter ici. » Evans hoche la tête et claque ma petite porte à repas après m'avoir laissé un sandwich au saucisson et un biscuit sec qui autrefois a été un quatre-quarts. Je l'emporte vers la fente qui sert de fenêtre et je regarde dehors.

Je suis ici depuis assez longtemps à présent pour avoir acquis une certaine vision des choses, pour comprendre ce qui est efficace et ce qui ne l'est pas.

Rien n'est efficace.

La seule chose à faire c'est attendre, ce qui n'a jamais été mon fort. Certains comportements, tels que crier et hurler, ne mènent qu'à vous faire payer encore davantage. Je ne les ai jamais eus, mais je les ai vus chez d'autres et je dirais que c'est contre-productif. Clarence perd tout le temps la boule, il manque souvent la récréation et on le voit à l'occasion en camisole de force, les jambes entravées. Quelquefois, la nuit, j'entends venir de sa cellule le Cri du Taser, c'est le nom qui désigne le registre vocal particulier de celui qui reçoit une décharge puissante d'électricité. La première fois que je l'ai entendu, j'ai cru que quelqu'un se faisait violer ou assassiner, ce qui m'a d'autant plus convaincu de me tenir tranquille.

Mon objectif est de vivre ici aussi confortablement que possible, d'éviter les affrontements sauf quand ils sont absolument nécessaires, d'essayer de survivre. Je me rends compte qu'au fond j'avais établi les mêmes règles pour ma vie d'avant, et je me demande si j'ai raté l'occasion de changer. Trente-six ans et chauffeur de taxi, inerte et indifférent, lessive le mercredi, une distraction quelconque le jeudi, et retour à l'engourdissement le vendredi. Quel genre de vie était-ce ? Qu'est-ce que j'attendais ? Je lisais beaucoup et j'essayais des tas de choses, comme le jardin communautaire, mais à une époque, j'avais eu de plus grandes espérances.

J'arrête avant de décider de changer si jamais je sors d'ici, non que je pense ne pas avoir besoin de changer, mais parce que j'ai déjà résolu de ne jamais aller au bout d'une idée qui commence par : « Si jamais je sors d'ici… » Ce ne sont pas l'ennui, l'injustice et l'absence de raison d'être qui tuent, c'est l'espoir. L'espoir est un poison. L'espoir vous brûlera de l'intérieur. L'espoir est un verre de soude caustique.

Je regarde le fourgon noir qui tourne là-bas autour du grillage d'enceinte. Sans cesse. Est-ce un bon boulot ? Les gardiens ont-ils envie de conduire ce fourgon ou détestent-ils ça ? La prison est tellement sûre, avec ses lourdes portes métalliques et son Plexiglas blindé, les caméras et les larges allées d'herbe fraîchement tondue entre les quatre grillages surmontés de barbelés, faciles à surveiller depuis les miradors où les tireurs sont postés toute la journée, que j'ai du mal à imaginer la moindre utilité au fourgon. Cette surveillance constante est peut-être destinée à ce que nous la voyions tous de nos fenêtres, à nous rappeler encore une fois que si nous arrivions jusque là-bas, chose irréalisable, le fourgon qui tourne serait là à nous attendre. C'est sans doute pour ça qu'il est noir avec des vitres teintées, symbole sinistre, menace sournoise, rappel supplémentaire de la mort pour les détenus du couloir du même nom.

À la récréation suivante je dis à Robert : « Ils devraient peindre le fourgon de l'enceinte comme une carte d'amoureux des années soixante. » Je me suis surpris à aller droit vers lui et à m'asseoir sur les gradins, à l'endroit même où notre dernière conversation s'est terminée.

« Ouais », répond Robert. Pas ouais comme un ouais banal, mais ouais comme « j'ai pensé la même chose moi aussi ». Donnez à deux types d'intelligence égale une pièce identique, la même nourriture, le même genre de fenêtre avec la même vue, et ils finiront par avoir les mêmes idées. « Et mettre une grosse tête marrante dessus. Une tête de clown. » Il rit.

Robert est ici depuis sept ans, et la date de son exécution a été repoussée trois fois. Alors que son avocat essaie de le garder en vie, il fait de fréquentes tentatives de suicide. « Rien que pour déconner », dit-il avec un vrai rire. Il a une grosse cicatrice en travers de son cou, là où il a tenté de se trancher la gorge il y a quatre ans avec un morceau de métal arraché à grand-peine aux toilettes en acier inoxydable. On dirait que ce jour-là il n'était pas seulement en train de déconner.

« J'ai toujours su que je finirais comme ça, dit-il. Déjà au lycée.

– Pourquoi ?

– À cause de cette histoire de remords. Je m'en suis toujours foutu. Si on me demandait de ne pas faire une chose, je décidais de la faire ou non après une analyse coût-avantages. À quatorze ans je volais du shit. Du vrai. Je cambriolais les gens riches. Tout le monde fait confiance à un gamin de quatorze ans. »

Il s'étire sur les gradins, perdu dans des souvenirs, face au soleil qui vient de sortir de derrière les nuages. Au moment où je pense qu'il va prendre un bain de soleil il se redresse d'un coup, comme s'il venait de se réveiller d'un cauchemar.

« Putain je hais Clarence. » Son regard se concentre soudain sur l'endroit de la cour où Clarence vient de commencer à chanter.

« Pourquoi ?

– Ce type est un con. C'est tout. Rien qu'un con. Point à la ligne.

– Il a une belle voix.

– Rien à foutre. J'aimerais planter un couteau dans son larynx. S'il avait été là quand je me suis fait une lame avec la cuvette des toilettes, c'est sa gorge que j'aurais tranchée, pas la mienne. Les gardiens m'auraient même remercié. Ils le détestent autant que moi. »

Tout ce discours semble venu d'on ne sait où, ça arrive souvent avec les détenus, je l'ai remarqué. Je pense que vingt-trois heures par jour avec les murs de parpaings blancs rendent toute vraie conversation difficile. On passe tellement de temps à bavarder dans sa tête qu'on finit par penser que les vraies conversations n'ont pas besoin non plus de suivre un certain déroulement. Je me demande si ça m'arrive.

« En fait, je crois que tous ceux qui ont rencontré Clarence l'ont détesté. C'est un con, tu comprends ? Sa femme, ses gosses, je suis sûr qu'ils le détestent. Moi au moins, à mon procès, même le procureur a dit que j'étais charmant. »

J'éclate de rire. Pendant un quart de seconde je m'attends à ce qu'il se jette sur moi. Peut-être même que je tressaille, mais Robert éclate de rire à son tour.

Le rire m'envoie une décharge électrique de douleur dans le côté droit, et je me plie en deux.

Les gardiens se rassemblent autour de moi dans ma cellule, une main sur leur Taser. Je me tortille sur ma couchette, mais aucun d'eux ne croit que je souffre réellement. Simuler la douleur est un stratagème courant ici, et il précède en général une explosion de violence extrême. Qu'un gardien compatissant se penche pour voir ce qui vous arrive, et en une seconde vous le maîtrisez et lui envoyez du Taser dans les couilles. Alors ces gars restent à distance et me regardent comme si j'étais exposé dans un zoo.

Comme je n'arrive pas à calmer la douleur, quelle que soit la position que je prenne, je grogne et m'agite dans tous les sens sous leurs yeux.

« Le médecin passe demain, dit Zeke impassible en regardant par la fenêtre et en mâchant son chewing-gum. Vous pouvez attendre ? »

Je secoue la tête. Je sens des gouttes de sueur se promener sur mon front.

Il hausse les épaules et sort pour appeler sur son talkie-walkie. Quand il revient, il paraît surpris de me voir toujours sur la couchette et non pas engagé dans une lutte mortelle avec ses deux collègues.

« Le médecin va venir. Il habite à environ une heure d'ici. »

Je hoche la tête. Et je m'évanouis.

Quand je reviens à moi, je me sens beaucoup plus mal. Le médecin est en train de prendre ma tension et je m'aperçois que je respire très vite. La sueur me coule dans les yeux. Je préviens le médecin que je vais sans doute vomir.

« Allez-y. » J'ai la sensation qu'il n'aime pas les détenus du Couloir, ou qu'il a eu autrefois de mauvaises expériences avec eux. Il ne sait probablement pas que je ne fais pas vraiment partie d'eux, que je ne fais qu'habiter là. Ou alors il le sait, mais il déteste tous les détenus. Peut-être déteste-t-il simplement les gens.

Il se tourne vers les gardiens. « À l'hôpital. » Il sent le savon.

« Merde », gronde Zeke. Il a l'air furieux. « Ça peut pas attendre le changement d'équipe ?

– Il sera mort d'ici là, répond le médecin sur le ton de la conversation. Appendicite aiguë. »

Zeke me lance un regard plein de malveillance et sort de la cellule d'un pas tranquille. Étant celui qui sera mort avant le changement de service, j'aimerais voir un peu plus d'affairement, mais je ne peux plus parler. Il me semble que pour Zeke la question est de décider quelle suite d'événements entraînera le moins de paperasserie… me laisser mourir, ou m'emmener à l'hôpital.

« Combien doivent y aller ? » demande le jeune gardien à l'autre. Le plus âgé, Bull, un Noir au crâne rasé, hausse les épaules.

« Je crois que c'est deux, dit le jeune. Il faut deux gardiens avec lui tout le temps.

– J'y vais pas, dit Bull.

– Ça compte en heures supplémentaires.

– Je m'en fous. Je rentre chez moi à onze heures. Je demanderai à Higgs, à la section générale, de me remplacer.

– S'il te remplace, il va te demander un de tes services au Couloir», dit le jeune. Je les écoute deviser sur les échanges d'équipes pendant que je sens mes boyaux se mettre carrément à chauffer, comme si une torche au propane me brûlait de l'intérieur.

Le médecin se lève pour s'en aller et je lui demande: «Pouvez-vous me donner quelque chose contre la douleur?

– Non, je ne peux pas faire ça. Ils vous endormiront quand vous arriverez à l'hôpital.» Il ramasse ses petites affaires. Je me mets à vomir pendant qu'il dit au revoir aux gardiens, et il ne regarde pas de mon côté. Le jeune, lui, regarde en essayant de ne pas montrer qu'il est horrifié.

Je vois Zeke revenir dans ma cellule avec le chariot, et je m'évanouis de nouveau.

Chaque soubresaut du chariot m'envoie une douleur fulgurante dans tout le côté droit, et même jusqu'au sommet de la tête, où je commence à sentir un fourmillement. Je vois seulement le carrelage du plafond sous lequel on me fait rouler, puis des détecteurs d'incendie, ensuite de nouvelles portes s'ouvrent, et je me retrouve dans une espèce de grand entrepôt avec un quai de chargement, et je sens l'air du soir me rafraîchir le front. C'est agréable. Je tourne la tête pour vomir encore, et c'est si douloureux que je retombe dans les pommes.

Malheureusement, je reprends toujours connaissance. J'aimerais pouvoir rester inconscient, ou mourir. Je m'en fous de ne pas me réveiller, c'est mieux que de rester étendu dans une pièce du couloir de la mort avec un ventre qui explose. Comme ça, je n'aurai pas à supporter cette mascarade de procès et à écouter des faux témoins raconter leurs conneries devant une rangée de gens qui me diront que je suis quelqu'un d'horrible puisque je ne reconnais pas avoir fait une chose que je n'ai pas faite. Pour la première fois, sur mon chariot, je commence à saisir à quel point je suis vraiment foutu. Je sens que la Mort serait la meilleure solution.

J'essaie de ne plus résister, de sombrer dans l'inconscience et de laisser la Mort m'emporter. Je tente une bonne expiration longue et lente. Je détends tous mes muscles. Je t'emmerde, le monde, je m'en vais. Vous pouvez raconter sur moi tous les mensonges que vous voudrez. Vous pouvez nettoyer mon vomi et décider quoi faire de mon corps. Je pousse un nouveau soupir pour voir si ce sera le bon, la capitulation, qui signalera à la Mort que je suis prêt.

Merde. Ça ne marche pas. Je suis encore là dans l'ambulance, conscient et en éveil, je sens chaque cahot, chaque virage. Je savais que ça ne marcherait pas. De toute façon je ne crois pas vraiment à la Mort. Alors j'essaie d'y croire, d'imaginer une forme avec un manteau à capuche et une faux à côté du secouriste dans le véhicule, assise sur la banquette, qui regarde par la vitre arrière, impatiente de m'emporter. Je pense « Va te faire foutre » pour qu'elle se mette en colère et m'emporte plus vite. « Va te faire foutre, Mort. Je parie que tu ne m'auras pas. Va te faire foutre. »

Je m'aperçois que je dis effectivement « Va te faire foutre », et que le secouriste croit que je m'adresse à lui, il sait que je viens du Couloir. Il se pousse plus loin sur la banquette.

Personne n'accorde le bénéfice du doute à des détenus.

Je vois passer des lumières, des constructions qui n'abritent pas de prisonniers, j'oublie la Mort une seconde pour me rendre compte que je suis hors de la prison. Il y a des gens à quelques pas de moi qui marchent sur des trottoirs, qui ne sont jamais allés en prison, qui n'ont jamais porté de menottes. L'ambulance s'arrête, le secouriste se lève, ouvre la porte arrière, et pour la première fois depuis des mois je sens de l'air véritable. Il vient de pleuvoir et je hume l'odeur d'une ville la nuit. Utiliser mes sens m'exalte tellement que j'oublie la Mort.

On me sort de l'ambulance, et les secousses du chariot me font m'évanouir encore une fois.

Le soleil entre par la fenêtre. Une vraie fenêtre, presque aussi large que la pièce, pas un mesquin petit bout de fenêtre posé là pour éviter la privation sensorielle totale. J'aperçois un immeuble de l'autre côté d'une rue et des gens qui y travaillent, assis à des bureaux. Ils vont probablement aller déjeuner bientôt. J'aurais dû sortir plus souvent pour le déjeuner quand j'étais libre. Engloutir des sandwichs au saucisson dans un taxi ça n'est pas déjeuner. Et rien de ce que j'ai mangé en prison ne s'en est approché.

J'ai une main attachée sur le côté de mon chariot. Mon autre bras est relié à un goutte-à-goutte. Je porte une chemise de nuit d'hôpital et je n'ai plus aussi mal au côté. Je me soulève pour remonter la chemise et regarder mon ventre, mais ma main est arrêtée par la menotte. J'essaie avec l'autre main, et le moindre mouvement est douloureux à cause des perfusions. Je retombe sur l'oreiller, épuisé par l'effort.

Une infirmière entre, une Noire d'un certain âge, qui voit que je suis réveillé. « Bonjour, dit-elle gaiement. Comment vous sentez-vous aujourd'hui ? » Elle s'approche, examine ma fiche et vérifie les machins auxquels je suis accroché.

« Plutôt bien. » C'est la première femme à qui je parle depuis cinquante-six jours. Ou soixante-deux, ou peut-être cinquante-trois. J'ai fait un de ces trucs pour compter les jours en grattant avec l'ongle sur le ciment blanc jusqu'à ce que ça laisse une marque, et j'ai essayé de le faire tous les jours, mais quelquefois j'ai dû oublier. Et puis l'idée ne m'était venue qu'environ une semaine après mon arrivée, alors il faut l'ajouter. Fondamentalement, j'ai perdu la notion du temps. Mais je sais qu'il y a longtemps que je n'ai pas entendu une voix de femme, et j'aime sa douceur.

« Vous allez garder ce goutte-à-goutte encore quelques jours. » Elle sourit. J'espère que ça veut dire que je resterai quelques jours à l'hôpital. C'est une pause agréable hors de la cellule. Même avec la tête qui tourne et tout faible dans ce lit, je vois des gens qui vont aller déjeuner. Je peux les regarder travailler. Je ne suis pas absolument sûr que ce soit mieux que le fourgon noir de l'enceinte, mais c'est différent, et parfois il suffit de quelque chose de différent.

« Je vais demander au médecin de venir vous voir. Quand il aura donné son accord, je pourrai vous apporter le déjeuner. »

Je répète « déjeuner » comme si ce mot signifiait tout au monde, et je me rends compte que j'ai un large sourire, l'infirmière me tapote l'épaule.

« C'est la perfusion de morphine, dit-elle. Vous planez comme un cerf-volant. » Elle rit et s'en va.

Un peu plus tard le médecin arrive et me voit réveillé. Il prend ma fiche, l'examine et demande : « Comment vous vous sentez ?

– Plutôt bien.

– Dix ou quinze minutes de plus et vous y passiez. Votre appendice était énorme. Mais il est venu facilement. Je vois que vous n'êtes pas diabétique.

– Hmmm. » J'avais l'intention de dire plusieurs choses, confirmer que je ne suis pas diabétique, peut-être lui demander pourquoi il a dit ça. Est-ce que les appendices de diabétiques ont l'habitude de se débattre ? Cette idée me fait de nouveau sourire largement. De fait, tout a le même résultat. J'essaie de dire : « Merci de m'avoir opéré », mais je ne produis qu'un grognement confus.

Il s'approche pour vérifier la perfusion de morphine. « C'est peut-être réglé un peu fort », dit-il, et il tourne un robinet en plastique sur un des dispositifs qui m'injectent des produits dans le bras. Puis il s'en va, et j'essaie de le régler comme avant, ou peut-être même plus fort. Je ne sais pas si j'y parviens.

Le lendemain, il me vient l'idée que j'aurais tout intérêt à prétendre que je souffre encore et à essayer de simuler de nouveaux symptômes, parce que je suis dans une chambre individuelle très agréable d'un hôpital charmant avec une grande fenêtre, et que je préférerais rester ici plutôt que retourner dans ma boîte en ciment. Peut-être même existe-t-il des complications postopératoires que je pourrais exploiter. Quand l'infirmière revient avec le plateau du déjeuner – un goulasch hongrois pas mal du tout, une part de gâteau au chocolat relativement frais et du vrai lait –, je suis décidé à faire semblant de souffrir le martyre chaque fois qu'un professionnel de l'hôpital s'approchera.

Du vrai lait. J'en savoure le goût en promenant le liquide frais partout dans ma bouche.

Plus tard dans la journée, l'infirmière revient encore et me demande comment je me sens. J'avais préparé ma réponse entre-temps, un chapelet de lamentations, mais quand arrive le moment de mentir, je découvre que j'en suis incapable. Je grimace légèrement, comme si j'avais mal, et je prends l'air héroïque pour laisser entendre que je préfère souffrir en silence. Elle hoche la tête, vérifie mon goutte-à-goutte de morphine et déclare: «C'est normal de ressentir une gêne à ce stade.» Puis elle sort.

Je n'ai jamais été quelqu'un de fourbe. Si j'avais vraiment kidnappé cette fillette, il me serait impossible de le cacher. Je ne dis pas que je suis un obsédé de la morale; je ne suis vraiment pas enclin à obéir aux règlements ni à faire ce qu'on me dit. De temps en temps je transporte des gens gratis, et quand des clients oublient des affaires dans mon taxi, en général je vérifie d'abord que je n'en ai pas besoin avant de les apporter aux objets trouvés. Quand je travaillais chez Pierson, il m'arrivait parfois de chaparder de petites fournitures dont j'avais besoin pour des travaux chez moi. Mais regarder quelqu'un dans les yeux et dire une chose dont je sais qu'elle n'est pas vraie me paraît bien plus grave. C'est une offense, une agression verbale, une atteinte à la dignité même de l'autre personne. Pire encore, je trouve que c'est une perte de temps pour tout le monde.

Le médecin entre et me demande comment je vais.

Je soupire: «Bien.»

Il remonte ma chemise de nuit et examine l'incision et les points de suture. «On pourra vous les enlever à l'infirmerie, déclare-t-il avec satisfaction. Vous êtes fin prêt à vous en aller.» Il rabat la chemise de nuit et s'éloigne sans un au revoir, et j'ai l'impression que ce n'est pas parce que je suis un détenu.

Je passe les heures suivantes à regarder par la fenêtre les employés des bureaux d'en face. À l'une de leurs fenêtres il y a un homme en chemise verte, presque chauve, que j'observe depuis deux jours. Je me demande s'il apprécie sa liberté. J'en doute. Je ne l'ai jamais ressenti moi-même. Comment apprécier de pouvoir vivre sa vie quand on n'a jamais connu que la liberté ? J'ai une brève bouffée de colère, pas contre les flics et l'accusation qui m'ont conduit ici pour rien, mais contre lui, ce chauve en chemise verte qui fait comme si le monde était un endroit parfait alors que l'image même de son imperfection se trouve à quelques pas de lui et regarde sa nuque.

La porte s'ouvre et deux gardiens entrent, flanqués d'infirmiers. « C'est lui », dit l'un des gardiens. Les infirmiers me détachent de tous mes tuyaux comme s'ils ne me voyaient pas et me font passer du lit au brancard. Pour eux, et pour le personnel de l'hôpital, je suis un poids mort. Un morceau de viande. Je suis encore vivant, ils ont fait leur boulot.

5

Robert, qui est incapable de remords et d'empathie, a ressenti mon absence. Je le vois soulagé quand on l'amène dehors et qu'il me trouve assis sur les gradins. Pas soulagé que j'aille bien; je n'en attends pas autant. Soulagé d'avoir de nouveau quelqu'un à qui parler.

Je lui demande: «Comment ça s'est passé le jour où tu as été arrêté?» Toute la journée d'hier j'ai revécu mon arrestation et analysé mes dernières minutes de liberté, en me demandant s'il y avait quelque chose que j'aurais pu faire différemment pour que ça tourne autrement. J'ai décidé que non. J'étais déjà arrêté à la minute où on a frappé à ma porte.

Je m'aperçois avec une certaine inquiétude que ma voix commence à prendre le ton d'urgence que je remarque chez les autres détenus, même quand mes questions sont triviales. C'est dû à cette récréation réduite à une heure, et à la nécessité d'utiliser à bon escient le temps de la conversation. Nous sommes tous conscients des limites de temps, comme les candidats d'un jeu télévisé qui essaient de répondre à un maximum de questions avant le signal sonore. Même celui de la récréation ressemble beaucoup au buzzer de ces jeux.

«J'étais en train de vendre une bagnole, et les papiers n'étaient pas en règle. Ce salaud a appelé les flics.

– Vendre une bagnole ? » Pour un tueur en série, j'avais imaginé une arrestation beaucoup plus spectaculaire, une jeune femme qu'il avait invitée chez lui avait trouvé une tête dans le congélateur, par exemple, ou un livreur de pizza l'avait vu couvert de sang quand il avait ouvert la porte.

« Ouais. Je venais de tuer un type et j'avais pris sa bagnole. J'ai passé une annonce sur Craigslist pour la vendre. Règlement en liquide. C'était une Ford Explorer flambant neuve, et je la vendais pour trois mille dollars. Une putain de bonne affaire. J'avais préparé mon histoire : c'était la bagnole de mon ex-femme, qu'elle adorait, et je la vendais à bas prix rien que pour l'emmerder. L'acheteur n'a pas marché. Il a vérifié les papiers et m'a demandé mon permis et toutes ces conneries. Je lui ai dit que je l'avais perdu, mais je lui ai montré la carte de crédit de celui que j'avais tué. Il a compris que quelque chose clochait.

« Pourquoi tu ne l'as pas tué ? »

Il réfléchit. « Tu sais, j'aimerais l'avoir fait, mais ça ne m'est pas venu à l'idée. Je n'étais pas prêt à tuer. Je ne pensais qu'à vendre la bagnole. Je ne tuais pas comme ça, sur une simple impulsion. Je n'avais même pas d'arme sur moi. Crois-moi, j'avais un sacré bagout pour me sortir des emmerdes. Mais ce type était comme ces vieux fermiers dans l'est du Texas, qui attendent, qui te fixent et qui comprennent tout. Il y a des gens, tu peux pas les flouer, bordel, même si tu es le plus charmant du monde. » Il rit.

Tout le reste de la récréation, Robert me distrait en me décrivant ses crimes. Il passait des annonces dans les offres d'emploi des journaux pour un poste d'aide-comptable. Il en avait eu l'idée des années plus tôt, quand il travaillait au service du personnel d'une grande compagnie d'assurances, en remarquant que les gens donnaient beaucoup de renseignements privés dans leur CV. Après son licenciement, il a calculé qu'il pourrait gagner davantage en proposant de faux emplois et en tuant les postulants, après s'être assuré qu'ils étaient célibataires et avaient un bon compte en banque.

« Les gens qui venaient tout juste de s'installer au Texas convenaient parfaitement, explique-t-il tout joyeux. La plupart avaient de l'argent à la banque. Généralement, on économise avant de déménager. Je n'aurais pas voulu d'un postulant qui a déjà épuisé sa carte de crédit et qui prend le bus pour venir à l'entretien. Qu'est-ce que tu veux que j'en foute ? Il y a eu une dame, une mère célibataire, elle allait se faire expulser et elle m'appelait sans arrêt en me suppliant de lui donner le poste. Quand j'ai été dans tous les journaux, elle a probablement compris qu'elle avait eu de la veine que je ne l'engage pas. » Il glousse. « Pétasse. »

Robert est en effet charmant. Pendant qu'il me décrit certaines de ses victimes, je m'imagine cherchant un poste d'aide-comptable, tout excité à l'idée du salaire proposé. Je me vois m'habiller avec soin et me rendre à l'entretien. Je pense à cette première rencontre avec un employeur, à la poignée de main, au sourire, à cette certitude de faire bonne impression. Et à l'enthousiasme, sur le chemin du retour, quand on sait que la peur et la tension permanentes du chômage vont enfin disparaître.

« Après, pendant leur première semaine de travail, quand je les formais à un programme de gestion de base de données dont je leur disais qu'ils devraient se servir, ils le faisaient toujours, dit-il avec regret.

– Ils faisaient quoi ?

– M'appeler Bob.» Il laisse son regard se perdre dans le vide et se fait soudain plus véhément. «Je me présentais toujours comme Robert. Je signais tout ROBERT. Je n'aurais jamais laissé supposer que je m'appelais autre chose que Robert. Mais au bout de deux ou trois jours ils l'ont fait, tous, jusqu'au dernier…» Il secoue la tête, affligé par la tristesse et le caractère inévitable de la chose. «Enfin, quoi, qu'est-ce que j'étais censé faire, bordel?»

Il s'étend sur les gradins et son attitude change de nouveau, de la véhémence irritée à l'inquiétude grave. En prenant son bain de soleil il fait: «Hé, dis donc.

– Quoi?

– Elles étaient chaudes les infirmières, à l'hôpital? Mec, il y a des jours où ça me manque vraiment, une chatte.»

Les jours se confondent. Je me demande si je deviens fou. Comment le savoir? Je suis l'homme le plus équilibré que je connaisse, mais mon entourage se résume désormais à un psychopathe complet. Les cadres de références ont été déformés. La folie d'hier est la normalité d'aujourd'hui.

Je décide de parler aux autres, mais quand j'essaie, je trouve porte close. Quand je fais un salut de la tête à Bert pendant la récréation, il y répond à moitié d'un air interrogateur et retourne auprès d'Ernesto. Des couples se sont formés, comme si nous étions des animaux dans un enclos, en quête de partenaire. Je suis avec Robert à présent. Bert est avec Ernie, et Clarence est avec l'autre Noir qui ne parle jamais. Il y a des règles dans le Couloir… vous pouvez parler de ce que vous avez fait, de qui vous avez tué, de quand vous allez mourir, mais vous ne pouvez en parler qu'à ceux de votre groupe. Robert et moi sommes seuls dans notre groupe.

En arrivant ici, je ne m'étais pas rendu compte que je cherchais à faire partie d'un groupe. Il y avait Robert, assis sur les gradins, visiblement pas satisfait du choix qui s'offrait à lui, qui me surveillait de loin en attendant de voir si je rejoindrais Bert et Ernie, qui clairement voulaient de moi. Qu'est-ce qui a mal fonctionné ? Je repense à notre premier contact, quand Ernie m'a encouragé à sortir de ma cage. Est-ce parce que je ne suis pas condamné ? Parce que je clame mon innocence ? Que j'ignore absolument tout de Brad et Angelina ? Qu'est-ce qui a fait que je ne me suis pas senti le bienvenu dans leur groupe et que je suis allé m'asseoir seul sur les gradins, comme Robert ? Dans le cas de Clarence et de l'autre Noir, c'est clair ; c'est parce que Clarence m'a dit de la fermer que je me suis senti rejeté, et aussi à cause de la race. Mais Bert est blanc, et Ernie est un Mexicain blanc, et ils n'ont jamais été ouvertement grossiers.

À l'évidence, nous ne sommes pas notre type.

Voilà le genre de conneries auxquelles vous pensez quand vous êtes enfermé dans une boîte vingt-trois heures par jour. Les mêmes que celles auxquelles pensent les gamins au lycée. La paranoïa et le sentiment d'infériorité vous hantent. On pourrait croire que dans un environnement comme celui-ci ces pensées se dissipent, mais, faute de distractions, elles prennent le dessus.

Je suis en train de ruminer mon inadaptation sociale quand j'entends une clé dans ma serrure. Deux gardes se tiennent à l'entrée. « Vous avez une entrevue avec votre avocat », dit l'un d'eux.

Je me lève et je bâille. Comme mon corps n'utilise pas mon énergie, il s'est adapté en ne m'en donnant aucune. Je suis un homme de trente-six ans en bonne santé qui se lève et s'assoit toute la journée dans les mêmes mètres carrés, attendant, priant pour que le soir arrive, pour pouvoir s'étendre en paix et inconscient. Je voudrais pouvoir dormir le reste de ma vie, mais des centaines de milliers d'années d'évolution ont fait de moi un chasseur cueilleur sans rien à chasser ni à cueillir. Il y a des matins où je saute de mon lit, éveillé et prêt pour la journée, et au milieu de la matinée je suis fatigué, bon à rien, et je bâille. Les gardiens me menottent et m'enchaînent, je traîne les pieds dans le couloir blanc, dans mon uniforme blanc, et je franchis des portes blanches.

Quand j'arrive au parloir, mon avocat, mon sauveur, mon preux chevalier, est en train de manger un feuilleté. Il n'a pas un sourire pour moi. C'est notre première entrevue depuis des mois, mais quand je m'assois à la table, il m'adresse le même demi-salut de la tête que Bert à la dernière récréation. Je ne fais pas partie de son groupe.

Mon avocat est la seule personne que je suis autorisé à rencontrer sans être séparé de lui par une paroi de Plexiglas et sans la présence des gardiens. Certains avocats tiennent à ce que leurs clients restent enchaînés, et je dois reconnaître que le mien demande qu'on me retire les menottes. Mes jambes restent entravées, d'abord parce que les gardiens mettent quelques minutes pour attacher les chaînes et les enlever, et ensuite parce que lorsqu'on passe beaucoup de temps dans des pièces avec des types accusés de crimes violents, je suis sûr que c'est rassurant de savoir qu'ils ont des chaînes aux jambes. Robert m'a dit que le nombre d'entraves que les avocats demandent aux gardiens de retirer indique généralement qu'ils ont de bonnes ou de mauvaises nouvelles. Si elles sont mauvaises, les détenus piquent une crise, alors il vaut mieux qu'ils restent ficelés par sécurité.

« Hé », fait-il de mauvaise grâce en engloutissant sa pâtisserie. Je pense que les gâteaux occupent davantage de place dans sa mallette que les documents relatifs à mon affaire. En effet, il en tire un dossier marqué « Sutton » et doit passer quelques secondes à en épousseter des débris de sucre avant de l'ouvrir. Je me rappelle que j'ai deux mille six cent treize dollars sur mon compte, mes économies d'années de taxi. J'avais des projets pour cet argent, non ? Je les ai tous oubliés. Je sais que c'est insuffisant pour payer un véritable avocat. Ça paierait quelques visites en prison, mais sûrement pas le procès.

« Ils vous proposent un accord, dit-il. Vous prenez vingt ans si vous leur dites où est la fillette. La famille veut lui donner une sépulture chrétienne.

– Je n'en ai aucune idée... »

Il m'interrompt d'un geste de la main. « C'est un arrangement incroyable. J'ai beaucoup travaillé pour vous l'obtenir. »

Je l'imagine en train de manger des gâteaux à son bureau quand le téléphone sonne et qu'un procureur dit : « Je propose vingt ans. » Il enfourne le reste de gâteau, mâche, avale, et répond : « Je transmettrai à mon crétin de client meurtrier. »

Certes, ce n'est que ce que j'imagine. Mais je parie que s'ils me proposent un accord à ce stade, pour un crime qui a attiré l'attention des médias, c'est probablement parce qu'ils n'ont pas un dossier très solide. Ils ne veulent pas aller jusqu'au procès, et ils abattent déjà leurs cartes. Ils savent que leurs témoins sont des ordures qui mentent, que la preuve des empreintes digitales est facilement explicable, ils savent que j'ai un casier judiciaire vierge et que je ne suis compromis d'aucune façon. Ils peuvent tout effacer si seulement j'avoue.

Je l'envisagerais sérieusement si je ne devais pas leur dire où se trouve la fillette. Je pourrais prendre vingt ans, en faire seulement quatorze ou quinze, à cinquante ans je serais dehors. Moi aussi je pourrais tout effacer. Mais il faudrait pour ça leur donner une information que je n'ai pas, c'est donc voué à l'échec.

Je réponds lentement et clairement: «Je veux que vous compreniez une chose. Je ne sais pas où elle est.»

Il me regarde abasourdi, déçu par mon entêtement.

Je répète: «Je ne sais pas. Je n'en ai aucune idée. Je n'ai rien à voir là-dedans. Est-ce que je me fais bien comprendre? Je-ne-sais-pas.

– Ils ont trouvé des empreintes digitales sur la fenêtre. C'est une preuve convaincante.

– J'étais poseur de fenêtres, merde, et j'ai regardé celles-là. Elles ont été posées par une entreprise pour qui je travaillais. C'est pour ça que mes empreintes sont sur la fenêtre.

– Mais c'était la fenêtre par laquelle le…» Il cherche le mot juste. Il ne veut pas dire «tueur» parce qu'il n'existe encore aucune preuve que la fillette soit morte. «… Le type a pénétré dans la maison.

– Et malheureusement ce… "type"… n'a pas brouillé les empreintes que j'avais laissées trois heures plus tôt.

– Vous avez nettoyé votre taxi à la vapeur, me rappelle-t-il. Ça fait mauvais effet.

– Écoutez.» Je respire à fond pour essayer de contenir la colère qui s'accumule dans mon ventre et qui rend les points de suture douloureux pour la première fois depuis que je suis rentré de l'hôpital. «J'ai embarqué deux étudiantes qui rentraient à leur résidence...

– Je sais», réplique-t-il avec brusquerie, irrité, fatigué de ce qu'il considère décidément comme mes salades. «Et l'une d'elles s'appelait Kelly, et il y a deux Kelly dans cette résidence et aucune d'elles ne se souvient de vous. Et il n'y a aucune mention sur votre feuille de courses. Alors inutile d'en parler...

– Putain, mec, de quel côté vous êtes?

– Je travaille depuis trois mois sur votre affaire et je ne trouve rien qui suffise à convaincre le jury qu'il y a un doute raisonnable», dit-il en agitant les bras.

Je soupire et je me prends la tête à deux mains. Non seulement mon avocat me croit coupable, mais il n'a même jamais envisagé une autre éventualité. Il n'écoute pas et il s'en fiche. Il n'a jamais essayé d'imaginer ce que c'est que d'être moi, enfermé ici, jour après jour, à regarder par la fenêtre le fourgon de l'enceinte, à tellement parler avec Robert que j'ai peur de devenir comme lui, en attendant que le monde reprenne ses esprits. Je suis sûr qu'il aurait voulu que je sois mort pendant mon opération de l'appendicite; ça lui aurait rendu la vie tellement plus facile.

Je lui dis doucement: «Je veux un autre avocat. Vous... vous n'êtes pas bon.»

Je m'attends à ce qu'il soit blessé, sur la défensive, mais il hausse les épaules. «Croyez-moi, si c'était possible ce serait déjà fait. J'ai une fillette de douze ans.

– Merde, qu'est-ce que vous voulez dire?» Je me lève d'un bond, la porte s'ouvre violemment et un gardien est déjà près de moi. J'ai les jambes enchaînées, je perds l'équilibre, et je ne peux que me faire cogner dessus.

Le gardien me hurle : « ASSEYEZ-VOUS ! » Je n'obéis pas, je reste debout avec un regard de défi, alors il me met les mains sur les épaules et me force à me rasseoir. Je sens encore la puissance de ses énormes mains qui ont envie de faire davantage de dégâts, comme si elles avaient une volonté propre. Il demande à mon avocat : « Ça va, maître ?

– Oui, je vais bien. » Je vois la peur dans ses yeux. Je terrifie ce type. Il veut plus que personne que je sois enfermé. Ce n'est pas par paresse qu'il souhaite que j'accepte l'accord, mais parce qu'il pense que je suis un monstre. Je le regarde et je sens des larmes se former au coin de mes yeux. Ça m'est égal. Elles commencent à couler sur mes joues, je n'essaie pas de les essuyer, et lui commence à discourir sur le calendrier du procès. Quand il en vient à la date, je sanglote déjà carrément, et il m'ignore. Il sort une feuille de papier et me la tend.

« J'ai besoin de votre signature ici. »

J'essaie de me concentrer, mais les larmes m'ont brouillé la vue. Je ne serais pas étonné qu'il m'ait tendu des aveux, si la police l'y avait incité, alors je regarde la feuille sans la voir comme si je la lisais. Une larme tombe dessus. En haut, j'aperçois le logo de la société immobilière propriétaire de l'immeuble où j'habitais.

« Ça vient de votre propriétaire, dit-il en commençant à ranger ses papiers dans sa mallette. Comme vous n'avez pas payé le loyer depuis quatre mois, vous avez été expulsé. Ceci les autorise à vendre vos biens en contrepartie des mensualités dues. »

Je contemple la feuille, écrasé par un sentiment de totale impuissance. Ils me prennent tout. J'imagine des ouvriers qui s'ennuient, triant toutes mes affaires, jetant mes couverts, ma brosse à dents et mes livres à la poubelle, se battant pour savoir qui aura mon paquet de lessive encore plein, mes jumelles, mes CD. Même si je suis acquitté maintenant, je sortirai pour me retrouver à la rue sans rien. Je tends la feuille à l'avocat.

« Je les emmerde. »

Il m'arrache la feuille, la fourre dans sa mallette et hausse les épaules. « Comme vous voudrez. C'est une simple formalité.

– Qu'est-ce qui se passera si je ne signe pas ?

– Ils vous poursuivront. Si ça passe en justice, vous y perdrez votre crédit. » Il se lève et fait signe au gardien. « Mais ce n'est pas mon domaine. Ils m'ont dit de vous le demander, comme une faveur.

– Levez-vous et mettez les mains derrière le dos », dit le gardien en sortant ses menottes.

Mon avocat s'en va sans me dire au revoir.

« Il a raison, tu sais, dit Robert. Le doute raisonnable c'est de la connerie. » J'ai encore les yeux gonflés d'avoir pleuré et je pense que je pourrais recommencer. Je suis allé directement de l'entrevue avec mon avocat à la récréation, et j'ai été surpris de constater à quel point mon sentiment de désespoir s'est dissipé dès que j'ai aperçu Robert. C'est vraiment mon seul ami au monde.

« Qu'est-ce que tu veux dire ?

– Tu dois voir ça différemment. Tu n'es pas innocent jusqu'à ce qu'il soit prouvé que tu es coupable, ça marche dans l'autre sens. Il faut *prouver* que tu es innocent. S'il y a un doute sur ton innocence, qu'est-ce que les jurés ont à gagner en te laissant libre ? Ce n'est pas un problème pour eux si tu passes le reste de ta vie en prison pour quelque chose que tu n'as pas fait. Quand ils retournent à leur poste dans un bureau quelconque, il leur suffit d'être *à peu près sûrs* d'avoir éloigné un mauvais sujet. »

C'est la dernière chose que j'ai envie d'entendre en ce moment, et je craque de nouveau. Je sais que je perds mon temps, mais le temps n'est qu'un concept, une idée. En voyant l'avis d'expulsion j'ai compris que je perdais aussi tout le reste. Mes affaires n'étaient pas chères et mon appartement n'était pas luxueux, mais ils étaient agréables, et c'étaient les miens. J'ai envie d'entendre quelque chose de positif, de drôle, n'importe quoi sauf la vérité. Les larmes recommencent à couler sans retenue, et Robert le psychopathe paraît plus touché que mon avocat.

Il me dit gaiement : « Détends-toi, mon vieux, on ne sait jamais. Les jurés sont imprévisibles.

– Je voudrais être mort. Vraiment. » Je commence à étouffer et ma voix devient plaintive et enfantine, les sanglots me font ressembler à un petit garçon contrarié. « Je n'ai jamais été suicidaire ni rien, mais je voudrais mourir. Ne pas me réveiller demain. Mon Dieu, j'aimerais pouvoir mourir cette nuit dans mon sommeil.

– Calme-toi. » De l'autre côté de la cour Ernie et Bert nous regardent en se demandant ce qui m'arrive. « Hé, tu veux entendre un truc marrant ? » me demande Robert.

Oui. Je ne demande que ça.

« Eh bien, tu sais que Clarence va être exécuté, d'accord ? Dans, disons, six jours plus ou moins… »

Waouh. Je savais que la date avait été fixée, mais je ne la pensais pas si proche. Dans une semaine, Clarence ne sera qu'un souvenir. Avec qui va se lier l'autre Noir ? Comme je viens d'apprécier l'importance d'un ami, j'ai une bouffée de compassion pour lui et je me mets la main sur les yeux tandis que les larmes reviennent.

« Bon, écoute bien, continue Robert en s'inclinant vers moi le visage rieur. Avant qu'on te plante l'aiguille, tu envoies une lettre au gouverneur pour demander ta grâce, pour voir si tu peux obtenir la prison à vie. Tu essaies de la faire signer par tout le monde, comme une pétition. »

Je hoche la tête.

« Alors la plupart des types demandent aux gardiens de signer. Ils veulent avoir un maximum de noms sur la lettre. Il y a deux ans, un type a même obtenu la signature du directeur. Ça ne sert jamais à rien, mais en général les gardiens griffonnent seulement leur nom, par simple politesse, connement. »

Je ne sais pas où Robert veut en venir.

« Ce qui s'est passé, c'est que Clarence a fait circuler sa pétition chez les gardiens et que pas un seul ne l'a signée. Même pas Evans, qui est un mec sympa. Rien. Personne. » Robert éclate de rire. Je ris aussi. Pas parce que personne n'a signé la pétition de Clarence… je trouve ça tragique. Je ris parce que mon seul ami au monde pense que ce genre d'histoire peut réellement remonter le moral de quelqu'un.

Pendant les jours qui suivent, je sens une dépression profonde et paralysante s'installer. Un jour, je peux à peine me lever lorsqu'ils viennent me chercher pour la récréation. Si je veux, j'ai le droit de refuser de sortir, mais j'imagine que Robert s'inquiéterait. Ou pire, qu'il se sentirait trahi et chercherait à se venger.

Je regarde par ma meurtrière la vaste étendue d'herbe fraîchement tondue, et je pense à Mme Gravatte, la vieille dame de quatre-vingt-cinq ans qui habite l'appartement au-dessus du mien. Ou qui était le mien, en tout cas. Le mercredi, qui était pour moi jour de repos, elle allait faire ses courses, et je l'aidais à transporter ses provisions du taxi à son appartement du deuxième étage. Elle m'était toujours extrêmement reconnaissante d'un si petit service, et quand les sacs étaient bien arrivés à destination elle m'invitait à prendre le thé. Je refusais en disant que j'étais très occupé. Ça n'aurait pas été si difficile de lui accorder quelques minutes. Entre ses quatre murs elle se sentait probablement comme moi en ce moment.

La seule fois où j'ai bavardé avec elle, je me trouvais sous le porche de devant un jour de lessive, elle attendait un taxi, et elle m'a raconté qu'en France, quelques jours avant le débarquement, elle avait rencontré un soldat allemand. Elle vivait en Normandie, à quelques kilomètres de là où les Alliés allaient débarquer, et elle travaillait dans un café. Le jeune Allemand, dix-huit ans peut-être, est entré tout seul tôt un matin où il pleuvait des cordes, et il a commandé un café. Mme Gravatte avait à peu près le même âge, et elle se rappelait qu'il avait essayé d'engager la conversation. Il avait l'air seul et effrayé, mais elle était une bonne Française... (elle a dit ça d'un air méprisant) et elle s'en est débarrassée en retournant à la lecture de son journal. Finalement la pluie s'est arrêtée, il a fini son café et il est parti, il lui a souri en sortant et elle ne lui a pas rendu son sourire.

Mme Gravatte me disait que depuis ce temps elle pensait tous les jours à lui. Qu'elle aurait voulu agir autrement, bavarder un peu avec lui. Elle était sûre qu'il avait été tué au combat, elle le savait et elle se sentait coupable chaque fois qu'elle y pensait, même tant d'années plus tard. Il était tout seul, loin de chez lui, et n'allait probablement pas vivre beaucoup plus longtemps, et tout ce qu'il voulait c'était un mot gentil, et Mme Gravatte ne le lui avait pas accordé, rien qu'à cause de l'uniforme qu'il portait.

Je me rappelle avoir été ému par cette histoire lorsque Mme Gravatte me l'a racontée, mais à présent, en regardant le fourgon noir tourner autour de l'enceinte, je me demande si elle ne faisait pas du sentimentalisme. Ces types-là n'étaient-ils pas responsables du massacre de Malmedy, de Buchenwald, d'Auschwitz? Et quel grand crime a-t-elle commis? Ne pas lui avoir servi son café avec un sourire? Je pense que dans le grand ordre des choses ça lui vaut un billet de faveur. Je le lui dirai (je pense presque les mots interdits «si jamais je sors d'ici» mais je m'en tiens à «si elle vient me voir») un jour. Ça pourrait lui faire du bien.

Et soudain je me dis que c'est avec cette absence totale d'émotion que Robert voit le monde. Ne suis-je pas en train de considérer l'histoire de Mme Gravatte comme il le ferait lui-même? Mon séjour ici me dépouille peu à peu de mon humanité et de mes émotions. Je deviens de plus en plus comme Robert.

«Je savais que j'échouerais ici», me dit Robert en mordant dans une orange. Une fois par mois nous recevons des fruits frais envoyés par une œuvre de charité qui s'occupe des condamnés à mort. Il y a quelques années, on a appris que dans certaines prisons les condamnés à mort n'étaient pas loin de mourir de faim, ce qui a été jugé comme un châtiment d'une cruauté nouvelle, bien qu'il n'y ait guère eu de protestations dans la presse. Je n'ai pas été condamné à mort, ni déclaré coupable de rien, d'ailleurs, et le premier jeudi de chaque mois je dois donc regarder des meurtriers manger mieux que moi. « Je savais que ça finirait comme ça. »

Je réfléchis. Comme ce doit être sinistre de vivre chaque jour avec la conviction que non seulement on finira en prison mais qu'on sera exécuté. « Pourquoi tu n'es pas parti dans un État où il n'y a plus la peine de mort ? »

Il se marre. « J'ai dit que je savais, pas que ça m'importait. »

Ce qui frappe chez Robert c'est qu'il a l'air tout à fait normal. Il n'est ni grand ni petit, ni agressif ni soumis, ni gros ni maigre. C'est un homme parmi d'autres dans le train, ou au cinéma, ou dans mon taxi. Il est beau, mais pas de façon agressive, il a un visage agréable et intelligent, des yeux brillants et ce qui apparaît de prime abord comme un sens de l'humour ravageur. Ses vêtements lui sont maintenant imposés, mais je suis sûr que lorsqu'il les choisissait il s'habillait de façon à se fondre dans la masse.

Ici, dans le couloir de la mort, il est au bout du chemin et se découvre la liberté rare de pouvoir être totalement honnête. Il n'a plus besoin de vivre un mensonge. À présent qu'il vit dans une boîte en béton, il n'a plus besoin de se sentir isolé. Tout le monde ici sait ce qu'il a fait, et il a l'air aussi à l'aise avec ça qu'avec ce qui va lui arriver pour l'avoir fait. Il attend simplement le jour, et la seule joie qui lui reste est la liberté pleine et entière de dire ce qu'il pense.

« Quand j'étais encore à l'école élémentaire, un gamin, une petite brute, m'a pris mon crayon. Je suis allé chercher un tournevis et j'ai voulu le lui planter dans l'œil, un instituteur m'a vu et m'en a empêché. Je me rappelle qu'il a dit : “Je sais que tu n'as pris ce tournevis que pour jouer au dur… mais tu ne peux pas le faire.” Il nous a punis tous les deux. Malheureusement, ce gamin n'a jamais su qu'il avait bien failli devenir borgne. »

Robert rigole en essuyant ses doigts trempés de jus d'orange sur sa combinaison blanche. « Quand il t'est arrivé un certain nombre de trucs de ce genre tu commences à comprendre que tu n'es pas comme les autres. Tu te retiens tout le temps, en sachant que cette volonté profonde de tout détruire sur ta route rien que pour atteindre un but n'est pas normale. Mec, j'étais prêt à tuer un type à l'université parce qu'il avait de l'avance sur moi et que ça aurait amélioré mes notes. J'allais l'étrangler dans un coin pour que mon C devienne un B. Ça te paraît bizarre ?

– Ouais. Un peu excessif.

– Mais ça aurait transformé mon C en B. À moi ça ne me paraît pas bizarre du tout. Mais je *sais* que ça l'est pour les autres. Au bout d'un moment tu apprends à dissimuler. Alors je me suis contenu. J'ai été très bien élevé. Mes parents étaient de braves gens. »

Il finit l'orange et en entame une autre. On ne me propose pas de fruits parce que c'est une denrée trop prisée et que c'est chacun pour soi. C'est pourquoi je suis surpris que Robert détache deux quartiers qu'il me tend.

« Tiens.

– Merci. » J'essaie de ne pas les lui arracher des mains comme si j'étais affamé.

« Quand ma mère et mon père sont morts et que j'ai perdu mon boulot, j'ai commencé à me demander pourquoi je me retenais. Il n'y avait plus personne pour s'en soucier. Je pouvais être moi-même. Et à mon procès l'accusation a passé un ou deux jours à montrer que je suis une merde cruelle et sans pitié. Ces connards ne pouvaient pas savoir. Je n'ai tué personne jusqu'à trente et un ans. J'ai tout gardé à l'intérieur pendant trente et une putains d'années. Ç'a été dur. Pour quelqu'un comme moi c'est un exploit. Personne n'en a fait état au procès.

– On aurait dû te décerner une médaille et te laisser partir.

– Tu as foutrement raison. » Nous rions ensemble. Il secoue la tête. « Trente et une foutues années. »

Je me régale de l'orange, et je laisse le jus dégouliner sur mon menton.

6

Il y a des jours où on sent que quelque chose ne va pas. Les croyants et les superstitieux ont des expressions pour ça, comme « des picotements le long de la colonne vertébrale », ou encore ils parlent d'astrologie et d'un mauvais alignement des planètes. Je me dis qu'il y a des raisons concrètes pour que je me sente comme ça et que je n'ai pas pu mettre le doigt dessus, mais ce soir j'ai la nette impression qu'une merde va arriver.

C'est peut-être parce que j'entends davantage d'activité que d'habitude dans le couloir. Les sons, généralement audibles mais étouffés, sont particulièrement forts ce soir, suivis de longs moments de silence. Alors que j'entends rarement les pas de plus de deux individus en même temps dans le couloir, ce soir j'en entends quatre, et même cinq. Le type qui m'a apporté mon dîner – côtes de porc desséchées, purée de pomme de terre croûteuse sans jus, et gâteau au chocolat rassis – n'a rien dit quand il l'a glissé dans la fente. D'ordinaire il annonce « Dîner ! » ou mon numéro matricule, ou parfois « C'est l'heure ! » Evans dit toujours « Le dîner est servi, monsieur », en jouant au majordome. Mais ce soir, silence.

C'est samedi soir. Demain je serai à la douche pendant que tous les autres recevront la visite d'un aumônier. Je regarde par la fenêtre l'herbe fraîchement tondue illuminée par une violente lumière blanche, et ça me rappelle un match en soirée au stade d'Arlington. L'herbe n'est jamais aussi bien entretenue et éclairée que dans une prison ou un terrain de base-ball. L'espace d'une seconde, je crois apercevoir au loin des centaines de fans le long du grillage, mais je comprends que ça ne peut être qu'une hallucination. J'aimerais qu'on fasse venir des joueurs de base-ball pour un match improvisé sur la pelouse. N'importe quoi serait bon à prendre, n'importe quoi qui rende un jour un tout petit peu différent de la veille ou du lendemain.

Ça me manque de marcher, surtout sous la pluie. Les oranges me manquent. Je m'en suis rendu compte quand Robert m'en a donné deux quartiers hier. Les pommes aussi. Et le chocolat, et le bon café, et conduire. Je suis devenu chauffeur de taxi parce que j'ai toujours aimé conduire et que j'ai pensé pourquoi ne pas être payé pour le faire ? C'est plus facile que de hisser des châssis de fenêtres dans les étages. Ça me manque de rouler sur la I-35 par nuit claire, quand je voyais Dallas et le bâtiment de la Bank of America tout illuminé au néon vert. Les femmes me manquent, le son de leur voix, le parfum dont elles imprégnaient mon taxi quand elles sortaient dans les bars le samedi soir.

Samedi soir. Tout comme ce soir.

J'entends un cri dans le couloir. Un long hurlement interminable de chagrin incontrôlé. Ou de panique. J'attends le Cri du Taser qui va suivre à coup sûr, mais à la place vient un autre hurlement. Je perçois un bruit de bagarre, et un homme qui parle doucement, mais pas ce qu'il dit, rien que le lent murmure de sa voix. Ils passent devant ma cellule et je comprends que le hurleur est Clarence. Rien de surprenant. Depuis que je suis ici, c'est lui le responsable de presque tous les troubles nocturnes. Normalement, il aurait déjà dû être passé au Taser. L'homme qui murmure passe devant ma cellule et je m'aperçois que tout en marchant il lit un verset de la Bible.

Je frissonne. C'est le soir de l'exécution de Clarence. Personne n'en a parlé de toute la journée. Quand je dis personne, je veux parler de Robert, puisqu'il est la seule personne avec qui je fais la conversation. Clarence n'était pas à la récréation aujourd'hui, mais il reste dans sa cellule en moyenne une fois par semaine et je n'y ai pas fait attention. Clarence hurle en allant à la salle d'exécution, mais au bout d'un moment les hurlements s'atténuent, puis j'entends une porte s'ouvrir et se refermer et c'est de nouveau le silence.

Je regarde par la fenêtre, et ce n'est pas une hallucination. Il y a effectivement du monde devant la grille. Ce ne sont pas des fans de base-ball, mais des manifestants contre la peine de mort. Ils viennent probablement chaque fois qu'il y a une exécution, avec leurs pancartes, leurs convictions et leur espoir. Il me vient une idée à la Robert… pourquoi ces gens veulent-ils que Clarence reste en vie ? Pour qu'il continue de vivre dans une boîte, empoisonne les gardiens et soit privé de récréation ? Je doute qu'aucun de ces manifestants ait jamais rencontré Clarence ou qu'il sache ce que c'est que d'être ici. Et d'ailleurs, pourquoi Clarence hurle-t-il ? Après tous les ennuis qu'il a causés et les souffrances qu'il a endurées, a-t-il envie que sa saloperie de vie se prolonge ?

Je suppose que les gens tiennent simplement à la vie.

Je regarde mes traces d'ongle sur le mur. J'ai complètement perdu le compte. Il y a des jours que j'oublie de marquer. Je ne l'ai pas fait quand j'étais à l'hôpital, ni le jour où j'ai eu une visite de mon avocat. Certains jours je ne me rappelle pas si je l'ai déjà fait, alors il se peut que je les marque deux fois, ou pas du tout. Je ne crois pas l'avoir fait aujourd'hui. Sans un comptage précis, les marques ne servent à rien. Il y en a quatre-vingt-une, et tout ce que je sais c'est que je suis ici depuis plus de quatre-vingt-un jours. Ou dans ces eaux-là. Ou peut-être un ou deux de moins.

Je m'approche du mur et je fais une double marque, X. Le jour où on a exécuté Clarence. Je me sens tout de suite mieux, comme si je lui avais écrit un poème, comme si j'avais fait un geste gentil pour sa famille, comme si j'avais changé quelque chose. Tout comme les gens là-dehors avec leurs pancartes.

Je m'étends sur ma couchette et contemple le plafond blanc.

À la récréation du lendemain, je demande à Robert ce qu'a fait Clarence.

Robert rayonne, heureux que l'exécution ait eu lieu. «Je pensais qu'ils ne tueraient jamais ce connard. Il avait obtenu six sursis. Il était enfermé depuis seize ans. On l'avait transféré ici il y a cinq ans parce qu'il provoquait trop de désordre partout ailleurs.»

Je lui demande de nouveau de quoi il était coupable, sur un ton neutre, pour essayer de lui faire comprendre que tout ça ne me réjouit pas autant que lui.

«Il a tué un flic. Du moins c'est ce qu'il a dit. Tous les nègres disent qu'il a tué un flic. Cool pour un nègre. C'était probablement un violeur ou je ne sais quoi. On s'en fout.

– Tu lui avais parlé ?

– Une ou deux fois. Pendant ma première année ici. Ensuite il a essayé de m'emmerder. Clarence n'aime pas... *n'aimait pas* les Blancs. Il a aussi attaqué Bert. C'est à cause de lui que nous devons passer par la cage à la fin de la récréation.

– Comment ça?

– Il se fabriquait toujours des lames avec n'importe quoi, et il essayait de frapper les Blancs à la fin de la récréation, quand nous nous pressions près de la porte. » Robert a l'air particulièrement de bonne humeur aujourd'hui. « Mec, c'est formidable de ne plus jamais voir sa sale gueule. C'est un petit rayon de soleil qui éclaire ma journée. Merci, M. le Bourreau. »

Je vois Bert et Ernie qui bavardent de l'autre côté de la cour. L'ami de Clarence, le Noir dont je ne connais pas le nom, est tout seul dans un coin, près de la porte. Il me fait penser au vieux lion d'un documentaire animalier que j'ai vu. Déchu de son pouvoir par un congénère plus jeune et plus fort, le vieux lion s'éloignait de quelques centaines de mètres et, couvert de blessures, regardait ceux avec lesquels il avait vécu.

J'ai envie de l'appeler, de l'inviter à nous rejoindre, mais je sais que Robert l'asticoterait à propos de Clarence et que ça finirait mal, alors je m'adosse aux gradins et je prends le soleil.

« Tu as de la visite. » Merde. Encore Zeke, qui mâche du chewing-gum sans me regarder en face et répond à mon air interrogateur en me disant qu'il n'est pas chargé de mon carnet de rendez-vous. On fixe toujours les visites peu avant ou après la récréation, de façon à ne nous faire sortir de notre cellule et nous y ramener qu'une seule fois. C'est peut-être le policier noir de Waco avec de bonnes nouvelles, que j'ai décidément envie d'entendre.

Voilà de nouveau cet espoir qui me bouffe les tripes.

Nous dépassons le parloir du couloir de la mort avec son téléphone et son Plexiglas, pour arriver au parloir avocat. Merde, c'est Randall. Je suis sûr qu'il est là pour me gâcher ma récréation en me posant des tas de questions auxquelles j'ai déjà répondu, sur combien de temps j'ai été chauffeur de taxi et les dates du décès de mes parents. Je sens une douleur dans le ventre là où on a enlevé les points de suture.

Zeke ouvre la porte, et c'est une jeune femme aux longs cheveux roux bouclés et aux yeux noisette que je vois. Je m'efforce de ne pas avoir un air ébahi. Je n'ai pas vu de femme depuis longtemps. On n'a même pas droit à des revues porno ici.

« M. Sutton ? » Elle sourit. L'assistante de mon avocat? J'acquiesce et m'apprête à lui serrer la main, mais Zeke ne m'a pas encore ôté les menottes. Je dois me rappeler que ce n'est pas une réunion mondaine. Je suis toujours dans le couloir de la mort. Je me dis pourtant que ce sera mieux d'être avec elle qu'avec Robert.

Je réponds « Oui », soudain de bonne humeur, en m'interrogeant sur mon attitude, sur mon aspect. Ma brioche de buveur de bière a disparu depuis longtemps à cause de la tension de mon arrestation et de l'horrible nourriture de la prison et je me tiens bien droit.

« Vous pouvez enlever ceci », dit-elle à Zeke en indiquant les chaînes de mes jambes. Je sais que Zeke se retient de lever les yeux au ciel d'exaspération, parce que les chaînes des jambes sont chiantes à enlever et à remettre. Quand il ne me reste plus aucune entrave, je me trouve debout devant une jolie dame dans ma combinaison blanche de détenu, et je me passe les mains dans les cheveux. J'essaie de calculer quand j'ai pris ma dernière douche. Est-ce que je sens mauvais? Je n'ai pas été très coquet ces derniers temps, je sais.

« Prenez place », dit-elle d'une voix gaie. Je m'assois immédiatement en me demandant si je me conduis comme un écolier amoureux de sa maîtresse. Elle dit à Zeke qui se tient près de la porte: « Vous pouvez nous laisser. » Zeke semble en douter, mais il sort et ferme la porte. J'aperçois toujours sa tête chauve à travers la fenêtre grillagée.

« Vous travaillez avec… M. Randall? » J'essaie de ne pas laisser voir dans cette question innocente mon mépris pour mon avocat. Je ne veux pas être pris pour un détenu à l'attitude négative et aigrie. En outre, si Randall lui a confié mon dossier, considérons que je l'ai déjà oublié.

« Qui est-ce?

– Mon avocat.

– Oh non, non. » Cette confusion la fait rire. « Je suis médecin. Psychologue. Docteur Katherine Conning. » Pour la première fois je la vois hésiter sur ce qu'elle doit faire… Me tendre la main, comme si j'étais un être humain ordinaire, ou continuer ce qui est à l'évidence un numéro préparé. Elle opte pour la seconde option. « Nous avons quelques questions pour vous, et nous aimerions vous demander de participer à une expérience. Je veux que vous compreniez que vous avez le droit de refuser. »

Si elle avait été un mec, j'aurais été dans la cour de récréation avec Robert avant même qu'elle achève sa phrase, mais il est clair que les psychologues ont réfléchi au moyen d'obtenir que les détenus participent à des études. On va peut-être me bourrer de médicaments de luxe qui me feront planer dans le bonheur vingt-quatre heures sur vingt-quatre. J'aurai peut-être des visites du docteur Katherine toutes les semaines. Qui sait?

J'accepte avec enthousiasme. « Bien sûr. Dites-m'en davantage. »

D'abord la paperasserie. Le docteur Katherine Conning a tout un paquet de formulaires de consentement qu'elle a besoin que je signe, et pendant que je signe chacun d'eux elle me répète mes droits. J'en ai visiblement beaucoup. Je peux refuser de participer, je peux laisser tomber à n'importe quel moment sans avoir à expliquer pourquoi. Elle prend un visage navré pour me dire combien elle serait triste si je décidais d'exercer un de mes droits. Quel genre de salaud voudrait lui faire de la peine?

Puis elle passe aux choses sérieuses. « Votre procès aura lieu la semaine prochaine.

– Ah bon? » Mon connard d'avocat lointain ne m'a pas encore communiqué la date.

Elle s'inquiète que je ne sois pas au courant.

« Vous n'avez pas parlé à votre avocat?

– Pas récemment. »

Elle fouille dans des papiers. « Votre procès est fixé à lundi prochain. »

Je suis au bord de la crise de nerfs, des papillons dans l'estomac. Mon procès est depuis longtemps relégué dans un avenir lointain, unique événement à l'horizon qui me donne une chance de rétablir la vérité. Mais parce que mon avocat est un con j'ai évité d'y penser. C'est comme regarder vos factures quand vous savez que vous n'avez pas de quoi les payer... elles vont au fond du tiroir. Comme la peur que je refuse d'admettre.

« Votre avocat aurait dû vous informer », me dit le docteur Katherine qui a peut-être remarqué mon changement d'attitude. Je ressens une soudaine faiblesse, une vague de terreur. Mon avocat va me faire condamner. Je le sais.

« Je… je devrais lui parler », dis-je, comme si la négligence était de mon fait.

Elle paraît soucieuse, mais elle poursuit. « Nous voulons que vous teniez un journal. Du procès, et de la suite.

– La suite ?

– Le résultat », dit-elle en essayant de se montrer aussi gaie qu'avant, mais sachant qu'en parler en détail pourrait être déplaisant. « Nous faisons des recherches sur les accusés pendant les procès, les moments de grande tension. Nous souhaitons seulement que vous teniez un journal pendant au moins cinq jours avant le procès, et aussi longtemps que vous voudrez après. » Elle me fait un grand sourire. « C'est tout. »

Soudain, tout ça ne me plaît pas. Je sens des picotements le long de ma colonne vertébrale, quelque chose ne va pas, mais le docteur Katherine est si jolie et je m'ennuie tellement à longueur de journée, et en plus, qu'est-ce que ça peut foutre si j'écris des conneries dans un journal et qu'elle les lit ?

« Est-ce qu'il y a… (je cherche la bonne question, parce que j'en aurais beaucoup)… quelque chose en particulier dont vous voulez que je parle ?

– Ce dont vous parleriez normalement dans un journal.

– Normalement, je n'en tiens pas. »

Elle hausse les épaules en souriant. « Oh, vous savez, vos sentiments sur ce qui se passe, vos espoirs, vos peurs…

– Est-ce que beaucoup d'autres détenus font ça ? »

Elle a un sourire prudent. « Nous ne pouvons pas parler des effectifs d'une expérience en cours, mais vous serez sans aucun doute informé des résultats à la conclusion de notre étude.

– Et vous n'allez pas faire des trucs comme glisser des médicaments dans ce que je mange ? »

Elle rit. « Non. Vous pouvez garder le contrat pour le relire. C'est très simple. » Elle commence à ranger tous les papiers dans une sacoche en cuir, qui a, je trouve, beaucoup plus de personnalité que la mallette bourrée de pâtisseries de mon avocat. J'aimerais que cette rousse gaie, amicale, compétente et directe soit mon avocate. Zeke entre et je me lève pour qu'il m'enchaîne et me ligote.

« À bientôt, dit-elle les yeux pétillants. Et merci INFINIMENT. » Elle est partie.

Je suis amoureux.

Robert regarde le contrat que j'ai signé. Malgré ses carences en tant qu'être humain, Robert a travaillé dans des bureaux, il a un diplôme universitaire de quelque part et en réalité je me fie davantage à lui qu'à mon avocat. Je me demande si ça serait possible qu'il me représente. Je trouve l'idée marrante : un tueur en série détenu et cliniquement fou qui représente un innocent. Ça montre à quel point je ne supporte pas Randall.

« Pourquoi tu souris ?

– Je pense à mon avocat. Tu avais un bon avocat ?

– Oui, il était bien. Comme ils ont trouvé des morceaux de quatre corps dans mon débarras, je suppose que je lui ai rendu les choses assez difficiles. Mais il a bien travaillé. » Robert feuillette le contrat, plus attentif à ce qu'il lit qu'à ce qu'il dit.

« Des morceaux ? Tu les a découpés ?

– Naturellement. » Il pose le contrat et me regarde, soudain très remonté. « C'était ça la merde à mon procès. Tout le monde s'était complètement braqué sur le fait que je les aie découpés en morceaux. Comme si ça aurait été normal que je les laisse entiers. J'avais des voisins chiants, tu comprends ? Pendant combien de jours tu peux transporter à ta voiture un sac assez grand pour contenir un corps avant que tes salauds de voisins curieux commencent à poser des questions ? Naturellement, je les ai découpés.

– Naturellement. » J'y suis habitué maintenant.

« Un jour mes voisins sont venus me rappeler de tondre ma pelouse. Une connerie d'association quelconque de propriétaires. Ils me cassaient tout le temps les couilles pour une chose ou pour une autre. Et je devais obéir, sinon ils auraient fouiné encore davantage et ils auraient trouvé un tas de bras et de jambes sous la bâche près de la cabane à outils. » Il glousse. « Ça n'a pas été facile. Crois-moi, je l'ai gagné mon argent.

– Tu vas lire le contrat ? » Je le lui tends de nouveau, impatienté par sa dernière sortie sur la dure vie d'un tueur en série. On dirait que c'est son sujet préféré, mais aussi le seul. Qui aurait cru qu'un sociopathe soit aussi, disons, égocentrique ?

Il rit et reprend le contrat. « Il est tout à fait standard. J'ai travaillé comme assistant d'avocat à la sortie de l'université. Il n'y a là rien qui sorte de l'ordinaire. Écris-leur un foutu journal et ils seront contents. Point à la ligne.

– Tu ne trouves pas qu'il y a quelque chose de bizarre ?

– Si, bien sûr. Il y a toujours quelque chose de bizarre qui se passe. Ici c'est un endroit foutrement bizarre. Pendant ma première année, un laboratoire pharmaceutique est venu me raconter que je pouvais avoir des privilèges télé si je les laissais me piquer le cul trois fois par semaine avec une merde expérimentale sur laquelle ils travaillaient et qui arrêtait la chute des cheveux. Je leur ai dit d'aller se faire foutre. » Il regarde la cour d'un air songeur en se passant les mains dans ses cheveux qui s'éclaircissent.

« À présent je regrette de ne pas avoir accepté. J'aurais une télé et plein de cheveux.

– Peut-être. Ou peut-être que tu serais aveugle, avec des tumeurs sur tout le corps. »

Il rit, un gloussement réellement joyeux. C'est ce qui me surprend toujours chez Robert, qu'il ait parfois l'air si heureux. Je sais qu'il a une épaisse cicatrice au cou pour avoir essayé de se trancher la gorge, mais qui peut supporter d'être enfermé si longtemps sans essayer une fois ou deux ? Je pense qu'il pourrait vraiment être dans son élément ici, honnête, heureux, et enfin satisfait.

7

« Vous allez être jugé pour meurtre passible de la peine capitale », me déclare mon avocat comme s'il m'annonçait le dernier score d'un événement sportif. Il mange une autre pâtisserie et semble avoir encore grossi. Une fois de plus, le glaçage de sucre blanc laisse des miettes sur le vernis de la table, et je me dis qu'il aime ça, manger ses feuilletés sous mon nez. Mon avocat se moque de moi parce que je suis en prison. « Au Texas, la loi n'exige pas qu'il y ait un corps pour accuser un suspect de meurtre, et à ce stade, ils ont admis que la fillette est morte. »

Je le regarde fixement. J'ai cessé depuis longtemps de lui poser des questions importantes sur mon affaire parce que je sais qu'il s'en fiche. Est-il comme ça avec tous ses clients ? Méprise-t-il en secret les petits voleurs, ceux qui enfreignent la loi et les types qui se font plumer pour non-paiement de pension alimentaire ? Se bourre-t-il de feuilletés devant eux en les encourageant à accepter un accord ? Je me demande s'il a jamais défendu quelqu'un avec fougue.

C'est peut-être à cause de moi. Le crime dont je suis accusé semble vraiment le dégoûter. Bien sûr, il me dégoûte moi aussi, mais Randall ne me croira jamais, tout comme Dave et Arrogance Satisfaite. Je comprends maintenant que c'est sans espoir, et l'absence d'espoir est un soulagement. J'accepte petit à petit d'être jugé coupable de ce dont on m'accuse, parce que tous ceux qui seront présents au tribunal conviendront que c'est pour le mieux, et plutôt que de voir mon procès comme une occasion de faire triompher la justice, je le considère comme une des longues et lentes étapes vers l'inévitable. S'il y avait un moyen d'obtenir qu'on me plante l'aiguille dans le bras demain, plutôt que de m'embêter avec encore de la paperasse, du charabia juridique, des comparutions et des appels, je l'emploierais. Ces gens-là tiennent plus à paraître cléments et rationnels qu'à comprendre quelque chose.

C'est pour ça que je déteste cet homme, mais si je fais la moindre tentative d'exprimer cette antipathie elle sera interprétée comme la colère incontrôlée d'un criminel ordinaire, et non comme la rancœur tout à fait logique qu'elle est en réalité.

Je m'adosse pour dire : « Sans blague. » Je m'y attendais. C'est rare de juger une affaire de meurtre sans qu'il y ait de corps, mais ça arrive, et l'accusation devrait être sacrément sûre de tenir le bon coupable avant de poursuivre. Mon dossier est mince ; il doit l'être, parce que je suis innocent, donc la seule conclusion que je peux tirer de ça, c'est que mon avocat a dû déjà faire savoir au procureur qu'il n'a pas l'intention de beaucoup se battre. « C'était votre idée ? »

Il paraît troublé, comme s'il pensait que ce commentaire hostile était provoqué par mon ignorance du système judiciaire. « Non, répond-il sur le ton de quelqu'un qui expliquerait les bases du droit à un enfant. Le procureur décide des poursuites à engager…

– Arrêtez vos conneries. » Je me redresse. « Écoutez. Je sais que vous vous en foutez, vous savez que vous vous en foutez…

– M. Sutton, je ne choisis pas mes dossiers. Je suis avocat commis d'office. J'ai une lourde charge de travail et je fais de mon mieux avec ce que j'ai, et votre attitude n'aide pas…

– … Mais vous pouvez peut-être me dire si vous avez pris la peine d'appeler le policier noir de Waco qui semble avoir vraiment résolu cette affaire. »

Comme nous parlons en même temps, je suis surpris de l'entendre dire : « Oui. Il s'appelle Larry Watson. Il sera témoin de la défense. Nous allons proposer une autre hypothèse sur le crime. »

Il fouille dans des papiers pendant que je l'écoute stupéfait. Il a effectivement fait quelque chose. Mon avocat, après tout, a *effectivement fait quelque chose* qui pourrait me servir. Naturellement, je suis à peu près sûr qu'il ne l'a fait que parce que Larry Watson de la police de Waco lui a téléphoné cinquante fois en suppliant de pouvoir témoigner en ma faveur, mais quand même ce procès pourrait être un vrai PROCÈS ! L'espoir redouté recommence à gonfler en moi et, bizarrement, je pense à mon journal. Je ne veux pas en parler à Robert, je veux l'écrire. J'ai du mal à retenir un sourire, une envie de me lever et de prendre cet homme dans mes bras. Aurais-je été injuste avec lui ?

« Nous avons des témoins de moralité pour témoigner en votre faveur, poursuit-il en regardant des papiers dispersés sur la table. Nous avons une certaine Mme Gravatte, une personne âgée qui habite votre immeuble. Et une femme du nom de Karen Eames que vous fréquentiez, apparemment…

– Karen ? » La même Karen qui a payé ma caution après la bagarre au match des Cowboys, celle que j'ai surprise tenant la main de son nouveau petit ami dans le bar où je n'aurais jamais dû entrer ? Elle se présentait tant d'années plus tard pour se porter garante de mon intégrité ?

« Oui... J'ai trouvé son nom sur le procès-verbal de votre arrestation d'il y a quinze ans. Elle vient de Houston pour témoigner que vous êtes... disons, sexuellement normal. »

Ça alors. Et la gentille vieille Mme Gravatte. J'ai deux femmes de mon côté, une que je n'ai pas vue depuis une éternité et une qui s'en veut d'avoir été désagréable avec un nazi. N'empêche, c'est mieux que rien. Je me sentais sans amis depuis tout ce temps, et voilà que je connais quelqu'un qui va rouler pendant plusieurs heures rien que pour témoigner que je suis... sexuellement normal.

« Sexuellement normal ? Ça veut dire quoi exactement ?

– Que vous n'avez jamais manifesté de tendance à essayer d'avoir des rapports sexuels avec des enfants. Le témoignage d'anciens partenaires sexuels sur les préférences de quelqu'un dans ce domaine est étonnamment convaincant. On conserve généralement les mêmes impulsions toute sa vie. » Je m'aperçois que maître Randall a l'air fatigué. C'est un homme paresseux et sans ambition et pas le plus brillant de tous les diplômés en droit, mais il y a en lui quelque chose d'honnête que je n'avais pas encore perçu. J'éprouve le besoin de l'encourager et je me penche sur la table en disant son nom.

« Oui ? » Il interrompt sa lecture et lève la tête.

« Je veux que vous compreniez quelque chose. Je n'ai pas fait ça. C'est vrai. Ils se sont trompés de coupable. »

Maître Randall regarde ailleurs puis retourne à ses papiers. « Oui, dit-il. C'est toute la raison d'être d'un procès. C'est ce que nous allons découvrir. » Il tire un autre dossier de sa mallette sans me regarder. « Redites-moi pourquoi vous avez nettoyé votre taxi à la vapeur. »

Ce n'est que plus tard, seul dans ma cellule, que je pense à l'absurdité de la présence de Karen à mon procès. Elle est censée persuader un jury que je n'ai aucune envie d'avoir des rapports sexuels avec des enfants, ce qui doit le convaincre que je ne suis pas un meurtrier. D'où viennent ces rapports sexuels et ce meurtre ? De mes empreintes sur le châssis d'une fenêtre.

Fondamentalement, les accusations contre moi sont une histoire, un récit provenant de quelques bribes d'informations choisies au hasard qui collent avec une intrigue que tout le monde connaît. Malheureusement, il y a des gens qui pourraient faire ce dont je suis accusé et qui, une fois arrêtés, auraient probablement la même attitude que moi: nier. Comment un innocent est-il censé se distinguer de ceux qui cherchent seulement à être perçus comme innocents? Tout coupable d'un tel crime va vouloir imiter mon comportement parce que je suis réellement innocent, alors comment me distinguer de mes imitateurs?

J'envisage d'écrire cette réflexion dans mon journal encore vide, mais je décide de ne pas le faire, parce que c'est de la complaisance vis-à-vis de moi-même et que seul un coupable se servirait de son journal pour protester de son innocence. Est-ce si sûr? Un coupable n'aurait peut-être même pas ces réflexions. Un coupable ferait peut-être ce que je fais, à savoir ne pas parler de son innocence dans son journal parce qu'il penserait que c'est trop gros. Je sais qu'il y a des experts qui ne font rien d'autre que d'étudier la psychologie des criminels. Une demi-douzaine d'émissions de télévision y sont consacrées. Pourquoi un des types de ces émissions ne vient-il pas analyser mon comportement, hocher la tête avec confiance, faire une remarque spirituelle et me renvoyer chez moi ? Où sont les gens brillants et talentueux qui dirigent prétendument le monde quand vous avez besoin d'eux ?

Je veux voir la vérité. Je veux voir un épisode des *Experts* où deux membres de la scientifique trouvent sur la scène du crime un ADN qui ne correspond pas à leur théorie sur l'affaire, alors ils le jettent et maintiennent leur théorie. Je veux voir *New York police judiciaire* où les inspecteurs sont épuisés et stressés et arrêtent simplement le premier Noir venu ayant un casier judiciaire, ou n'importe quel suspect qui ne peut pas s'offrir un bon avocat. Je veux voir un *Esprits criminels* où, comme personne ne réussit à comprendre un foutu bordel, on défonce quelques portes et on fouille les gens dans les rues. Je veux voir un *New York unité spéciale* où un suspect irrespectueux est sodomisé avec un manche à balai, un *Cops* où quelqu'un se fait tirer dessus pour avoir discuté une contravention, ou une de ces innombrables télé-réalités à propos des services de police de petites villes où tous les employés sont des brutes paumées et primaires.

Dans le journal, je tombais tout le temps sur des affaires comme la mienne et je tournais la page, j'allumais la télé et je regardais une heure d'émission sur l'excellence. Où est cette excellence maintenant que j'ai besoin d'elle ? Elle n'a peut-être jamais existé. Toutes ces émissions que je regardais ne sont peut-être que le cœur d'une illusion collective, un exercice destiné à prendre ses désirs pour la réalité, une bâche jetée sur les bras et les jambes coupés de la sinistre réalité qui pourrit derrière la maison de Robert. Savoir que Karen va rouler depuis Houston pour réfuter une histoire que quelqu'un a inventée sur moi a remis toute cette triste pagaille en perspective. Je suis un personnage dans une histoire à propos d'une illusion à laquelle chacun veut croire.

Je suis en prison, et je vais passer devant le juge.

Je suis complètement baisé.

La prison possède des costumes pour les procès. Ils ont été offerts par une association caritative du coin. Je parie que les gens qui les ont donnés n'imaginaient pas qu'ils serviraient à des détenus qui essaient d'être plus présentables le jour où ils affrontent le jugement de leurs pairs, et qu'ils les auraient probablement jetés ou brûlés s'ils avaient su.

S'il y a une chose que j'ai apprise de tout ça, c'est que les gens n'aiment vraiment pas les détenus.

D'où, naturellement, l'idée des costards. Quiconque se présente devant un jury en combinaison blanche de la prison apparaît automatiquement coupable. Vous pourriez transformer mère Teresa en gangster de South Dallas si vous l'habilliez en survêtement de l'administration pénitentiaire du Texas avec ceinture de cuir et chaînes, à plus forte raison quelqu'un qui a déjà un physique imposant. Impossible de paraître innocent dans cet attirail. Si vous souriez, vous avez l'air diabolique. Si vous froncez les sourcils, vous avez l'air d'un pervers. Si vos épaules sont affaissées vous ressemblez à un pédophile dégénéré, si vous tenez la tête droite, à un chef de gang.

Je me rends donc dans le vestiaire, un entrepôt avec un portant chargé de costumes gratuits que je peux emprunter. En les essayant je m'aperçois que le costume que je possédais autrefois, dans l'appartement d'où j'ai été expulsé, aurait pu être donné à cette cause, et je le cherche un moment avant de décider que la coïncidence serait trop absurde. J'en essaie un noir décontracté qui pourrait venir d'un basketteur professionnel ou peut-être d'un orang-outan parce que les manches dépassent mes doigts de plus de dix centimètres.

Je me regarde dans la glace. Tout est parfait sauf les bras. J'essaie de rouler les manches et je ressemble à un gamin des années cinquante qui va à un concours de danse. Je remets le costume d'orang-outan à sa place et tous les autres sont trop petits.

À ce stade, je suis en sueur. Je ne peux pas me présenter au tribunal avec cette dégaine, mais il va bien falloir. Quand j'imaginais aller en prison pour un crime que je n'avais pas commis, je me voyais toujours tiré à quatre épingles pendant la lecture du verdict. Je pense à mes deux mille six cents dollars sur mon compte bancaire et je me demande si mon avocat pourrait s'en servir pour m'acheter un costume. Il ne semble pas être du genre à perdre son temps à ce type de futilité et, en plus, le temps manquerait.

Le secours vient de là où je l'attends le moins. Le gardien qui m'a conduit ici voit que je ne trouve rien et me dit : « Essayons ça. » Il prend une clé dans son trousseau et ouvre la porte d'une armoire derrière le portant, il en sort un élégant costume gris avec la marque d'un bon faiseur et me le montre. Il porte encore les étiquettes de la teinturerie.

« Celui-là vous ira. Essayez-le.

– Merci, mon vieux. » Ce gardien est l'un des plus jeunes, toujours très sérieux, il ne sourit jamais. Il a une allure d'ancien militaire et le nom sur son badge est Walls. Je ne l'avais jamais vraiment remarqué. Peut-être rêve-t-il de vendre un jour des costumes d'homme. Il a l'œil pour ça. Je l'essaie et il me va parfaitement.

« C'est bon », dit-il. Il passe derrière moi et tire le bas de la veste pour bien l'équilibrer, comme le ferait un véritable professionnel, puis il brosse les épaules. Je me sens comme chez un tailleur. Je me mets de profil et j'observe la coupe. Je suis vraiment très chic. J'ai beaucoup maigri ici.

Je conclus : « Parfait.

– Je le réserve et il sera prêt pour le jour de votre procès », dit-il. Puis, toujours très sérieux : « Remettez votre uniforme. »

Tout en me rhabillant, je lui demande pourquoi le costume était dans une armoire à part.

« C'était celui de Clarence, répond Walls. Sa famille n'est jamais venue le chercher. » Il claque la porte de l'armoire et la ferme à clé. « Il n'en aura plus besoin. »

Nous sommes tous rassemblés avant l'aube sur le quai de chargement, tous en combinaison blanche, tous menottés. C'est d'ici que je suis parti quand j'ai été opéré de l'appendicite, il y a des années me semble-t-il. Il faisait noir aussi, et je ne voyais que les tuyaux et les conduites au plafond, je le regarde comme si j'avais la nostalgie de jours meilleurs. C'est tellement exaltant d'être sorti de ma boîte que j'observe tout ce que je peux.

Un gros car gris avec un grillage d'acier aux fenêtres et marqué Administration Pénitentiaire du Texas sur le côté s'est arrêté au quai et nous étouffe avec ses fumées de diesel. La plupart des détenus bavardent par petits groupes. Ils font partie de la section générale, ils sont entre vingt et trente, et semblent se connaître tous. Ils sont excités comme moi par la nouveauté de ce jour de procès, par ce quelque chose de différent qui se passe. Une balade en car dans la ville c'est sympa, quelle qu'en soit l'issue.

Ils savent que je viens du couloir de la mort parce qu'ils ne m'ont encore jamais vu, et je m'étonne de les voir me traiter avec une sorte de respect. Un énorme chauve tatoué et musclé m'examine avec un hochement d'apparente approbation et s'écarte pour me faire de la place. D'autres l'imitent et je dispose d'un peu d'espace autour de moi malgré la foule.

Des gardiens partout. L'un d'eux, gradé à la voix de tonnerre muni d'un bloc-notes, descend par la porte arrière du car et crie : « SILENCE TOUT LE MONDE ! »

Plus un bruit à part le ronronnement du climatiseur et du moteur du car.

« Écoutez bien ! À l'appel de votre nom vous montez dans le car. Vous occuperez les premiers sièges à l'avant. Ne montez pas avant que j'aie appelé votre nom. Si je ne vous appelle pas, restez sur le quai. Compris ?

Des voix assourdissantes répondent à l'unisson : « OUI CHEF. »

Il commence l'appel et chaque homme s'avance en silence vers le car. Au bout de quelques minutes nous ne sommes plus que trois hors du car, un jeune Blanc à l'allure soignée d'étudiant, un Mexicain couvert de tatouages de gangs et moi. Le gardien nous regarde, claque la porte arrière du car, la verrouille, et le car s'en va en laissant derrière lui des fumées toxiques. C'est soudain très silencieux sur le quai et nous attendons sans rien dire, les deux autres détenus et moi, tandis que les quatre ou cinq gardiens qui restent tournent en rond en consultant leurs listes.

« C'était le car de Dallas, explique le gardien-chef à la voix de tonnerre. Herrera, vous allez au tribunal de Waco, exact ? »

Le Mexicain tatoué acquiesce.

Il tend le doigt vers le jeune Blanc et moi. « Vous deux vous allez à Westboro. Un véhicule va arriver dans une minute. »

Nous sommes sur le quai et je me rends compte que c'est ma plus belle matinée depuis des mois. Attendre une excursion en ville avec d'autres prisonniers n'a rien d'amusant ni d'excitant, mais c'est une vraie nouveauté. Aujourd'hui je vais voir des gens, des rues et des arbres. Aujourd'hui je pars pour Westboro avec ce gamin bien mis.

Un fourgon noir, pareil à celui de l'enceinte, s'arrête avec deux gardiens sur le siège avant. Une cage d'acier isole l'arrière et les serrures de la porte sont de gros verrous qui doivent être refermés une fois que nous sommes montés le gamin et moi. À l'intérieur c'est climatisé et confortable, et on peut voir à travers le grillage des fenêtres. Le soleil se lève sur l'immense plaine du Texas et crée un kaléidoscope de rouge et d'orange. Comme la fenêtre de ma cellule est orientée vers le sud, je n'ai jamais l'occasion de voir le soleil se coucher ou se lever, et ce spectacle de la nature m'apporte une bouffée d'énergie positive. Est-il possible que tout ça finisse bientôt, que je puisse être innocenté de tout crime, que le jury puisse voir plus loin que cette mascarade et me laisse finalement libre ? J'ai mal à l'endroit où mes points de suture ont été enlevés, et je me rappelle que je ne dois pas espérer.

« Je m'appelle Josh », dit le gamin à côté de moi en me tendant la main. Je la serre et je me présente.

« Je ne t'avais encore jamais vu, dit-il. Tu es frais ? »

« Frais », autrement dit nouveau dans la prison, est généralement un terme péjoratif. Comme dans chair fraîche. Je lui réponds que je ne fais pas partie de la section générale, en sachant que ça va entraîner d'autres questions.

« Waouh, tu bénéficies de la protection des témoins ? »

Je confirme. Le sujet est clos. Josh comprend qu'il n'y a pas d'autres questions à poser et il regarde par la fenêtre tandis que nous passons les dernières grilles de la prison. Cependant, la nouveauté de cette journée m'a apporté de l'énergie et de la curiosité, et je demande à Josh ce qu'il a fait.

« J'ai été arrêté avec cinq livres d'herbe, dit-il joyeusement. J'espère que le juge décidera que j'ai purgé ma peine et me renverra chez moi. J'ai déjà fait trois mois et j'ai un bon avocat. »

Westboro est une banlieue riche et la famille de Josh a de l'argent. Il sourit, et je devine qu'il est plein d'espoir, mais son espoir est fondé sur la réalité, pas sur une illusion. Il a fait ses comptes, l'étrange calcul de la justice pénale, et il existe une réelle possibilité que tout ça ne soit plus qu'un souvenir dès ce soir. Je l'imagine dînant dans la salle à manger familiale, régalant ses parents et ses frères et sœurs d'histoires de prison, parlant peut-être même de son voyage vers le tribunal ce jour-là avec un type qui bénéficiait de la protection des témoins. Josh aura une deuxième chance, la possibilité de tout reléguer dans le passé. Si jamais c'est de nouveau évoqué, il parlera de cette époque de sa vie comme d'une « erreur ».

Je lui souhaite bonne chance.

« À toi aussi », dit-il, et bien qu'il n'ait aucune idée de ce dont je suis accusé, je crois qu'il est sincère.

Nous roulons pendant presque deux heures et nous nous arrêtons dans le parking à côté des portes d'acier que je n'ai pas revues depuis mon arrestation. Je ne parlerais pas de nostalgie, mais le souvenir est presque agréable, parce que maintenant la terreur et l'égarement de ce jour-là ont disparu, pour être remplacés par colère morne et désillusion. Aujourd'hui je comprends parfaitement pourquoi je suis ici.

Les gardiens descendent et déverrouillent la porte. Un homme grand à l'expression agressive, en costume trois pièces, attend Josh. C'est ainsi que j'imaginais mon propre avocat. Un des gardiens les accompagne pour franchir les portes d'acier. Aucun signe de Randall.

« Sutton, lit l'autre gardien sur une feuille. Vous allez au troisième étage. Nous avons une pièce là-haut pour vous changer. » Il me met les menottes et me fait monter dans un ascenseur de service avec l'autre gardien et deux policiers. Ils me conduisent dans une petite pièce avec des boiseries décorées. Le costume de la prison est suspendu à la porte et le gardien reste là pendant que je me change. Quand je suis entièrement habillé, je me regarde dans la glace et j'admire une fois de plus la coupe du costume. Je m'aperçois que je n'ai pas de chaussures pour aller avec et j'enfile de nouveau les baskets blanches de la prison. Je suis ridicule.

C'est trop tard. J'aurais dû y penser avant.

Randall entre, l'air agité et désemparé. Il me jette un regard approbateur. « C'est bien », dit-il, en parlant du costume.

Je lui montre mes baskets et il hausse les épaules. « Vous n'avez qu'à garder les pieds sous la table. Vous n'aurez pas beaucoup de raisons de vous promener. »

Je hausse les épaules à mon tour. Je voulais vraiment avoir de l'allure au procès, puisque c'est ma dernière chance de faire bonne impression, mais mon ventre est assailli par des papillons venus de je ne sais où et la nervosité m'étourdit. Je m'assois à la petite table, Randall pose sa mallette et s'assoit à côté de moi. Je peux presque sentir l'odeur de sa peur. La sueur perle sur son front. Alors que je me dis que mes baskets font mauvais effet et que Randall est très nerveux, il m'annonce : « J'ai une mauvaise nouvelle. » Mon avocat a le trac et moi je suis habillé comme un clown. L'audience n'a pas commencé et je sais déjà que je vais perdre.

« Laquelle ?

– Mme Gravatte, un de vos témoins de moralité, est décédée hier soir. »

Je me prends la tête à deux mains. J'ai envie de dire d'instinct qu'il ne me manquait plus que cette tuile, mais je veux montrer du respect pour une gentille vieille dame qui allait témoigner pour moi et je dis : « C'est triste.

– Il reste toujours Karen Eames. Mais je pense qu'il est important d'avoir plus d'un témoin de moralité.

– Donnie, mon ancien coordinateur, il pourrait témoigner. »

Randall secoue la tête. « Ça n'est pas bon d'avoir un collègue de travail. Le public considère malheureusement que les tueurs en série sont en général de bons employés. Ça pourrait se retourner contre vous. »

Je lève les yeux au ciel. « Super. Je n'ai aucune chance de gagner. »

Randall semble être arrivé à la même conclusion. Quand il se lève et me fait signe de l'imiter, son regard exprime la résignation et la peur.

« C'est le moment », dit-il.

8

L'audience commence par une longue attente. Je suis assis à la table avec Randall qui est shooté à l'adrénaline, et ses mains tremblent en prenant les papiers dans sa mallette. L'huissier annonce enfin l'entrée du juge et nous nous levons tous. C'est une femme charmante d'un certain âge, au regard bienveillant, elle prend place sur l'estrade et se met à consulter des documents. Je trouve son aspect maternel réconfortant, mais ça ne dure pas. Quand elle regarde vers moi, ses yeux se plissent et elle met des lunettes à double foyer qui lui donnent un air méchant et efficace. Elle appelle l'avocat de l'accusation, il s'approche de l'estrade, et ils chuchotent pendant quelques minutes en échangeant des bouts de papier. Je prends de grandes inspirations pour essayer de me détendre.

Je ne veux pas regarder autour de moi. Quand je suis entré par la porte latérale, j'ai aperçu la mère qui m'avait craché dessus assise avec son mari près du fond, et je sens son regard me brûler la nuque pendant que je tente de me calmer. Les membres du jury me scrutent eux aussi, et je ne veux pas les voir non plus. Il y a aussi là des journalistes, et probablement de simples curieux de la ville, qui cherchent tous à me voir. Ils essaient de croiser mon regard, de percer mon âme. Mais chaque fois que je tourne la tête, les gens détournent les yeux.

Voilà ce que c'est que d'être haï. Je croyais que les jurés étaient là pour juger de ma culpabilité, mais j'ai l'impression que c'est pour me mépriser, pour manifester leur répugnance. Ils savent déjà ce qu'ils sont censés décider. Je finis par jeter un coup d'œil vers eux, je croise le regard d'une jeune femme aux cheveux noirs bouclés et aux grands yeux bruns, et je vois son visage se durcir. Je ne parviens pas à sourire pour essayer de l'adoucir et je regarde ailleurs.

Je sais que c'est fini. J'aurais dû plaider coupable plutôt que d'affronter plusieurs jours comme celui-ci. Pourquoi me suis-je autorisé à croire que j'avais une chance ?

Je me lève de nouveau pour la lecture de l'acte d'accusation. Puis, l'avocat de l'accusation, un quadragénaire habillé avec élégance, à l'air pincé et courroucé, s'avance et démarre. Il explique au jury que je suis un être mauvais, que je n'ai aucun respect pour les choses normales auxquelles les gens tiennent, et que je devrais passer le reste de ma vie en prison. Je n'ai jamais rencontré cet homme, je ne l'ai même jamais vu. Je suis assis, presque en état de choc, pendant qu'il relate mon prétendu crime. Je sens monter le besoin de crier, mais je suis en prison depuis assez longtemps à présent pour savoir dominer ma colère devant les autres.

La voix de l'homme est profonde et puissante, et lorsqu'il se tait Randall se lève à son tour. Il s'exprime de façon confuse avec une voix enrouée. Tout son corps trahit son désir de ne pas être là. Il dit que je suis innocent, puis il perd visiblement le fil et répète sa phrase. J'ai envie de me cacher.

« Ce… cet homme, dit Randall en me montrant du doigt, a été victime de la… police… qui voulait un suspect sans s'occuper de savoir si elle avait trouvé le bon. » Exact, mais pas à proprement parler éloquent. « Nous allons prouver que cet homme ne peut pas être prouvé... » Mon Dieu. Il dit n'importe quoi. Quand il termine sa phrase les jurés froncent déjà les sourcils en essayant de suivre sa pensée.

D'accord, c'était un mauvais début. Il va peut-être se calmer. Je sens que je me calme moi-même. Le choc initial d'être examiné par tous ces gens-là après des mois d'isolement dans ma cellule est passé. J'ai l'impression que je pourrais mieux me défendre que ne le fait ce type. Je voudrais lui arracher ses notes des mains et prendre le relais. J'écris sur le petit bloc-notes entre Randall et moi : « Je veux témoigner. » Randall lit et secoue la tête. Une goutte de sueur tombe de son front sur la table.

Nouveaux déplacements de personnes, chuchotements, la juge pose aux deux avocats des questions pleines de phrases juridiques que je ne comprends pas. Nouvel échange de bouts de papier. D'après les scènes de tribunal à la télé il me semblait que ça se passait un peu plus vite. Les moments de grande intensité dramatique montrent toujours des témoins clés qui craquent à la barre, ou qui laissent échapper une information capitale lorsqu'ils témoignent. En réalité, tout se concentre sur une greffière qui annonce à la juge que l'audience doit être suspendue pendant qu'elle essaie de retrouver le formulaire 817-6.

Un témoin se présente enfin. C'est une petite femme mexicaine qui affirme pendant une demi-heure que la fenêtre où ont été trouvées mes empreintes restait toujours fermée. C'est visiblement la femme de ménage. Puis un type qui relève les compteurs d'eau met une autre demi-heure à déclarer la même chose. Quand arrive le tour de

Randall de les interroger, il secoue la tête et dit: «Je n'ai pas de questions.»

Nous faisons une pause. Je suis raccompagné dans le vestiaire, où on m'enferme avec deux gardiens qui lisent le journal. Randall arrive quelques minutes plus tard avec un café et un sandwich pour moi.

Le café n'est pas mauvais. C'est mon premier en dix mois. On ne sert pas de café en prison, et l'odeur chaude et riche me rappelle combien il m'a manqué. Le sandwich est au pain de seigle avec du corned-beef et du coleslaw. À côté de la nourriture de la prison, cette gourmandise fournie par un vendeur du palais de justice est un sommet de la gastronomie, une création de grand chef. Je savoure en silence chaque bouchée, tout en me disant que ça se résume peut-être à ça. Mes journées au tribunal ne seront peut-être qu'une occasion de boire du café et de goûter à de vrais sandwichs pendant quelque temps.

Je pense la même chose que lorsque j'étais à l'hôpital: j'aurais dû aller déjeuner dehors plus souvent.

De retour dans la salle d'audience au moment où un témoin est appelé à la barre, je me rends compte que je n'ai pas bu de café depuis si longtemps que j'y suis devenu particulièrement sensible. La caféine me fait perdre la boule et ma vessie est tellement pleine qu'elle me fait mal. Je me demande quel effet ça ferait si je me pissais dessus devant les jurés.

J'en parle à Randall qui paraît d'abord contrarié, mais quand je le lui répète il dit à la juge que nous avons besoin de quelques minutes de suspension. Cinquante personnes au moins attendent sans rien faire pendant que deux hommes armés m'accompagnent aux toilettes.

Nous reprenons quand ma vessie est vidée. Le témoin suivant est l'inspecteur Dave, que je regarde prêter serment et s'asseoir sur son siège. Dans un autre contexte que la salle d'interrogatoire, il paraît nerveux et petit. La dernière fois que je l'ai vu, j'avais les menottes, il était en colère, il avait un pistolet et plusieurs amis armés l'entouraient, et je m'aperçois que j'avais peur de lui et de son pouvoir. Ici, il paraît vulnérable. Quand il répond d'une voix douce aux questions de l'avocat de l'accusation, le contraste me frappe.

Dave est inspecteur depuis cinq ans bien qu'il appartienne à la police de Westboro depuis vingt-cinq. L'avocat de l'accusation le questionne quelques minutes sur sa carrière pour établir qu'il a bien toute qualité pour témoigner. Quand l'appel signalant la disparition d'un enfant est arrivé au poste, il prenait son petit déjeuner avec sa femme. Passionnant. Il a été chargé de l'enquête et a choisi pour partenaire Kyle Morton, celui qui a un sourire d'arrogance satisfaite. Le laboratoire du légiste a trouvé sur la fenêtre des empreintes qui ont conduit jusqu'à moi, le suspect (ici l'inspecteur Dave me montre du doigt d'un geste théâtral), et le reste est connu de tous.

Ces questions ont pris près d'une heure. On aborde ensuite la dernière partie de l'enquête où il est établi que j'ai nettoyé mon taxi à la vapeur. L'inspecteur Dave a visiblement demandé à une réceptionniste à temps partiel chez Taxis Dillon si c'était une habitude chez moi et elle a répondu que je ne le faisais jamais.

Sur le bloc entre Randall et moi j'écris que Janet n'assurait qu'un ou deux services par semaine et que je ne l'ai pratiquement jamais vue. Comme elle travaillait dans le bureau, elle ignorait si les chauffeurs nettoyaient leur taxi à la vapeur. À ma grande surprise, ça semble intéresser Randall. Il hoche la tête et pose la main sur mon bras.

Une autre demi-heure s'écoule pendant que l'inspecteur Dave raconte mon arrestation. À ce moment-là j'étais manifestement sur le point de sortir. Ce qui lui est apparu comme extrêmement suspect. Je suppose que quitter de temps en temps son appartement constitue un comportement déviant. Ma réticence à répondre aux questions était également suspecte. Je ne me rappelle pas m'être montré réticent, seulement troublé. Tout son témoignage porte sur ce que pensaient ceux qui sont venus m'arrêter ce jour-là. Si j'avais été en train de regarder la télévision ou de lire, est-ce qu'ils auraient trouvé ça suspect ? Je me rends compte que je n'aurais rien pu faire. Une fois que les empreintes avaient permis de remonter jusqu'à moi, chaque détail de ma vie qui semblait s'emboîter dans le puzzle y était enfoncé de force, et on jetait les autres.

Il raconte ensuite que j'ai déclaré avoir chargé deux jeunes filles soûles pour les emmener chez elles, ce qu'il écarte comme autant de « foutaises classiques ». Il accompagne ses mots d'un sourire satisfait à l'intention du jury. Un ou deux jurés gloussent de façon audible et ce son est épouvantable. De tous les mensonges qui ont été dits sur moi, c'est le premier qui me met réellement en rage. Je me redresse en me retenant de me lever d'un bond, et Randall pose de nouveau la main sur mon bras.

Quand l'avocat de l'accusation en a fini avec Dave, Randall saisit une liasse de papiers, se lève les mains tremblantes et se racle la gorge.

« Inspecteur, au cours de votre enquête, avez-vous trouvé d'autres indices impliquant mon client que les empreintes ? »

Dave sourit toujours pour évoquer le nettoyage à la vapeur, mais Randall, qui semble avoir complètement changé de comportement, le fait taire d'un geste de la main. « Je veux parler de preuves. De véritables preuves sur les lieux du crime. »

La voix de Randall est devenue énergique et il a l'air en colère. C'est sans doute dû au sourire de Dave, à son mépris évident pour tout autre version des événements que la sienne, à sa certitude d'avoir raison. Il y a dans l'attitude de cet homme quelque chose qui a exaspéré mon avocat. Il était temps.

Dave fait semblant de ne pas comprendre, comme si la question était trop sotte pour qu'on s'y arrête, et son sourire s'élargit. « Non, répond-il comme s'il s'adressait patiemment à un enfant. Des empreintes digitales sont assez significatives.

– Oui, j'en suis sûr, oui. Mais vous n'avez rien trouvé d'autre ?

– Rien.

– Pas d'empreintes de pas sous la fenêtre ? pas de traces de terre rapportée dans la maison ? pas d'autres empreintes digitales ? rien que celles-là ?

– Rien que celles-là.

– Alors comment mon client est-il entré par la fenêtre sans laisser d'empreintes de pas dehors ni de terre à l'intérieur ? »

Bref silence pendant que Dave réfléchit. Il finit par répondre : « Il était évident que quelqu'un avait piétiné des fleurs exactement sous la fenêtre.

– Avez-vous pu déterminer la pointure de l'individu ?

– Non. Les empreintes étaient brouillées. Et il y avait en effet de la terre dans la maison. »

Le nouveau Randall revient sans cesse à la charge pendant une heure et demie, mais Dave ne perd pas son sourire narquois. Il n'admet visiblement pas qu'on le questionne de cette façon et qu'un novice comme Randall remette son opinion en cause. Randall évoque Vern Brightwell, l'ancien chauffeur du bus scolaire de Westboro que l'inspecteur de Waco, Larry Watson, a suggéré comme suspect possible, mais Dave élude toutes les questions en laissant entendre que Watson s'est simplement trompé. Randall oblige Dave à relater ses efforts pour retrouver les deux étudiantes dont j'affirme qu'elles ont vomi dans mon taxi. Dave s'exécute patiemment. Finalement, au bout de quatre-vingt-dix minutes, Randall demande à Dave : « Combien d'enquêtes sur des personnes disparues avez-vous effectuées ? »

Le sourire disparaît. « Je ne sais pas, répond Dave après un instant d'hésitation.

– Pourriez-vous nous donner un chiffre approximatif ? Dix ? Vingt ? Cent ?

– Je ne sais pas. Je n'ai jamais compté. » À l'évidence, Dave est contrarié.

« Sur combien d'homicides avez-vous enquêté ? »

Dave hausse les épaules. « Je… je ne sais pas. » Sa voix a perdu sa violence et il paraît troublé. Randall devient de plus en plus agressif.

« Je vais vous aider. » Randall ne tremble plus, sa voix est claire et forte. « Vous dites que vous êtes inspecteur depuis cinq ans, exact ?

– Oui.

– Il y a eu deux homicides à Westboro dans les cinq dernières années. Avez-vous été chargé de l'enquête dans l'un ou l'autre cas ?

– Non. » La sueur est apparue sur le front de Dave.

« Celle-ci est donc votre première enquête criminelle, exact ? »

Dave ferme les yeux, il est évident qu'il contrôle sa fureur. Je le vois enfin éprouver les émotions qu'il a provoquées en moi. « Oui, répond-il. Mais je ne vois pas…

– Je vous remercie. Je n'ai pas d'autres questions. » Randall se rassoit.

Quelle joie de voir ce con se faire humilier à la barre. Cette ordure est le principal responsable de ma présence ici, et même si la question qui l'a humilié n'avait rien à voir avec mon affaire, ç'a été un plaisir de le voir blessé dans son amour-propre en public.

Mais le chemin du retour est long, assez long pour que s'insinuent d'autres pensées, et je change d'humeur. Les questions qui l'ont humilié n'avaient vraiment aucun rapport avec moi. Dave a seulement été vexé que le jury soit informé que Westboro est une communauté à faible criminalité, et que les inspecteurs de police n'y ont vraiment pas grand-chose à faire. Mais à part le fait que son inexpérience a été étalée devant tous, c'était un témoin solide. Randall n'a pas réussi à le montrer hésitant sur les preuves. L'arrogance et l'assurance qui faisaient de lui un tel con lui ont été utiles en tant que témoin de l'accusation.

La situation telle qu'elle est me fait penser à ce que Robert a dit. Qu'ont-ils à gagner à me laisser libre s'il existe une *possibilité* que je sois coupable ? J'ai été accusé d'un crime si odieux que c'est particulièrement vrai pour moi. Qui voudrait que quelqu'un qui *pourrait* être un délinquant sexuel se promène dans sa ville ? Les jurés ne sont pas tenus de partager ma détention. Il leur suffit d'être à peu près sûrs de mettre le vrai coupable à l'ombre.

Je pense au jury. Il y a une femme d'un certain âge en robe imprimée, avec un chignon serré, qui fixe sur moi un regard ferme et résolument dégoûté. Elle votera coupable. Il y a une autre femme, la jolie brune que je pense être le premier juré, subjuguée par Dave, et qui le regarde sans dissimuler son adoration, telle une adolescente amoureuse. Les gens ont tendance à se laisser trop impressionner par les policiers. Je devine qu'elle votera coupable elle aussi.

Qui est de mon côté ? Peut-être le jeune type qui a l'air d'un artiste, avec des cheveux longs et un tatouage dans le cou. Je l'imagine peintre ou musicien. Peut-être la vieille femme noire au regard bienveillant. On dirait qu'elle en sait long sur la vie. Ces deux-là ignoreront peut-être les stupidités proférées par Dave aujourd'hui, pèseront réellement les preuves qui leur sont présentées et verront combien elles sont minces.

Avant même que la défense ait appelé un témoin, mon opinion sur le jury est faite. Je suis désespéré. J'espère de nouveau. Il faut que j'arrête avant de devenir fou ou que mon corps se retourne contre lui-même.

Quand nous quittons l'autoroute je remarque que mon compagnon de ce matin, Josh, ne retourne pas à la prison avec moi. Le juge a dû décider qu'il devait être libéré. Josh s'est permis d'espérer et ça a marché pour lui. En ce moment même il est probablement en train de dîner avec sa famille, et l'horreur de la prison n'est plus qu'un souvenir. J'essaie en vain de me rappeler son visage. Il n'a été qu'un parmi tous ceux dont le chemin a croisé quelques instants le mien avant de s'en séparer. Rien qu'un type parmi d'autres, des tas d'autres qui ont plus de chance que moi.

En attendant mon fourgon sur le quai de chargement, je me rends compte que je ne reverrai pas Robert avant la fin du procès. Je vais manquer toutes les récréations, et si je suis déclaré coupable je retournerai peut-être chez les détenus ordinaires. Naturellement, si j'ai la chance d'être condamné à mort, je pourrais peut-être garder ma cellule et voir Robert tous les jours, ce qui est, faute de mieux, le meilleur dénouement possible.

Je me demande si j'ai baissé les bras.

Le fourgon vient me chercher, et je suis content de voir Evans, mon gardien préféré, accompagné d'un nouveau. «Journée d'excursion en ville», dit Evans avec un sourire en me conduisant jusqu'à l'arrière du fourgon.

Le nouveau m'enchaîne. Tout en vérifiant la fixation qui m'attache au sol il demande: «Vous êtes bien Sutton?» Pensant qu'il veut seulement s'assurer d'avoir le bon prisonnier, j'acquiesce d'un signe de tête.

J'ajoute: «Demandez à Evans. Il connaît mon nom.»

Le nouveau se met à rire. C'est un grand gaillard aux cheveux blonds en brosse, avec un visage ouvert d'Irlandais. Son badge indique qu'il s'appelle Doyle. «Ça n'est pas pour ça que j'ai posé la question», dit-il, et je remarque que sa voix est particulièrement sonore. «Je voulais seulement savoir si vous l'avez fait.

– Fait quoi?

– Enlevé cette fillette.»

Je suis surpris qu'un gardien connaisse les détails de mon cas, et je me demande aussitôt *pourquoi* il est au courant. C'est une taupe? Un infiltré chargé de découvrir où j'ai enterré le corps afin que la famille puisse trouver la paix de l'esprit ? Il paraît que ça arrive. S'ils pensent que vous savez quelque chose, ils vous font toutes sortes de saloperies. Robert m'en a parlé.

« Non. » Je n'ai encore jamais dit à un gardien que je suis innocent. Les gardiens savent tous ce que nous avons fait (ou ce dont nous sommes accusés), mais nous n'en parlons jamais ensemble. À quoi bon ? Nous savons tous que les gardiens n'ont aucune influence sur le système judiciaire.

Doyle hoche la tête. « Si vous dites la vérité, tout ça c'est des conneries.

– Vous n'avez pas idée à quel point c'est des conneries. » Doyle me regarde longuement avant de fermer la porte et secoue la tête en signe de compassion. Quand il grimpe sur le siège du passager, je demande à travers la grille : « Comment vous connaissez mon cas ?

– C'est dans le journal d'aujourd'hui. » Il agite un journal. « Des policiers de Waco critiquent la manière dont la police de Westboro a géré l'affaire. »

Merde alors ! Les gens ont entendu parler de moi ! Pendant tous ces mois d'isolement je me suis vu tout bonnement rayé du monde. Les choses qui portaient mon nom expiraient l'une après l'autre. Mon permis de conduire, ma licence de taxi, mes cartes de crédit, tout a expiré. On m'a supprimé l'accès aux services collectifs, mon appartement a été vidé et loué à d'autres occupants. J'étais effacé. Et me voilà dans le journal. J'existe encore !

Doyle descend d'un bond et déverrouille la porte de mon fourgon, puis il jette le journal sur mes genoux. Quand il remonte, Evans s'installe au volant et se retourne vers moi. « Vous vous voyez dans le journal d'aujourd'hui ? » Il rit. « Vous êtes célèbre, mon vieux ! »

Je suis trop absorbé par l'article pour remarquer leur attention. Sous le titre: *Des inspecteurs de Waco affirment que l'enquête sur l'affaire Worth a été mal menée,* je vois une photo de moi sortant du poste de police de Westboro le jour de mon arrestation. Bon sang, j'ai maigri. J'avais aussi l'air sacrément effrayé. La légende dit: *Jeffrey Alan Sutton, 36 ans, a été arrêté et accusé d'avoir enlevé Cara Worth, 12 ans, au terme d'une enquête que la police de Waco estime «bâclée dès de début».*

Ça alors! Les gens sont au courant! Comme je suis trop surexcité pour lire, je regarde seulement la photo. Jeffrey Alan Sutton. D'où sort cet Alan? Je pensais qu'il avait disparu quand j'étais enfant. Je n'ai jamais fait vraiment attention à ce deuxième prénom. Un journaliste a dû rechercher mon certificat de naissance. Pendant très longtemps j'ai cru être seul et oublié, pendant que des gens fouillaient ma vie privée pour trouver des détails insignifiants.

Nous traversons des terres agricoles du Texas et par la fenêtre je vois des vaches paître. Le premier soleil de la journée zèbre le brouillard bas et se brise en prismes. Je sens éclater dans mon ventre une certaine forme d'énergie positive. Elle gonfle dans ma poitrine, dans ma gorge et dans ma tête, je m'adosse au siège de vinyle, et je ferme les yeux pour laisser l'énergie authentique de l'espoir inonder tout mon corps de petites endorphines magiques.

Sur le chemin du palais de justice j'ai conscience du regard des gens. Quand nous sortons de l'ascenseur de service devant la salle d'audience, avant que j'aille au vestiaire, un petit groupe s'est formé dans la salle des pas perdus et tous les regards se tournent vers le type en combinaison blanche. Déjà, le jour de mon arrestation, j'avais l'impression de devoir répondre à cet intérêt, comme si j'étais une célébrité, mais j'ai appris à me contenir et je baisse le nez sur mes chevilles entravées. Peut-être y a-t-il vraiment une vague de fond en ma faveur, ou alors les gens aiment bien voir un vrai criminel en chair et en os. J'ai remarqué qu'ils sont attirés par la vue des criminels. Ça les rassure sur eux-mêmes. Ils peuvent être alcooliques, joueurs, ou avoir une vie pourrie par une liaison extraconjugale, mais au moins ils n'ont jamais essayé de violenter un enfant ou de cambrioler un magasin de spiritueux. Se sentir meilleur qu'un autre fait partie des besoins psychologiques.

Quand le procès reprend, la juge se montre moins heureuse de l'article que je ne le suis. Elle brandit le journal et s'adresse au jury. « L'un de vous a-t-il lu ceci ? »

Aucun des jurés ne répond, mais elle ne les croit visiblement pas. « Si quelqu'un d'entre vous l'a lu, je veux le savoir tout de suite », dit-elle d'une voix qui tremble de colère rentrée. Elle essaie de paraître gentille et compréhensive afin d'obtenir un aveu, c'est un vieux truc que mes institutrices utilisaient. Une fois l'aveu obtenu, gentillesse et compréhension disparaissaient, remplacées par une fureur incontrôlée. Les membres du jury ont dû fréquenter le même genre d'école, car ils affichent un visage sans expression. Ou encore aucun d'eux n'a lu le journal du matin. Qui sait ?

« Je ne veux pas que mon affaire soit jugée dans les médias, dit-elle en se tournant vers moi. À la prochaine ineptie de cet ordre nous priverons le jury de toute communication avec l'extérieur ou le procès sera ajourné. » Elle me menace même du doigt, comme si j'étais en faute.

Être accusé de quelque chose que je n'ai pas pu faire n'est pas une nouveauté pour moi et je reste donc passif. Je me demande ce qu'elle aurait fait si quelqu'un avait avoué avoir lu l'article. L'exclure du jury pour avoir pris connaissance de l'éventualité que je sois innocent? Sûrement, et je ne veux pas penser à ce que ça implique, alors je retourne à l'examen du travail d'ébénisterie des cadres des fenêtres et de l'estrade.

La journée commence avec les deux témoins qui m'ont prétendument vu avec la fillette le soir de l'enlèvement. Le premier est un petit latino couvert de tatouages de gangs qu'il a tenté de cacher sous un costume qui ne lui va pas, mais j'aperçois quand même une tête de serpent dans son cou. Quand il pose la main sur la Bible, sa manche remonte sur son poignet en laissant voir d'autres serpents.

Aujourd'hui l'avocat de l'accusation paraît agité, et j'imagine que l'article dans le journal l'a contrarié. Il s'adresse au témoin en l'appelant « M. Herrera », qui était le nom du releveur de compteurs qui avait témoigné que les fenêtres étaient toujours fermées.

« Ramirez, corrige l'hispanique couvert de serpents.
– M. Ramirez. » L'avocat hoche la tête. Son front se couvre de sueur et je remarque que ses mains tremblent un peu quand il fouille dans ses papiers. Il me rappelle Randall hier. Un changement subtil s'est peut-être produit ici et l'avantage est passé de notre côté. « Avez-vous déjà vu le prévenu ? »

Ramirez raconte une histoire interminable dans laquelle il traînait aux abords d'une épicerie portoricaine le soir de l'enlèvement quand il a vu mon taxi s'arrêter. Je suis entré acheter un soda et en sortant je l'ai tendu au passager de la banquette arrière, dont Ramirez a vu que c'était une fillette. Elle paraissait terrifiée, mais elle a baissé sa vitre et pris le soda.

J'écris immédiatement sur le bloc devant Randall: «La vitre arrière de mon taxi côté conducteur ne pouvait pas être baissée! Elle était détraquée.» Randall lit et hoche la tête. Ça vaut de l'or! C'est comme un épisode de *Perry Mason* ou de *New York police judiciaire*, où un mensonge peut être dénoncé devant tout le monde. J'écoute Ramirez continuer à débiter ses conneries pendant vingt minutes de plus. Il est formel, je conduisais le taxi. Un de ses copains a même fait remarquer que c'était bizarre qu'un chauffeur de taxi achète un soda pour une fillette effrayée sur la banquette arrière. J'étais à ce point mémorable.

Puis c'est au tour de Randall et je suis stupéfait par sa transformation. Le petit bafouilleur brouillon et transpirant est devenu l'avocat habile et agressif que j'espérais depuis le jour de mon arrestation. Sûr de lui et en colère, il s'avance à grands pas vers le témoin. Est-ce l'effet de l'article de ce matin ou la pensée soudaine que je pourrais vraiment être innocent? Quoi qu'il en soit je me sens réellement *représenté* par quelqu'un. Je me demande si la transformation s'étend à sa vie sexuelle et si en ce moment sa femme, au lit, un sourire lointain aux lèvres, se dit: «Qu'est-ce qui lui prend?»

Randall demande à Ramirez: «Avez-vous jamais été condamné pour viol?»

Son avocat fait bruyamment objection. Une discussion éclate et Randall est rappelé à l'ordre. Comme il n'est manifestement pas autorisé à poser cette question, il en change.

«Où étiez-vous quand vous avez dit à la police que vous témoigneriez?»

M. Ramirez se penche vers le micro et répond doucement: «En prison.

– Pour quelle raison?»

Ramirez hausse les épaules.

«Il me faut une réponse, M. Ramirez.» Randall crie presque. Je sens que la colère que j'ai accumulée depuis dix mois d'incarcération s'évacue à travers lui. C'est cathartique. Privé d'exutoire depuis près d'un an, j'ai presque envie de me mettre à pleurer.

«Les flics ont cru que j'avais agressé quelqu'un», marmonne Ramirez.

Son avocat bondit et une nouvelle discussion éclate. La juge crie presque, elle aussi, pour demander à Randall de n'interroger Ramirez que sur son témoignage.

Randall acquiesce. «Quand avez-vous dit à la police que vous aviez vu cette fillette dans le taxi?»

Ramirez hausse de nouveau les épaules et Randall lui rappelle qu'il doit répondre. Il se penche vers le micro et marmonne: «Je sais pas.»

Randall souligne que c'était cinquante-quatre jours après l'incident. «Cinquante-quatre jours, répète-t-il plusieurs fois. Il vous a fallu CINQUANTE-QUATRE jours pour révéler cette information. C'est exact?

– Je suppose.

– Pourquoi avez-vous décidé tout d'un coup d'être un bon citoyen au bout de CINQUANTE-QUATRE jours, M. Ramirez?

– On a vu la fillette disparue à la télé. Avant ça, on savait pas que, ben, qu'il lui était arrivé quelque chose.

– Et où vous trouviez-vous quand vous l'avez vue à la télé?

– Dans la salle commune.

– Quelle salle commune ? »

Son avocat intervient de nouveau. « Votre honneur, nous avons déjà établi que le témoin était en prison. »La juge approuve et Randall est rappelé à l'ordre une fois de plus.

Malgré tous ces rappels à l'ordre, Randall parvient à faire savoir au jury que Ramirez et le prochain témoin étaient en prison pour viol en réunion et que depuis qu'ils ont accepté de témoigner, seules des charges de coups et blessures ont été retenues. Puis il passe aux détails de la scène.

« Vous dites que mon client est sorti du magasin. Que s'est-il passé ensuite ?

– La fille a baissé la vitre et il lui a donné le soda.

– Elle a baissé la vitre ? L'avez-vous vue tourner la manivelle ? »

Là, je vois que Ramirez n'est pas sûr que les vitres étaient automatiques et qu'il se sent piégé. « La vitre a été baissée, dit-il.

– De quel côté de la voiture était-ce ?

– Côté conducteur.

– Vous en êtes sûr ?

– Ouais.

– Vous êtes formel, c'était du côté conducteur ?

– Ouais. »

Randall hoche la tête et s'assoit. Il se penche vers moi pour me dire : « Il faut que le mécanicien du garage vienne témoigner que la vitre ne fonctionnait pas. » Il exulte. À l'autre table, je vois l'avocat de Ramirez farfouiller dans sa paperasse en essayant de comprendre pourquoi Randall a tellement insisté pour faire dire à Ramirez que la vitre était côté conducteur ; il trouve un papier et le garde. Puis il parle à son assistante, une jeune femme qui paraît sous pression, et lui chuchote quelque chose. Elle hoche la tête et quitte précipitamment la salle.

Les dix minutes suivantes sont une suite de retards causés par l'avocat de l'accusation qui fait semblant d'être perdu dans diverses formalités. Je ne connais pas grand-chose aux pratiques dans un tribunal, mais même moi je sens que quelque chose ne tourne pas rond. Au bout de quelques minutes la juge est agacée par son manège et lui demande de ranger ses papiers, puis elle appelle le témoin suivant.

C'est l'autre type qui m'a prétendument vu avec ma victime. Encore plus minable que son copain, il a la tête rasée, et une croix ensanglantée tatouée à l'arrière de son crâne. Je distingue sous le col de sa chemise la partie supérieure d'autres tatouages. Un poisson bondissant hors de l'eau orne sa colonne vertébrale et on aperçoit une pointe de poignard sur le côté de son cou. J'aimerais en voir davantage. Je me demande pourquoi des types comme ça possèdent un costume. Pour entrer dans les clubs chic? Pour l'enterrement de leurs amis?

Il raconte à peu près la même chose que le premier. Il traînait devant l'épicerie portoricaine avec Ramirez quand je suis arrivé. Il y avait une fillette sur la banquette arrière et elle avait l'air «terrifié». Je suis entré et je lui ai acheté un soda, qu'elle a pris en baissant la vitre. Quand j'entends pour la deuxième fois cette histoire imaginaire toutes sortes de questions me viennent à l'esprit. Pourquoi la fillette n'a-t-elle pas essayé de s'enfuir si elle était si terrifiée? Si elle a baissé la vitre, c'est forcément que le contact n'était pas coupé et que j'avais laissé la clé. Quel imbécile ferait ça, dans un quartier tel qu'ils le décrivent? Peut-être plus important encore, pourquoi aurais-je laissé seul dans un lieu public un otage que je viens tout juste d'enlever? Toute cette histoire commence à devenir grotesque et je me tourne vers les jurés pour voir s'ils l'ont perçu.

Le premier juré, la jolie brune au regard dur, contemple le tatoué dans un état de fascination langoureuse. Elle a l'expression d'une groupie à son premier concert de rock. Je l'imagine femme au foyer avec un mari vraisemblablement faible et incapable, et la dureté de son regard vient de ce qu'elle prend tout en charge. Je doute que ce soit le rôle qu'elle souhaitait. Elle en a probablement marre et rêve d'un homme comme ce témoin : une brute épaisse qui ne la laisserait jamais décider de rien.

Mon ami musicien paraît simplement curieux, comme s'il attendait une belle histoire à raconter ce soir en partageant de l'herbe. Je pense que l'adresse où le témoin s'est fait tatouer l'intéresse davantage que ce qu'il dit. La femme noire au regard bienveillant est indifférente. Elle a décroché. Un homme qui ressemble à un ancien militaire observe la brune au regard dur qui contemple le témoin. Un photographe amateur pourrait prendre une photo d'eux et l'intituler *Amour non partagé*, ou un truc dans le style.

Je ne peux pas en vouloir aux jurés d'avoir décroché. Moi aussi, à mon propre procès pour meurtre, j'ai la tête ailleurs. Sauf que j'ai un horrible soupçon : que ce soit pour des raisons différentes. Moi, c'est parce que les conneries m'ennuient à la longue. On ne résiste pas longtemps à tant de manipulation, tant de bla-bla-bla avant que le regard se perde et que ça fasse plus mal d'écouter.

Eux, c'est parce que leur décision est prise et qu'ils veulent seulement en finir.

« Dites-moi, poursuit Randall. Il a donné un soda à la fillette par la vitre côté conducteur ?

– Non, côté passager.

– Vraiment ? Comment avez-vous pu le voir si vous vous teniez là où vous dites ? Vous auriez été du mauvais côté de la voiture.

– Parce qu'il a fait une marche arrière, répond le témoin avec un sourire. Mon ami a oublié de le mentionner. C'était côté passager, parce qu'il a fait une marche arrière. »

Seigneur Dieu. L'avocat de l'accusation a compris la portée de ce que Ramirez avait dit, il a trouvé un papier du garage de la scientifique indiquant que la vitre côté conducteur ne s'ouvrait pas et il a dépêché son assistante pour qu'elle fasse changer ce con de version. Il sait que c'est de la foutaise. La police et l'accusation *savent* que ces témoins mentent. Tout le monde sait qu'ils se sont trompés de coupable, et pourtant *ils continuent de m'accuser !*

J'ai deux témoins pour ma défense, Larry Thomas, le vieux policier noir qui est venu me parler en prison, et Karen, descendue en voiture de Houston où elle vit avec un mari et deux enfants. Karen est en forme. Elle a les cheveux plus courts et quelques rides d'expression, mais elle a gardé la ligne. Je me demande si son mari est le type qui lui tenait la main dans le vilain bar.

Avant de témoigner elle se tourne vers moi et sourit. Un sourire triste, mais je crois que c'est le premier, en dix mois, de quelqu'un qui me connaît vraiment. Cette femme a réellement vécu avec moi, commandé des repas pour moi, dormi avec moi, s'est réveillée avec moi, m'a emmené ici et là quand ma voiture était en panne. J'en ai fait autant pour elle. Quand on connaît si bien les secrets de quelqu'un, c'est bizarre de le revoir dans des circonstances aussi impersonnelles, et je meurs d'envie de rester un moment seul avec elle, rien que pour avoir quelques secondes d'intimité. Je sais que c'est impossible. Le sourire est tout ce que j'aurai. Plus tard, je mangerai peut-être un sandwich avec Randall.

Je suis tellement réchauffé par ce sourire rapide et triste que je mets une minute à comprendre ce qu'il veut vraiment dire. Qu'est-ce qui t'est arrivé, bordel ? Pourquoi es-tu jugé pour le meurtre d'une fillette ? Qu'est-ce qui se passe ? Je regrette de ne pas pouvoir t'aider davantage. Tu es foutu. Je suis navrée.

Son chagrin pour moi est plus puissant que tout ce que j'éprouve moi-même, et quand en réponse aux questions de Randall elle lui décrit, ainsi qu'au jury, l'excellent compagnon que j'ai été, parfaitement normal, non-violent, attentionné, c'est un déchirement. Je voudrais lui demander pardon de m'être fourré dans ce merdier, de la faire venir de Houston et lui faire dépenser de l'argent pour l'hôtel, de la forcer à expliquer cette affaire absurde à son mari. Elle dit à Randall que même si nous n'étions pas faits pour vivre ensemble elle aura toujours des sentiments pour moi. J'essuie sans cesse les larmes qui coulent sur mes joues en veillant à ne pas faire de bruits de sanglots étranglés.

Quand c'est au tour de l'accusation de questionner Karen, l'avocat ne lève même pas les yeux. « Je n'ai pas de questions. »

Karen s'en va. Elle me regarde de nouveau en sortant et elle a l'air encore plus peiné. La porte se referme.

Le témoin suivant, Larry Thomas, répète pour l'essentiel tout ce qu'il m'a appris à la prison, à propos d'un certain

Vern Brightwell qui conduisait un bus scolaire et qu'il soupçonnait d'avoir enlevé une écolière. Même information que dans le fameux article dont personne n'a le droit de parler. C'est un bon témoin et Randall l'utilise bien en lui posant les bonnes questions. Le hic c'est que Thomas parle très lentement. C'est probablement un excellent policier, mais il ne donne pas l'impression d'être intelligent. Il a un accent paysan traînant et une élocution appliquée. Quand c'est au tour de l'avocat de l'accusation, celui-ci bondit vers l'estrade.

« Ce Vern Brightwell a-t-il jamais été condamné pour infraction majeure ? » Il parle fort et vite.

« Pas à ma connaissance, répond Thomas.

– Sur la scène du crime y avait-il une preuve qui implique en quelque manière Vern Brightwell ?

– Je n'ai pas vu les lieux. Je travaille à Waco.

– Merci. » L'avocat se rassoit.

Robert me manque. C'est bien de prendre un peu l'air, de se faire transporter au tribunal tous les matins, de manger de vrais sandwichs et de porter un costume, même si c'est celui d'un mort. Mais il n'y a personne avec qui commenter ce qui se passe. Ça reste coincé dans mon crâne où ça tourne en rond. Quand je dis quelque chose à Randall, il se contente de hocher la tête et regarde ailleurs, comme si je l'avais tiré de ses pensées profondes.

Aujourd'hui, en revenant du tribunal, le fourgon traverse le quartier des peines ordinaires et nous empruntons une passerelle protégée par du verre d'où nous voyons des détenus assis à une table de pique-nique. L'un d'eux s'approche d'un autre et se met à le frapper à la tête. Ceux qui sont assis se lèvent et s'éloignent et il ne reste que celui qui se fait frapper sans relâche et celui qui frappe. Bang bang bang, la tête cogne la table. Puis l'agresseur s'enfuit, sort de mon champ de vision, et il y a une flaque de sang sur la table. Le blessé s'écroule sur le banc. Les deux gardiens qui m'accompagnent cessent de regarder, comme si c'était un film.

« Saleté de population ordinaire, dit l'un. Ouverture Cinq ! »

Je me retrouve dans ma cellule, déprimé après l'exultation provoquée par l'article du journal. Tout est allé de travers aujourd'hui. Randall a été dur avec le premier témoin, puis il s'est dégonflé quand le second s'est tiré du piège qu'il lui tendait. Après quoi, le Randall sûr de lui a disparu, de nouveau remplacé par le Randall suant et empoté. Retour de balancier.

Mes témoins n'ont pas fait grand-chose pour moi en dépit de leurs efforts.

Étendu sur ma couchette je regarde le plafond. C'est fini. Je vais mourir dans cette pièce. En fait, j'aurai de la chance si je meurs ici. Si je ne suis pas condamné à mort, je pourrai mourir chez les détenus ordinaires, un endroit où je suis décidé à ne jamais aller. Il y a là-bas les types qui ont témoigné contre moi, qui s'écrasent mutuellement la tête sur des tables et se tatouent de poignards sanglants. Pourquoi le voudrais-je si je peux tranquillement mourir ici ? Si je suis condamné à mort, je demanderai à ne pas faire appel, pour qu'ils puissent m'exécuter. Je ne veux plus continuer à vivre ici une vie inhumaine. Je regarde la cuvette des toilettes en acier inoxydable. L'acier est solide, indéformable. Comment Robert a-t-il réussi à en découper un morceau et à se trancher la gorge avec ?

Je me souviens de mon journal. On m'a donné un stylo, un truc inconsistant en caoutchouc souple pour que je ne puisse pas le planter dans l'œil d'un gardien, ou le mien. J'ouvre le journal vierge et je vois sa blancheur. « C'est une bonne thérapie », m'a dit le docteur Conning avec son charmant sourire. Je n'arrive même pas à rêver convenablement du docteur Conning. Je regarde fixement les pages blanches aux lignes bleues, je jette finalement le journal ouvert sur la couchette et je me mets à écrire frénétiquement.

9

Réquisitoire et plaidoirie sont ceux auxquels je m'attendais, une resucée de mensonges et de déformations des faits du côté de l'accusation, et des phrases insaisissables de la part d'un Randall en sueur qui aurait aussi bien fait de lire une liste de courses ou réciter de vieilles poésies. Il ressemble à un gamin qui doit faire un discours devant la classe comme punition pour être arrivé en retard. À la fin, la juge donne des instructions aux jurés qui sortent l'un après l'autre. C'est la première fois que je vois le jury quitter le tribunal. La jolie brune au regard dur porte une robe bain de soleil qui laisse entrevoir la naissance de ses seins. Peut-être a-t-elle remarqué l'attention du militaire ?

Je pense encore comme un être humain.

« Et voilà, c'est fait », dit Randall. Son soulagement est palpable. C'est fini. Il a fait de son mieux. Il rentrera chez lui dîner avec sa femme et sa fille de douze ans, pendant que je rentrerai chez moi me faire servir mon repas à travers une grille le restant de mes jours.

« Ouais. » J'ai acquis le mode d'expression de la prison, le truc qui consiste à répondre sans rien communiquer. « Allons déjeuner.

– Il n'est que dix heures et demie, répond Randall.

– Alors prenons un café. » Je le supplie, il sait que s'ils reviennent dans une heure ou deux avec un verdict de culpabilité c'est ma dernière chance de jouir un moment d'un des plaisirs de la liberté.

« D'accord. Allez m'attendre dans le vestiaire. Je descends chercher du café. »

Randall n'est pas le mauvais bougre. Ce n'est tout simplement pas un héros. Des années de télé m'avaient convaincu que tous étaient des héros luttant pour la justice. Dix mois de réalité m'ont persuadé que le combat est parfois trop dur, ou trop désagréable, ou trop risqué pour que la plupart des gens l'envisagent. Randall n'est qu'un de ceux qui ne souhaitent pas rendre leur vie plus éprouvante qu'elle ne l'est déjà.

Les gardiens me raccompagnent au vestiaire mais je vais garder le costume de Clarence jusqu'au verdict.

Randall arrive avec le café. Nous le buvons et nous regardons par la fenêtre. Une heure passe. Randall me dit que ça n'est pas mal, une heure. Certains sont déclarés coupables en quarante minutes. Il dit que c'est le minimum que des jurés estiment correct pour prononcer leur verdict. Même s'ils sont prêts à voter coupable immédiatement, ils traînassent d'ordinaire pendant quarante minutes pour montrer du respect à l'égard du système judiciaire, pour faire comme s'ils réexaminaient réellement les preuves. Plus le jury s'absente longtemps, mieux ça vaut pour la défense.

Au bout d'une heure de plus, Randall est carrément aux anges. Deux heures ! Je comprends tout à coup que c'est là-dessus que les avocats commis d'office classent leurs interventions : pas par le nombre de clients qu'ils font acquitter, mais par le temps que met le jury à revenir avec un verdict. C'est une façon de mesurer s'ils ont su lui donner suffisamment matière à réflexion et jusqu'à quel point ils l'ont déstabilisé. Je suis sûr que la plupart des clients de Randall sont coupables, si bien que les jurés n'ont pas réellement le choix. Une nouvelle demi-heure s'écoule et Randall va me chercher un sandwich à la boutique d'en bas.

Le problème c'est que je n'ai jamais cru à ce procès. Mes dix mois dans le couloir de la mort m'ont amené à voir les choses différemment, ça m'a donné un aperçu du fonctionnement réel du système. Je n'ai pas été surpris, contrairement à ce que j'aurais ressenti le jour de mon arrestation, que l'avocat de l'accusation invente un nouveau mensonge pour alimenter les déclarations du témoin. Robert m'en avait montré et dit suffisamment sur sa vision du monde pour que je sache que ça arriverait. Ils n'ont jamais vraiment cherché à arrêter le véritable coupable… ils voulaient quelqu'un susceptible de l'être, et qui n'avait ni les ressources ni la famille pour faire des histoires. Quelqu'un pour empêcher les médias, les parents de la victime et les résidents de Westboro de leur reprocher de ne pas faire leur travail. Ç'aurait été super d'arrêter le vrai coupable, mais ça n'était pas une nécessité. Quand une fillette de douze ans est enlevée à sa riche famille, vous ne pouvez pas ne pas exhiber quelqu'un.

Ils m'ont exhibé moi.

« Toutes mes excuses », me dit Randall. Devant mon regard interrogateur, il s'explique. « Mes excuses pour avoir dit l'autre jour que j'avais une fille de douze ans. »

J'avais totalement oublié. Douze parfaits étrangers sont en train de décider, à quelques pièces de distance, si je dois être mis en liberté, passer le reste de ma vie dans une cage ou être tué, et c'est à ça que pense Randall. Sait-il que je suis innocent ? Est-ce que ça lui importe ? Ne peut-il rien faire de mieux qu'essayer de laver sa conscience à temps pour ma condamnation ? Son repentir m'agace. J'ai mes propres problèmes. Pour le moment je ne suis pas disposé au pardon. « Merci pour le café et le sandwich. Vous les payez de votre poche ? »

Il trouve ma question insolite sans intérêt. « Nous recevons des indemnités journalières pour les frais. »

Je me demande de combien. Que fait-il du surplus quand il en reste ? Mon sandwich et mon café ont-ils coûté l'intégralité des indemnités ? Randall empoche-t-il quatre ou cinq dollars par jour pour payer des gâteries à sa famille ? S'il m'avait parlé plus tôt de ces indemnités journalières j'aurais pu commander autre chose qu'un sandwich et un café.

Je m'apprête à lui demander des détails sur ces indemnités quand la porte s'ouvre. Un huissier apparaît, l'air sévère. « Le jury est revenu. »

Trois heures quarante minutes. Pas quarante minutes, donc, mais pas assez longtemps pour espérer.

Je sais ce qui va arriver, mais quand la jolie brune au regard dur prononce effectivement le mot « coupable », je sens le sang me monter à la tête. J'ai un vertige passager et je me demande si je vacille un peu, comme si j'allais m'écrouler. Je pense à la télé locale qui va me montrer en train de vaciller. Au moment où on vient de m'ôter la vie, c'est à mon image que je pense d'abord, c'est ahurissant. Dès que le verdict est annoncé, un mouvement de joie parcourt le fond de la salle où le père et la mère de la victime étaient assis. Justice est faite. Ils peuvent continuer à vivre à présent.

La juge lit quelque chose où il est question de me renvoyer dans ma cellule du couloir de la mort et de fixer une date pour la sentence. Je regarde fixement la table plaquée de bois sombre où j'ai été assis les quatre derniers jours. Rien d'autre. Je ne peux pas bouger. La juge lit un tas de conneries de procédure à propos de dates de sentence, Randall répond, et je ne peux même pas lever la tête pour regarder qui que ce soit. Il me semble que le musicien et la vieille dame noire au regard bienveillant étaient de mon côté après tout.

Finalement, il y a du mouvement et des piétinements, les gens quittent lentement la salle, et l'huissier me prend le bras pour me raccompagner au vestiaire. Les flashes crépitent quand les deux gardiens viennent m'encadrer pour me faire franchir la porte. Ils doivent suivre des exercices de verdicts de culpabilité pour apprendre comment maîtriser un suspect qui vient d'être condamné, car tous deux semblent guetter un éclat, mais je ne ressens que de l'engourdissement. Je suis docilement l'huissier.

Nous retournons au vestiaire, où ma combinaison blanche m'attend, et l'idée de l'enfiler de nouveau me remplit soudain de dégoût, jusqu'à la nausée. Je frissonne, je sens ma bouche se remplir de salive comme si j'allais vomir, et des gouttes de sueur se forment sur mon front. Ce sont les derniers vêtements que je porterai jamais. Je tremble en essayant de déboutonner le premier bouton du veston de Clarence, et personne dans la pièce, ni les deux gardiens ni Randall, ne semble le remarquer. Je ne me crois pas capable de coordonner mes gestes pour me déshabiller tout de suite, et je m'assois sur une chaise pour laisser passer le malaise.

« Il va falloir y aller, dit sèchement un gardien. Eh, vous, levez-vous et enfilez votre combinaison. » Il tape dans ses mains.

Alors que j'essaie de me lever de ma chaise, la porte s'ouvre sur l'huissier. « Madame le juge veut vous voir dans son cabinet, annonce-t-il.

– Qui, moi ? demande Randall.

– Vous et votre client. »

Randall se tourne vers moi, perplexe. « Je me demande de quoi il s'agit. »

Un des gardiens prépare les chaînes, bien que je sois toujours en costume, et l'huissier secoue la tête. « C'est inutile. »

Randall me regarde, toujours perplexe.

Je demande : « Qu'est-ce qui se passe ? » Randall hausse les épaules.

L'huissier nous fait traverser la salle d'audience à présent vide et nous conduit à travers un labyrinthe de salles plus petites jusqu'à un bureau somptueusement lambrissé où la juge regarde la télévision, assise dans un fauteuil en cuir. L'avocat de l'accusation est assis sur une chaise, l'air tendu, et un homme que je n'ai jamais vu, élégant, au visage aigu, la quarantaine avancée, se lève à notre entrée et m'adresse un signe de tête. Il ne salue pas Randall, ce qui est curieux. Je suis habitué à être l'homme invisible. Je ne lui réponds pas.

« Je vient de parler avec la police de l'État de l'Oklahoma, dit la juge. Elle est vivante. Dans l'Oklahoma.

– Qui ? demande Randall.

– La fillette pour le meurtre de laquelle votre client vient d'être jugé coupable. »

J'entends, mais je ne ressens rien, comme s'ils parlaient encore le charabia juridique que je ne comprends pas.

J'enregistre les détails du bureau, les plantes en pot, la moquette gris ardoise, la bibliothèque encastrée.

« L'information va être diffusée dans quelques minutes, dit la juge. En attendant, nous devons parler de la façon de traiter votre cas.

– Nous allons devoir abandonner les poursuites pour meurtre, dit l'avocat de l'accusation. Toutefois il nous reste l'enlèvement. »

Les fenêtres ont été posées par Wiseman Windows, du bon double vitrage qui isole du froid et, au Texas, évite toute déperdition de la climatisation. Ils étaient nos principaux concurrents quand je travaillais chez Pierson, et ils obtiennent généralement les marchés publics, tels que le palais de justice.

L'homme élégant se lève et me tend la main. « Je m'appelle Carl Brock, du cabinet Randle, Brock and White. Si vous le permettez, nous aimerions nous charger de votre dossier. »

Je lui serre la main, toujours sans comprendre ce qui se passe. « Que la fillette soit encore vivante ne signifie pas que vous n'étiez pas complice de l'enlèvement », dit l'avocat de l'accusation en s'adressant directement à moi. C'est à moi que ces gens parlent, ni à mon avocat ni à mes gardiens. C'est comme si j'avais été promu au rang d'être humain. Je ne comprends pas les mots. Le bureau est en merisier, les fauteuils sont en cuir impeccablement tendu. Sur la télé muette, à écran plasma, passe une pub pour un adoucissant. Qui paie pour tout ce luxe ?

« Nous allons payer votre caution pour l'enlèvement, jusqu'à la fixation de la peine, dit Brock.

– En attendant vous serez libéré sans caution », dit la juge.

J'entends réellement ses mots et je la regarde pour la première fois depuis que nous sommes entrés dans le bureau. « Libéré ?

– Vous restez sous contrôle judiciaire. Vous êtes libre jusqu'à la sentence. »

Les informations ont commencé et une jolie blonde parle, une photo de la fillette derrière elle. C'est la même photo que celle que les policiers m'ont montrée quand ils s'activaient à me balancer des claques dans la gueule et à me crier dessus. L'image suivante montre des voitures de la police de l'Oklahoma, tous gyrophares tournoyants, devant une petite maison flanquée de plusieurs autres. Une légende apparaît sur l'écran, *Willis, Oklahoma*, tandis qu'un type en short et T-shirt blanc sort de la maison menottes aux poignets. Je le reconnais d'après les photos que m'a fait voir l'inspecteur Larry Thomas. C'est Vern Brightwell.

On passe à une fillette emmenée vers une autre voiture de police.

Je demande à la juge : « Pour quoi je suis condamné ?

– Pour le moment, tout est suspendu jusqu'à ce que nous tirions les détails au clair, répond-elle avec entrain.

– Vous avez été jugé coupable d'enlèvement simple, dit l'avocat de l'accusation. Vous pourriez très bien être le complice.

– Vous rigolez ? » Ma voix est douce, mais pour un dixième de seconde l'avocat a peur de moi.

Brock se lève et me pose la main sur l'épaule. « Vous êtes remis en liberté, dit-il. Nous nous occuperons de votre caution.

– En liberté ? Pour où ? » Ma voix est toujours douce, raisonnable. « J'ai perdu mon appartement, toutes mes cartes de crédit sont annulées, j'ai perdu mon travail, je n'ai même plus de portefeuille. Quoi, vous allez simplement me jeter à la rue ?

– Voulez-vous retourner en prison ? » demande l'avocat de l'accusation.

Je m'avance vers lui, ce qui est perçu comme une menace puisque l'un des gardiens fait un pas en avant et que l'avocat recule son siège sur la moquette gris ardoise, pressé de prendre ses distances. Mais, en effet, j'envisage cette option. En prison, au moins, j'ai le gîte et le couvert, et Robert avec qui parler. Si je suis à la rue, je me nourrirai dans les poubelles.

« Nous allons vous installer dans un hôtel, dit Brock. Nous récupérerons votre portefeuille auprès du poste de police de Westboro. » Il pointe le doigt sur les gardiens qui se sont avancés pour protéger l'avocat de l'accusation d'une violence attendue. « Vous deux, dehors. »

Les gardiens s'en vont. C'est stupéfiant. La voix du pouvoir. Ce type me plaît.

Randall, qui pendant tout ce temps est resté debout silencieux, vient me serrer la main en me disant : « Bonne chance. » Et il s'en va. Il sait maintenant que je suis innocent, je suis la preuve vivante de son échec, de son incompétence. Il veut filer le plus vite possible, transmettre mon dossier à Brock et retourner fournir une défense minimale à des gens qui sont réellement coupables. Représenter un innocent a été une épreuve qui l'a complètement dépassé.

« Très bien, dit Brock. J'emmène M. Sutton dans un hôtel et nous fixons un rendez-vous pour demain. » Il se lève de son fauteuil et je m'aperçois qu'il vient de m'appeler M. Sutton. Pas « mon client », pas « prisonnier matricule machin », pas « Sutton ». Monsieur Sutton. Je suis redevenu un humain.

Au moment où nous partons, l'avocat de l'accusation rappelle : « Vous êtes toujours sous contrôle judiciaire. Coupable de kidnapping. Ce n'est pas effacé. »

Je lui claque la porte au nez.

Dans le couloir, les deux gardiens attendent. L'un d'eux tient mes chaînes et veut me prendre le bras.

« Hé, dit Brock. Il a été remis en liberté. »

Indifférent, le gardien cherche de nouveau à me prendre le bras. Cette fois, je recule comme si j'étais prêt à me battre.

« Si vous posez la main sur mon client, j'appelle toutes mes relations dans l'administration pénitentiaire et je n'aurai de cesse que vous soyez transféré à Brookley », dit Brock d'un ton égal. Brookley c'est Brookley Criminal Psychiatric Hospital, le pire des établissements pénitentiaires. Evans m'a raconté que là-bas les gardiens passent leur temps à se battre contre des fous barbouillés d'excréments.

Le gardien le regarde, hausse les épaules et va frapper à la porte de la juge. Il parle une seconde avec elle et s'en va sans un mot, avec son collègue.

Ça, c'est un sacré bon avocat.

Brock me prend une chambre dans un hôtel. Pas n'importe lequel. Il y a un hall de la taille d'un stade, avec un sol de marbre, du cuivre, du cuir, des plantes et de la climatisation. Le personnel parle d'une voix pleine d'entrain mais retenue. Je regarde autour de moi en attendant que la porte automatique en verre s'ouvre en silence pour laisser entrer des hommes du SWAT[1] qui me jetteront à terre et me diront qu'il y a eu une erreur. Brock revient avec la clé.

1. Special Weapons and Tactics : unités de police d'élite.

D'où vient l'argent pour payer tout ça?

« Chambre 814; dit-il en me tendant la carte de la chambre. Je passerai demain matin à, disons, dix heures? »

Il me demande mon avis. Il veut que je décide. Je n'ai pris aucune décision en dix mois. Si je dis: « Je préférerais onze heures », est-ce que nous nous verrons à onze heures? Je n'ai pas l'habitude que quelqu'un tienne compte de mes exigences. En l'occurrence, toutefois, je suis passablement disponible.

J'acquiesce.

« Félicitations. Profitez du service d'étage, ou allez dans la salle à manger, dit-il en essayant de me réinsérer dans la société. Vous pouvez manger dans ce restaurant et faire mettre l'addition sur la note de la chambre. Jusqu'à ce que nous récupérions votre portefeuille. »

J'acquiesce.

« À demain, donc. » Il me tend sa carte de visite où il a inscrit son numéro de portable au dos. « Appelez-moi si vous avez besoin de quoi que ce soit. »

Il disparaît.

Je me dirige vers l'ascenseur, qui s'ouvre avec un bing. En entrant, je me vois dans une glace en pied, avec le costume de Clarence. Il me vient l'idée bizarre que je dois atteindre ma chambre avant de tomber sur un des parents de Clarence qui essaie de me l'arracher. Comme si les parents de Clarence traînaient dans cet hôtel.

Bing. Je suis au septième. Je sors et me trouve devant un long couloir moquetté, d'une propreté irréprochable, qui dégage l'odeur agréable mais neutre de produit d'entretien pour tapis. J'avance doucement comme si je risquais de réveiller quelqu'un, comme si je n'étais pas à ma place ici. 814. J'introduis la carte et la porte s'ouvre.

Ce n'est pas une chambre, c'est une suite, et je suis submergé par le doré et le blanc. Devant moi tout est l'un ou l'autre. Les doubles rideaux des immenses fenêtres sont blanc et or, le dessus-de-lit king-size est blanc et or. Dessus de marbre blanc et dorures pour les tables de toilette. Je ferme la porte et me dirige vers le lit, je m'assois au bord, exactement comme en prison. Ce lit-ci est plus grand et plus confortable. Je passe la main sur le dessus pour sentir la douceur fraîche de la torsade dorée, un tel contraste par rapport à la couverture grossière de la prison.

Je regarde autour de moi. Cette pièce est pleine d'accessoires que je pourrais utiliser pour m'étouffer ou pour en faire une arme.

J'allume la lumière dans la salle de bains. Je pourrais m'ouvrir la gorge sur la tringle du rideau de douche cassée en deux. Ça ne prendrait pas une minute.

Je pourrais planter cette brosse à dents dans l'œil de quelqu'un. Si j'avais des produits d'entretien, je pourrais probablement y mélanger ce savon pour fabriquer un cocktail aveuglant. Je pourrais étrangler un gardien avec le flexible de la douche. Ne parlons pas de la porte en verre de la cabine. Je pourrais tuer tout l'étage avec les éclats que j'obtiendrais de cette connerie.

Je ferme la porte, mais elle est montée sur charnières hydrauliques, de sorte que j'ai beau essayer de la claquer, elle se referme quand même en douceur.

Je retourne dans le salon, où m'attend un assortiment de chocolats surmonté d'une fraise fraîche. Je la mange sans y penser, un coup de dents, une bouchée, et je jette la queue dans la corbeille à papier blanc et or. Une carte est posée à côté des chocolats.

À notre hôte distingué. Surtout n'hésitez pas à faire appel à nos services au cas...

Dans la corbeille blanc et or. J'espérais quelque chose d'un peu plus personnel.

Je vais à la fenêtre, je tire le cordon doré (danger de strangulation... c'est un véritable garrot) et j'ouvre le rideau blanc. J'ai sous les yeux toute la ville de Dallas. C'est un bel après-midi.

Je dis tout haut: «Je vous emmerde.» Je fais un doigt d'honneur à la fenêtre. Je. Vous. Emmerde. J'enlève mes tennis et je vais m'asseoir sur le lit.

10

Au milieu de la nuit, je me réveille en sueur. C'est incroyable, mais le bourdonnement de la climatisation est plus fort ici que dans la prison. Pour une bonne nuit de sommeil, le Plaza-Helmand peut aller se rhabiller… essayez les couchettes du couloir de la mort. Maintenant que Clarence n'est plus là, vous y dormirez comme un bébé.

J'allume la lumière et je regarde fixement la porte. Si je veux, je peux l'ouvrir. Quand je me lève et que je pose les pieds par terre je m'attends au sol de ciment froid mais je suis accueilli par la moquette. Je me mets debout et je savoure cette sensation, puis je vais à la porte. Je l'ouvre et je jette un œil dans le couloir.

C'est alors qu'une dame passe, une jolie jeune femme aux cheveux noirs, une hôtesse de l'air qui traîne sa valise à roulettes derrière elle, comme la mère de la fillette kidnappée, le jour où elle est montée dans mon taxi. En me voyant en sous-vêtements sur le seuil de ma chambre, elle paraît horrifiée et accélère le pas en cherchant fiévreusement sa clé. Encore plus en sueur, je referme violemment ma porte. Qu'est-ce que j'ai fait, là? Maintenant, c'est sûr, le SWAT va arriver. Je viens de m'exhiber devant une femme.

J'essaie de me calmer. Je suis en sous-vêtements, pas nu, et je n'ai fait qu'ouvrir la porte de ma chambre d'hôtel.

Je suis devenu hypersensible à la façon dont des événements peuvent être mal interprétés. Tout ira bien. Je respire profondément.

Je me demande à quoi servira mon journal. Pourquoi le veulent-ils? Je sens une douleur violente au côté, là où on m'a enlevé l'appendice. Peut-être qu'un bout infecté a été oublié, parce que la douleur est toujours là. C'est peut-être normal, une douleur fantôme, comme quand vous continuez de sentir un bras que vous n'avez plus. C'est pour ça que je transpire. Je me mets la main sur les côtes, je me recouche, et quand la lumière est éteinte, que je me suis forcé à respirer normalement, la douleur s'apaise. Plus de douleur. C'est passé.

Je me réveille encore deux fois pendant la nuit, et chaque fois je vais m'assurer que la porte s'ouvre toujours de l'intérieur. Elle le fait deux fois et je jette un œil dans le couloir. Il n'y a personne, mais j'entrouvre à peine d'abord, pour en être sûr. On n'est jamais trop prudent.

Brock m'appelle du hall à dix heures pile. Je descends le retrouver et il suggère de prendre un café sur place. Je contemple le choix des boissons proposées et finalement je ne prends qu'un café. Je me sens comme un émigrant fraîchement débarqué en Amérique qui s'émerveille de tant d'abondance.

Il a des papiers à me faire signer, et je les signe.

« Comment est l'hôtel? demande-t-il alors qu'il connaît la réponse.

– Bien. Je ne suis pas sorti de ma chambre.

– Vraiment? Avez-vous au moins utilisé le service d'étage?

– Non. » On dirait que je le déçois, j'aurais dû m'imprégner du luxe de cet endroit, passer mon temps à essayer de draguer au bar, et à me soûler la gueule en laissant une énorme ardoise. J'essaie d'expliquer. «Je pense que c'est comme découvrir quelqu'un qui a failli mourir de froid. Vous ne pouvez pas le plonger simplement dans un bain chaud parce que le choc le tuerait. Il faut du temps pour s'adapter.

– Vous avez regardé la télé, au moins?

– Il y a une télé?

– Il faut ouvrir la penderie. La télé est derrière une des portes.

– Pas remarqué.»

Brock a décidé que j'étais un drôle d'oiseau. «Alors vous n'avez rien fait d'autre que regarder par la fenêtre?»

Je hausse les épaules. «C'est à ça que j'ai passé mon temps dernièrement.» Pour le convaincre que je ne suis pas cinglé, j'ajoute: «La vue est belle.»

Il hoche la tête et change de sujet. «Bon, voilà ce qui s'est passé. Votre avocat s'appelait Randall. Mon cabinet s'appelle Randle, Brock and White. Quelqu'un a confondu et nous a fourni des informations sur votre dossier, donc, naturellement, nous nous y sommes intéressés.

– Quelles informations?

– Une technicienne de la scientifique a trouvé une empreinte de pas sur les lieux. Elle en a fait un moulage, du 41. Vern Brightwell chausse du 41. Vous chaussez du 46. Le procureur a mis ce petit détail au rebut.

– Mon Dieu... ils savaient depuis le début que ce n'était pas moi?

– Je n'irais pas jusque-là. Je crois que le procureur a pensé qu'il s'agissait de l'empreinte du releveur de compteurs et qu'il n'a pas voulu brouiller les cartes. De toute façon, c'est parfaitement illégal, et la technicienne déclarera sous serment qu'elle a fait le moulage. C'est de l'or pour notre plainte.

– Notre plainte ?

– Pour poursuites abusives. Vous pouvez compter sur un dédommagement d'environ trois millions. Nous prenons le tiers, espérons donc que dans une quinzaine de jours nous pourrons vous remettre en circulation avec dans les deux millions de dollars. »

Alors voilà pourquoi il m'aime bien. Je suis son homme à un million de dollars. Ça explique l'hôtel. Je l'interromps. « Une minute, si vous étiez au courant pour l'empreinte de chaussure, pourquoi ne pas l'avoir fait savoir ?

– Nous sommes un cabinet juridique, répond Brock sans la moindre trace de regret. Une entreprise à but lucratif. Nous avons décidé que c'était la meilleure façon d'agir pour tout le monde. En outre, vous obtenez un dédommagement beaucoup plus important si vous êtes jugé coupable. Nous avons une sacrée veine que le verdict ait été prononcé hier après-midi. Si le jury avait délibéré un autre jour, l'information sur la fillette aurait été présentée au journal du soir et tout se serait écroulé. Mais le verdict est intervenu très vite, et il a été enregistré. Maintenant il est officiel. Il y a là un million de plus pour vous. » Brock se met à rire. « Vous êtes un veinard.

– Ça n'est pas comme ça que je me suis vu ces derniers temps. »

Brock me donne une bourrade pour plaisanter. « Les choses s'arrangent. Allons chercher votre portefeuille. »

Brock conduit une Mercedes flambant neuve, et je m'extasie sur le confort du véhicule. Les sièges en cuir sont aussi loin du vinyle des fourgons cellulaires que le lit dans lequel j'ai dormi la nuit dernière d'une couchette de détenu. Tout dans le monde s'incarne sous deux formes, l'une pour les riches et l'autre pour le reste d'entre nous. Prenez n'importe quel mot, les riches en ont la meilleure version. Aujourd'hui, le mot pour moi est « loi ».

Nous nous rendons au poste de police de Westboro, et pendant que Brock s'occupe de la paperasse et des questions je regarde le décor. On m'a fait traverser cette pièce quand j'ai dû me mettre à poil et on a laissé la porte ouverte. Pendant que j'attends, deux officiers de police amènent un jeune homme suant, menottes aux poignets, et je lui fais un sourire amical quand il entre dans la pièce où il devra se déshabiller. Je sais la solitude qu'on éprouve dans un cas pareil. Il détourne vite le regard.

Pour lui, au moins, les flics ferment la porte.

Brock revient avec un tas de vêtements pliés, ceux que je portais le jour de mon arrestation. Blue-jeans, T-shirt gris, chemise de flanelle. Sympa, je n'aurai plus à porter le costume de Clarence. Il me tend mon portable et mon portefeuille, qui contient des cartes expirées ou annulées depuis longtemps et quarante-trois dollars.

Avec quarante-trois dollars je suis réellement vivant. Si je voulais, je pourrais aller retrouver Charlie White dans un bar. Je devrais l'appeler. Mais d'abord il faudra que je remette mon portable en service, parce que je n'ai pas payé la facture pendant dix mois, et je dois le recharger. Ce qui veut dire que j'aurai besoin de mon chargeur qui est dans mon appartement, lequel a été vidé et loué à quelqu'un d'autre. Mon portable est donc, essentiellement, un presse-papiers. Il faudra que j'achète un chargeur, et que j'aille à la banque chercher de l'argent pour ça. Appeler Charlie White pour prendre une bière avec lui est devenu compliqué. Je ne suis pas encore retombé sur mes pieds.

Je ressens un élancement violent dans le ventre et Brock paraît inquiet. Je lui parle de mon opération de l'appendicite en prison.

Il me demande: «Vous voulez aller quelque part?», inquiet soit pour ma santé soit pour ses millions de dollars.

«Je pense que je vais retourner à l'hôtel. Je peux y rester encore combien de temps?

– Il est à deux cent quatre-vingt-cinq dollars la nuit. Donc, si nous vous obtenons deux millions de dollars, vous pouvez probablement y rester environ… », il plisse les yeux pour calculer de tête et répond en riant: «… dix-neuf ans. Que diriez-vous d'une ou deux semaines? Détendez-vous, remettez-vous dans le bain. Nous avons beaucoup de choses à voir ensemble, alors appelez mon bureau et prenez rendez-vous un jour de la semaine prochaine.»

Je suis d'accord et je lui dis que je rentrerai à pied. Quand il m'annonce que ça fait plus de quinze kilomètres je hausse les épaules. «Vous connaissez le chemin?» demande-t-il, visiblement tracassé, aussi, par ma santé mentale. Il doit s'imaginer qu'à mi-parcours je vais me jeter sous un train ou sauter d'un pont. Mon absence de joie d'être libre semble le décevoir.

«Oui. Je suis chauffeur de taxi.»

Il me suffit de quelques minutes de marche sous le soleil de Dallas pour me rendre compte que j'ai fait une erreur. Pour rentrer à l'hôtel j'aurais mieux fait de passer par le désert des Mojaves, parce qu'il n'est pas traversé par Malcolm X Boulevard – Cesar Chavez Parkway, Martin Luther King Boulevard, Malcolm X Boulevard, mieux vaut rester à l'écart de ces quartiers et de ces voies qui portent des noms de gens qui disent la vérité. Ceux qui ont des noms de menteurs et de voleurs sont en général haut de gamme.

À mesure que Westboro et ses rues bordées d'arbres disparaissent au loin, je constate que l'habitat se dégrade. Le plus frappant c'est que les trottoirs ont disparu. Les commerces ne sont plus des cafés et des magasins d'accessoires pour animaux mais des dépôts de pneus et de moquettes à prix discount. Dans quelques kilomètres ce ne sera plus que magasins de spiritueux, armureries, pompes funèbres et églises baptistes. Je décide que ce sera alors le moment d'appeler un taxi.

À la réflexion, je sais que c'est dur d'avoir un taxi là-bas. Je n'ai jamais beaucoup aimé charger dans South Dallas. Les chauffeurs disent parfois qu'ils sont en route, puis ils vont au centre d'affaires où ils appellent en prétendant ne pas pouvoir trouver l'adresse. Personne n'a envie de risquer de se faire voler et tirer dessus pour une course à huit dollars entre deux adresses de South Dallas. Je l'ai fait quelquefois, sans jamais avoir d'ennuis, jusqu'au jour où je me suis arrêté devant une maison et où j'ai vu deux jeunes Noirs approcher de mon taxi de deux directions opposées, comme s'ils m'avaient tendu un guet-apens. Quelque chose dans leur attitude ne collait pas. J'ai écrasé l'accélérateur à la seconde où l'un deux allait atteindre la poignée de la portière, et je n'ai pas respecté un stop jusqu'à ce que je sois de nouveau sur la I-45. J'ai peut-être laissé en plan deux jeunes qui allaient à l'église, je ne le saurai jamais. Quand je suis rentré au garage ce soir-là, je m'attendais à me faire réprimander pour racisme, mais ce sont Denise, notre coordinatrice noire, et Charlie White qui ont été les plus compréhensifs.

Je change de direction pour éviter South Dallas et je longe lentement Trinity River, les sens engourdis par le hurlement de la circulation. J'ai assez soif pour boire de l'eau du fleuve et assez chaud pour sauter dedans, mais je suis sûr qu'il y a des lois contre ça. Que des policiers me repêchent dans un fleuve ou que j'attrape la dysenterie pour y avoir bu est bien la dernière chose dont j'ai besoin en cette première journée complète de liberté. Je me souviens que Houston Street Bridge a un trottoir, et quand je l'emprunte en direction du centre mes pieds sont déjà gonflés et ils me brûlent. J'entre dans le quartier historique et m'assois finalement sur la fameuse butte herbeuse. En m'étirant dans l'herbe je vois le X qu'on a peint là où Kennedy a été tué. Les habituels enthousiastes de son assassinat vont et viennent avec leurs instruments de mesure et leurs caméras vidéo. Ils s'interpellent et échangent leur opinion sur ce qui s'est passé. Mais non, mon vieux, il n'aurait jamais pu tirer cette balle. Arrête, je pourrais le faire un jour où je suis en forme. Deux tirs réussis à partir de là sur une cible mobile ? Impossible.

Voilà ce que nous appelons des preuves.

Plus personne n'appelle cet endroit Dealey Plaza. Les événements changent parfois le sens des noms. Qui voudrait tenir un restaurant ou un hôtel sur Dealey Plaza ? Oui, nous sommes ici dans Elm Street, à un pâté de maisons de Houston Street, vous savez, à quelques centaines de mètres de là où l'espoir américain est mort. Bonne journée !

Je suis en nage, mes tennis blanches sont fichues et mes pieds sont des machins douloureux et ensanglantés. Au bout de quelques minutes je me force à me relever, je boitille encore plusieurs centaines de mètres jusqu'à l'hôtel et je m'effondre sur le lit. De toute façon, je n'aurais pas pu appeler un taxi. Tous les téléphones publics que j'ai vus en chemin avaient été éventrés.

11

À l'hôtel je ne dors pas bien. La deuxième nuit, je rêve de mon père. C'était un immigré gallois, un brillant linguiste qui parlait sept ou huit langues, venu à Dallas après la guerre comme traducteur pour une compagnie financière. Il était aussi alcoolique et avait la tête tellement pleine de langues qu'après quelques verres il ne pouvait jamais se rappeler dans laquelle il devait s'adresser aux gens qui l'entouraient. La plupart de ses amis ont le même souvenir de lui, celui d'un homme plutôt gentil, enclin aux divagations incohérentes, qui auraient pu aussi bien être du génie poétique, mais ça nous ne le saurons jamais.

Plus tard dans la nuit, je rêve de Robert. Il est furieux parce qu'il vient de lire un article qui le décrit comme un tueur tortionnaire, mais en fait il n'a torturé personne. Il insiste. «Je ne les ai découpés en morceaux qu'après leur mort.» En me réveillant de ce rêve-là, je me rappelle que c'est une des répliques de Robert dans la réalité lorsqu'il m'expliquait que les médias interprètent mal les faits.

En prison jamais je n'ai rêvé ni ne me suis réveillé en sueur. Il y a quelque chose d'irréel dans tout ce doré et ce blanc. Je ne suis pas plus à ma place ici qu'en prison. Je veux retrouver ma vie d'avant, aussi simple et peu spectaculaire qu'elle ait été. Je décide d'appeler la compagnie de taxis le lendemain matin pour voir si je peux recommencer à travailler. Je pourrais être un chauffeur de taxi avec deux millions de dollars.

Je passe la plus grande partie de la nuit éveillé dans mon lit à écouter le bourdonnement de la climatisation, et quand j'entends le personnel d'entretien dans le couloir je choisis finalement de me lever. Ces gens-là sont les gardiens du Plaza-Helmand, leurs chariots sont pleins de produits de nettoyage et de savons supplémentaires, fabriqués par l'entreprise qui fournissait aussi les chariots des repas aux gardiens. Je l'ai remarqué en rentrant de ma promenade hier. Je me demande si leurs uniformes aussi viennent de la même entreprise.

J'ai tellement d'ampoules aux pieds qu'on dirait que des bouts de papier s'en détachent. À quoi je pensais, nom de Dieu ? Brock m'avait proposé de me raccompagner. J'imagine que j'essayais seulement de me faire à l'idée que j'avais le droit de me déplacer, d'entendre, de voir et de sentir, et d'en profiter. Les effluves nauséabonds de Trinity River étaient agréables parce que je ne les avais pas sentis la veille et ne les sentirai probablement pas demain. Ici, les journées peuvent se permettre d'être différentes.

Il fallait quitter la couchette pour les repas. On était réveillé par le petit déjeuner. Si on ne se levait pas au bout de deux appels, on ne mangeait pas. Quand Evans apportait le petit déjeuner, il annonçait : « Le repas le plus important de la journée », en le glissant dans la fente. J'aurais dû appeler le service d'étage et demander à entendre cette phrase quand on me l'apporterait.

Aurais-je la nostalgie du couloir de la mort ?

Le bureau de Brock est dans le coin, avec d'immenses fenêtres panoramiques donnant à perte de vue sur toute la ville de Dallas. Je vois au loin des avions qui vont vers Dallas-Fort Worth, disposés selon les plans d'atterrissage. Le soleil inonde son bureau somptueux.

Brock m'accueille et me serre la main avec un sourire. Mon coup de soleil et ma claudication n'échappent pas à son regard perçant. Il se demande ce que je me suis fait, mais ne pose pas de questions.

« Vous reconnaissez ces jeunes filles ? » demande-t-il avant même que je m'assoie. Il y a sur sa table les photos de deux jeunes femmes, et même à quelques mètres je les reconnais immédiatement.

« Ce sont les étudiantes que j'ai chargées cette nuit-là. Celle-ci c'est celle qui a vomi, et celle-là, son amie.

– Il a fallu vingt minutes à mon enquêteur pour les retrouver. » Il m'indique un siège, je m'assois et il rapproche son fauteuil de moi. « Elles ont toutes les deux le même nom de famille. Megan Kelly et Liz Kelly. Elles ne sont pas parentes. Entre elles, elles s'appellent Kelly, pour rire. C'est pourquoi votre avocat n'a pas pu les trouver. Il a consulté le registre de la résidence en cherchant des étudiantes dont le prénom était Kelly.

– Comment votre enquêteur les a trouvées ?

– Par chance, elles sont toujours dans la même résidence. Il est allé à la cafétéria et a brandi un billet de cent dollars en disant qu'il l'offrirait à celle qui raconterait la meilleure histoire de vomissements en taxi. Deux mains se sont levées. »

Je m'attarde sur les photos des deux étudiantes comme si elles avaient une signification particulière. Elles ont un visage ouvert et plein d'espoir. Je déteste presque ces filles d'avoir été aussi difficiles à trouver.

« Vous voulez connaître la meilleure ? demande Brock avec un sourire mauvais. Les policiers ne les ont jamais recherchées. Ils ne sont même pas allés à la résidence. Votre avocat a été le seul à les chercher et c'est… dirions-nous… un imbécile.

– Vous croyez ? » Je l'ai toujours soupçonné, mais c'est agréable de l'entendre me le confirmer.

« Oui. Il n'y avait absolument aucune raison que vous soyez jugé coupable. Même en mettant de côté la suppression illégale de la preuve de l'empreinte de chaussure, l'absence totale d'enquête sur votre alibi, sur Vern Brightwell et sur les deux brutes qu'ils ont tirées des bas-fonds pour qu'elles mentent sur votre compte, le fait que votre avocat était un imbécile n'a rien arrangé. En lisant la transcription de votre procès j'ai relevé six erreurs monumentales de sa part, et je n'en suis qu'à la moitié. Mais que la police n'ait pas enquêté sur votre alibi devrait valoir quelque chose dans le dédommagement. Ces policiers ont été des imbéciles eux aussi. Ils ont trouvé une empreinte et ont forcé le reste des preuves à coller avec, quoi qu'il advienne. » Brock secoue la tête. « Une sale, sale affaire. » Il se rassérène. « Quoi qu'il en soit…

– Quoi qu'il en soit quoi ?

– Quoi qu'il en soit, nous vous avons préparé des apparitions dans les médias. Nous allons vous rendre célèbre. Vous passez à *Texas Today* jeudi matin à huit heures. Vous serez avec deux autres types qui viennent d'être innocentés. »

Je le regarde avec étonnement.

« Il nous a fallu des semaines pour l'organiser, dit-il en prenant mon silence pour de l'hésitation.

– Des semaines ? Je ne suis votre client que depuis quelques jours. »

Il rit. « Nous avions quelqu'un dans la salle du tribunal qui suivait tout le déroulement du procès. Nous avons divulgué à la presse l'histoire des policiers de Waco. Nous sommes de votre côté depuis que nous avons reçu l'appel de la technicienne de la scientifique. »

Je réfléchis quelques secondes aux implications de ce qu'il vient de m'annoncer. « Attendez une minute. Vous saviez tout ce qui se passait et vous n'avez pas levé le petit doigt ? Vous avez attendu que je sois déclaré coupable pour pouvoir intervenir et toucher une part des dommages et intérêts ? »

Il le reconnaît sans une ombre de culpabilité ou de honte. « Si nous nous étions présentés en votre faveur, vous auriez peut-être été jugé coupable de toute façon. Et alors où en serions-nous ? Croyez-moi, dans un an ou deux vous serez heureux de notre choix. Nous allons faire de vous un homme riche. En outre, où seriez-vous en ce moment si nous avions agi différemment ? Si vous aviez été accusé, vous seriez sans domicile fixe. Alors que vous logez dans un bel hôtel. »

Je hausse les épaules. Après tout, je m'en fous. Mieux vaut être un pion entre les mains de ce type que d'avoir les menottes. « D'accord.

– À la bonne heure. » Il sourit et m'envoie une bourrade dans l'épaule. « Dites donc, vous avez besoin de quelque chose ?

– D'argent liquide. Et il faut que je m'achète des chaussures.

– Voyez Mary en sortant. Dites-lui de combien vous avez besoin et nous vous ferons une avance. »

J'achète des chaussures et m'en retourne à l'hôtel où je trouve la télé dans la penderie. Étendu sur le lit je regarde les informations. Tout tourne autour de Cara Worth, TROUVÉE VIVANTE dans l'Oklahoma presque un an après sa disparition. Les reporters parlent comme s'ils avaient gagné à la loterie. Ils doivent être contents de couvrir un événement heureux plutôt qu'une nouvelle histoire de maman tuée dans un accident de voiture ou de petit enfant déchiqueté par un chien. Ils peuvent enfin arrêter d'afficher un visage triste et compatissant.

Vern Brightwell l'avait emmenée dans une ferme de l'Oklahoma et, d'après les reporters, l'y avait gardée prisonnière. Il avait hérité de la ferme l'année précédente et l'avait équipée comme un donjon. Il y avait des chaînes fixées au mur, des coffres comme des cercueils et une quantité de menottes et de dispositifs de sécurité. C'était, disent les reporters, « horrible », « monstrueux », « cauchemardesque ». C'est à peu près ce qui m'est arrivé, mais je remarque que mon nom n'est pas mentionné. Il y a beaucoup de photos de la fillette : jouant au volley sur la plage, serrant un chien dans ses bras, avec des amies dans un jardin. Je suis loin d'être aussi photogénique.

Les reporters se comportent comme si la police avait su dès le départ que Brightwell était le coupable et n'avait jamais cessé de rechercher la fille. La police a été compétente et héroïque. Il lui a fallu du temps, mais elle a résolu le crime, et c'est super pour tout le monde !

C'est super pour tout le monde sauf pour la petite, qui a probablement été violée et maltraitée quotidiennement pendant le plus clair de l'année dernière, et pour moi qui me suis fait cracher dessus, enchaîner, frapper et enfermer dans une boîte pendant le plus clair de cette même année. C'est super d'apprendre que tout est super.

Ces informations fournissent une analyse aussi solide qu'une carte postale de vacances. Je change de chaîne et je tombe sur une sitcom où deux types travaillent dans une boucherie, et où la drôlerie semble résider dans les exigences des clientes. Au moment où je sombre dans le sommeil, une jeune femme demande très sérieusement : « Donnez-moi quelque chose de très tendre. C'est pour ma chatte. »

12

Je peux sortir de l'hôtel quand je veux. La plupart des gens qui séjournent dans les hôtels savent bien qu'il en est ainsi, moi il m'a fallu trois jours pour en être persuadé. Je ne suis plus ébloui par le fait que la porte s'ouvre quand je tourne le bouton, qu'il n'y a personne qui m'attend dans le couloir avec une matraque et un Taser pour me repousser à l'intérieur, que je peux continuer d'avancer vers les ascenseurs sans escorte. Je trouve ça terrifiant, parce que maintenant c'est moi qui décide. À quelle heure sortir, où aller, que faire quand j'y serai arrivé ? Que se passera-t-il si je prends une mauvaise décision ?

Les types qui sont en liberté conditionnelle reçoivent toutes sortes de conseils et de soutien pour les aider à gérer la réalité du retour à la vie ordinaire. J'ai été incarcéré à tort, et donc je n'ai droit à rien. Et puis mon ventre recommence à me faire mal. Si j'étais en conditionnelle, je pourrais avoir un rendez-vous avec le médecin appointé par le système pénitentiaire. L'innocent fraîchement libéré n'a accès à aucun de ces avantages.

Pendant que je médite sur la question, l'ascenseur s'ouvre et l'hôtesse de l'air de l'autre nuit sort dans le couloir. Elle me voit à ma porte en train de regarder vers l'ascenseur, fait semblant d'avoir oublié quelque chose et tourne les talons. Elle reprend l'ascenseur et disparaît.

Je lui fous vraiment une trouille bleue. Il est temps que j'arrête de rester sur le seuil et que j'aille quelque part, que je fasse quelque chose. Je respire à fond, je tapote ma poche pour m'assurer que j'ai ma clé et je sors dans le couloir. La porte se referme derrière moi.

Dans le hall je vois l'hôtesse de l'air parler avec un employé de la réception. Elle demande probablement une chambre à un autre étage, loin du bonhomme inquiétant qui reste à sa porte en sous-vêtements et surveille les allées et venues dans le couloir à toute heure du jour et de la nuit. Je devrais peut-être lui expliquer… C'est rien, trésor, je viens seulement de quitter le couloir de la mort et je m'habitue à l'idée que je peux ouvrir ma porte. Ça devrait la rassurer. Je me paie mon premier éclat de rire d'après la prison.

J'espère qu'on lui donnera une autre chambre. Je serai content de ne plus la voir. Quand je regarde dans le couloir, j'ai envie de ne voir qu'une rangée de portes fermées, comme quand j'étais dans le Couloir.

Je sors devant l'hôtel et un taxi s'arrête sans même que je le hèle ; un chasseur en uniforme m'ouvre la portière avant que je tende la main vers la poignée. Je le remercie d'un signe, mais il attend comme une statue que je monte pour refermer la portière, comme si je n'étais pas capable de le faire moi-même. Je me demande s'il aime son boulot. Ce doit être difficile d'éprouver de la satisfaction à faire quelque chose que toute personne valide peut faire elle-même. Mais c'est peut-être là l'astuce. Les gens sont peut-être censés penser que si un hôtel peut se permettre de payer quelqu'un pour un service dont personne n'a vraiment besoin ce doit être un endroit sensationnel où loger.

Le seul autre endroit où on n'ouvre jamais les portes soi-même c'est la prison.

« Où on va ? » demande le chauffeur avec un fort accent. Il est africain, probablement soudanais. Je me souviens que chez Dillon, juste avant mon arrestation, nous employions un tas de Soudanais. Ils avaient une mentalité d'immigrants, prêts à faire n'importe quoi pour gagner de l'argent, y compris charger des clients dans South Dallas à deux heures du matin. Pour la plupart de ces gars qui venaient de taudis ravagés par la guerre, rouler dans South Dallas c'était une balade dans les champs. Ils se faisaient tirer dessus en échappant à des tentatives de vol et ne prenaient même pas la peine de les signaler à la police, parce que le temps perdu à remplir la paperasserie pouvait être mieux employé à gagner de l'argent.

« Vous savez où se trouvent les taxis Dillon dans Winchester Street ? »

Il hoche la tête. « Ya, ya. Avant, je travaille là.

– Sans déconner ? Tu as travaillé chez Dillon ? » Je le regarde à travers le Plexiglas à l'épreuve des balles et j'essaie de me rappeler mes collègues. Dillon employait plus de cent chauffeurs, et je ne veux pas paraître raciste mais les Soudanais se ressemblaient vraiment tous. Leur peau avait la couleur de marrons grillés, ils étaient grands, décharnés et sinistres, et ils avaient toujours la même expression, un mélange de détermination farouche et d'hypervigilance ombrageuse, comme s'ils devaient gagner leur argent sur-le-champ parce que des tireurs masqués pouvaient faire irruption à tout moment. Je le regarde encore et je me dis que je l'ai peut-être déjà vu.

« Quand tu as travaillé là-bas ?

– L'année dernière. À peu près quand on arrête ce type, le chauffeur qui prend la petite fille. »

Waouh. Je suis devenu une légende dans la communauté des taxis. Alors qu'il s'engage sur l'autoroute je rétorque : « Le chauffeur ne l'a pas enlevée. » Puis je me surprends à parler à l'africaine : « Quelqu'un d'autre fait ça. Ils arrêtent le chauffeur par erreur.

– Ya, ya. » Je ne suis pas sûr qu'il ait compris ce que je disais, ou bien il veut simplement changer de sujet. Je trouve marrant qu'il ait parlé de moi sans savoir que je suis dans son taxi et je décide de jouer avec lui.

« Tu connaissais ce type ? Celui qui a été arrêté ?

– Ya, je vois lui. Avant, mon anglais pas bon. » Je hoche la tête, mais il n'a pas terminé. « Alors la police vient. Chaque jour, chaque jour. Elle parle avec nous, chacun. Elle nous demande sur lui. »

Je suppose que mon arrestation a fait un sacré foin. Donnie a dû adorer que ses chauffeurs quittent le service pour répondre à des questions à mon sujet, et j'espère qu'il ne m'en rendra pas responsable quand je vais lui demander de me reprendre.

« Qu'est-ce qu'ils vous ont demandé ?

– Si nous connaissons lui, si nous voyons lui faire quelque chose mauvais, si nous voyons lui avec, comme ça, avec des enfants. » Je vois. Merde alors. Les flics ont le temps d'interroger une centaine de types pour savoir si je suis un pervers, mais ils n'ont personne pour vérifier mon alibi. Ce petit détail servirait peut-être dans la plainte pour poursuites abusives. « Pourquoi tu vas à Dillon ? Toi le propriétaire ? »

Je ris et je décide qu'il est temps de dire la vérité. « C'est moi le type. » En le disant, je frissonne au souvenir du jour de mon arrestation, quand tous les policiers dans le parking demandaient à l'inspecteur Dave si j'étais le type. C'est le type? C'est lui? À ce moment-là je n'étais pas le type, mais à présent je le suis bel et bien. «Je m'appelle Jeff Sutton. Je viens de sortir de prison et je vais là-bas retrouver mon ancien boulot.»

Il se retourne pour me regarder puis concentre de nouveau son attention sur la route. «Merde, dit-il. Ils veulent pas toi revenir.»

Je trouve ça grossier et négatif, mais ce n'est peut-être qu'une question de culture. La brusquerie soudanaise. Jusqu'ici je n'avais jamais pensé que ça pouvait être vrai. Quand j'imaginais les gars discutant de mon innocence ou de ma culpabilité dans le garage, il ne m'était pas venu à l'idée que pour eux ce pouvait être autre chose que des ragots. À présent que je connais les détails, j'imagine que l'épisode du garage a probablement été inconfortable, puisque beaucoup de types ont vu leurs antécédents épluchés et ont dû répondre à de longs interrogatoires. Ceux qui m'aimaient bien ont dû trouver pénible que leur confiance en moi ait été remise en question. C'est sans doute un moment que mes collègues ne souhaitent pas revivre.

Nous nous taisons le reste du trajet. Je m'adosse au vinyle noir en essayant de ne pas penser à l'hygiène personnelle des gens qui se sont assis là avant moi. Je sais d'expérience que quelque part dans cet espace réservé aux clients l'un d'eux a laissé un sale petit secret: une crotte de nez, un chewing-gum, un Kleenex usagé glissé entre le siège et le dossier. La seule variable est la fréquence à laquelle ce type nettoie son taxi à la vapeur.

Nous nous arrêtons devant la compagnie Dillon, et le chauffeur, dont le nom est une combinaison aléatoire de lettres, se retourne pour me regarder. « Bonne chance », me dit-il, et il le pense sincèrement, mais son visage exprime le doute.

En lui glissant un billet de vingt dans la fente je lui dis : « Ne va pas trop loin. Je pourrais avoir besoin de repartir dans quelques minutes. » Son pessimisme m'a contaminé.

La première chose dont je me souviens c'est l'odeur de l'endroit, celle de l'acier, froide, tenace, qui agressait les sens comme un chien en colère. L'odeur s'accompagnait de son bruit, celui des coups sur les pièces métalliques qui se répercutait sur les murs en béton, couvrant les voix des hommes et la musique de salsa des mécaniciens. Sans rencontrer personne que je connaisse, je passe devant des taxis cabossés ou démontés et j'entre dans le bureau, un incroyable bazar isolé du reste du garage par une fenêtre sale recouverte de grillage à poules.

À mon entrée Denise lève la tête et je vois qu'elle est plus choquée et surprise que contente. Elle crie : « Jeff ! » et saute de sa chaise pour me prendre dans ses bras. Ce n'est qu'un vieux réflexe ; notre relation n'est jamais allée plus loin que l'échange prosaïque entre un chauffeur et une coordinatrice. Ces embrassades me font quand même plaisir, tout comme l'odeur chaude et riche du parfum de Denise, et la douceur de son corps. Voilà presque un an que je n'ai jamais été aussi près d'une femme, et je la lâche avant de me mettre à la peloter.

Elle s'écarte et tapote mon ventre plat. « Dis donc, regarde-toi. Tu as fait du sport ? » Dix mois de nourriture immangeable et de pressions presque fatales ont semble-t-il fait du bien à mon apparence. Je souris et elle me rend mon sourire, tristement, comme si j'étais encore dans le couloir de la mort. Bien que j'aie travaillé avec elle pendant des années, c'est la première fois que je la regarde réellement, et je m'aperçois qu'elle est belle. Ce n'est peut-être que le résultat de dix mois sans femme en cellule.

« Je vais chercher Donnie », dit-elle et elle se précipite vers la pièce du fond. J'entends des chuchotements et quelques secondes plus tard Donnie apparaît.

« Mince alors. Jeff Sutton. Je ne m'attendais pas à te revoir. » Donnie me tend une énorme paluche et me serre la main si fort qu'il surcompense certainement quelque chose. Des rumeurs ont toujours couru dans ce sens. Pendant un certain temps, il y a quelques années, Donnie n'engageait que des étudiants séduisants des universités locales, et nos équipes de nuit le week-end étaient un véritable défilé de mannequins masculins. Ça m'était complètement égal parce que Donnie était un excellent coordinateur et un patron honnête. Il me tapote le ventre. « Tu tiens la forme, mon vieux. »

Seigneur. J'étais si gros que ça ? J'imagine que, lorsqu'on revoit quelqu'un qui a été accusé injustement, parler de son aspect physique est un bon moyen d'entamer la conversation sur un terrain neutre. J'essaie de me montrer plein d'entrain. « La bouffe de la prison. »

Donnie hoche la tête, l'air mal à l'aise. « Je t'ai vu à la télé, dit-il. L'autre jour, quand tu as été libéré. »

J'attends qu'il continue, qu'il me dise à quel point il a été soulagé en voyant qu'après tant de temps les tribunaux avaient compris que je n'étais pas coupable. Il va sûrement me raconter que les gars du garage avaient organisé une collecte, ou signé une pétition, ou constitué un mouvement qui n'aurait de cesse que je sois innocenté et libéré. Mais il ne le fait pas. Il a terminé. Il m'a vu à la télé quand j'ai été relâché, et j'ai la nette impression que c'est ma libération qu'il ressent comme une erreur, pas mon arrestation.

« Est-ce que mon poste est toujours libre ? »

Ma voix est calme et intimidée. Est-ce que mon poste est toujours libre ? Je me sens comme Oliver Twist demandant une autre portion de gruau. Nous savons tous les deux que je n'ai rien fait de mal, je n'ai jamais été officiellement licencié, et tout ce qu'on a dit de moi était faux, mais monsieur, s'il vous plaît, je peux récupérer mon boulot ? Je me dégoûte d'être aussi passif, et quand je vois la réticence dans les yeux de Donnie j'éprouve le besoin de dire quelque chose de cruel, sur le garage, sur lui, sur toute la profession de chauffeur de taxi.

Avant que j'aie trouvé quoi, Donnie secoue tristement la tête. « La commission t'a retiré ta licence, mon vieux. Elle nous a envoyé une lettre. Je ne pourrais pas te reprendre… » Il allait dire « même si je le voulais », mais il laisse sa phrase en suspens. « Écoute, Jeff, tu vas toucher de gros dédommagements. Tu pourrais te détendre, prendre un peu de vacances.

– Tu le sais que je n'ai rien fait, non ? » J'observe ses yeux qui m'évitent et je me rends compte qu'il ne me croit pas. Que les policiers vous accusent, mentent sur votre compte et montent un dossier fictif contre vous c'est une chose, mais c'en est une autre que vos amis les croient. Maintenant il m'a mis en colère, et je suis son regard qui se détourne vers le haut de la porte comme si c'était la chose la plus fascinante dans la pièce.

Je dis sèchement « Donnie ! » pour attirer son attention. « Tu le sais que je n'ai rien fait, non ?

– Ouais, hmm, mais…

– Mais quoi ? *Mais quoi ?* Comment tu peux ajouter ce “Mais” ? Tu le sais que je n'ai rien fait, oui ou non ? »

Il remue les épaules comme si sa chemise le gênait. « Jeff, ça ne dépend pas de moi. Ta licence de chauffeur de taxi a été suspendue. Et tu es toujours accusé de kidnapping. Ça tient toujours, je me trompe ? »

Je serre les dents pour ne pas exploser. Je m'aperçois que je n'ai encore jamais craqué, jamais hurlé, alors pourquoi commencer maintenant ? Déverser sur Donnie toute la rage contenue de dix mois d'incarcération injuste serait une grave erreur de cible. Quel genre de brute pourrait faire ça ? Donnie n'est pas responsable. Je prends une profonde inspiration et j'expire lentement.

« Vous pensez que je l'ai fait, les gars ? » Je regarde autour de moi. Les chauffeurs sont tous dehors, et à part moi, Denise et Donnie, il n'y a que deux Mexicains qui changent un pneu dans l'atelier. « Tous les chauffeurs qui travaillaient à cette époque-là, Charlie et les autres, vous avez tous pensé que je l'avais fait ? »

Silence. Denise, qui écoutait depuis sa table de travail, sort la tête. « Pas moi, dit-elle.

– Si, toi aussi, dit Donnie.

– Jamais de la vie ! » Ils paraissent tous les deux soulagés d'avoir affaire l'un à l'autre plutôt qu'à moi, ce qui m'amène à soupçonner que le verdict du garage m'a déclaré effectivement violeur d'enfants. En prison, j'imaginais mes collègues en train de débattre de ma culpabilité et, après une discussion rationnelle, la faction qui proclamait mon innocence l'emportait. Dans ma tête, cette faction était menée par mon loyal collègue Charlie White.

« Charlie a dit qu'il savait que tu étais coupable, dit Denise. Qu'il y avait quelque chose de pas net chez toi, et que c'était pour ça que tu n'avais pas de nana.» Donnie lui lance un regard d'approbation pour avoir centré la conversation sur un tiers absent qui ne pouvait pas se défendre. «Je lui ai dit que non, que tu étais un type bien.

– Tu as dit qu'il était le seul chauffeur ici qui n'avait jamais essayé de te mettre la main aux fesses, dit Donnie. Et que ça prouvait que quelque chose n'allait pas chez lui.

– Non, ça n'est pas ce que j'ai dit!» crie Denise embarrassée. Elle se tourne vers moi. «Ça n'est pas du tout ce que j'ai voulu dire! J'ai dit que c'était parce que tu étais un type bien.» Avec les papiers qu'elle a dans la main elle claque Donnie pour rire.

Donnie lève les yeux au ciel, heureux que la conversation ait pris un ton badin. Sa chemise ne paraît plus l'embêter. «Je vais te dire, Jeff, déclare-t-il avec un grand sourire. Tu passes quelques coups de fil, tu tires les choses au clair avec la commission des taxis et tu repars dans les rues.»

J'essaie de ne pas laisser voir que cette conversation m'a blessé, que je suis triste que Charlie White se soit retourné contre moi. Mon expression doit me trahir quelque peu car Denise me prend le bras.

«Excuse-nous, dit-elle. Mais si tu y réfléchis, nous ne nous connaissons pas entre nous. Au fond, nous travaillons ensemble et tout ça, mais nous échangeons seulement trois mots dans le garage. Personne ne connaît vraiment quelqu'un ici.»

Devant les grands yeux marron de Denise et son visage compréhensif je sens les larmes venir. Je ne sais pas d'où elles viennent. Jusqu'à cette sale histoire je n'avais pas pleuré pendant au moins vingt ans. Et maintenant il me semble avoir pleuré deux ou trois fois rien que dans ces derniers mois. Je suis en train de me transformer en collégienne de seize ans.

Je m'aperçois soudain que, lorsque Denise s'est excusée au nom du garage tout entier, c'était la première fois que j'entendais des excuses quelconques depuis le début. Jusqu'ici, personne n'a jugé opportun de prononcer les mots magiques. Ni la police, qui a fait mentir des gens pour que je reste en prison, ni la mère de Cara Worth, qui m'a trempé de son crachat, ni la juge, qui a compris que le système m'avait lâché, ni Randall, dont la lamentable défense a permis à la folie générale de devenir incontrôlable, ni, bien sûr, l'avocat de l'accusation, dont la conception de l'excuse a été de me poursuivre pour kidnapping plutôt que d'admettre qu'il avait fait une erreur. Non, la première personne qui me regarde dans les yeux et me dit « excuse-nous » a été une gentille collègue qui n'avait rien à voir avec tout ça.

Quel monde merveilleux ce serait si seulement les ignorants étaient un peu moins sûrs d'eux.

Je me penche et lui prends les fesses à deux mains. Elle pousse un cri aigu et fait un bond en arrière, visiblement pas amusée.

« Maintenant tu vas pouvoir dire à tout le monde que je suis normal. »

13

Jerome Loggins a trente-deux ans. À dix-sept il a été jugé coupable du viol et du meurtre d'une étudiante de Brookhaven, en grande partie grâce au témoignage de trois personnes qui l'avaient vu avec la jeune femme plus tôt dans la soirée. Les témoins ressemblaient à la victime, trois jeunes femmes blanches séduisantes. Les alibis de l'homme lui ressemblaient, des jeunes Noirs avec un casier judiciaire. Le procès a consisté pour l'essentiel à déterminer qui était le plus crédible, et le jury s'est débattu avec cette question pendant quarante-cinq minutes avant de le condamner à la prison à vie sans possibilité de conditionnelle.

Au cours des douze années suivantes, un prisonnier du couloir de la mort s'est manifesté et a avoué le meurtre, deux des trois témoins se sont rétractées en déclarant qu'elles avaient agi sous la pression de la police, et la troisième a reconnu publiquement qu'elle trouvait que tous les Noirs se ressemblaient. Il a fallu deux ans de plus pour que le prisonnier du couloir de la mort se rappelle enfin à propos du crime un détail fondamental que seul son auteur pouvait connaître, et Loggins a eu enfin droit à un nouveau procès. Il a été acquitté. Si au moment des faits, il avait eu un mois de plus, il aurait été condamné à mort et aurait été exécuté avant que l'un des nouveaux éléments ait été révélé. Depuis, Loggins croit en l'existence de Dieu.

Everett Wells a quarante-six ans. À vingt-quatre, il a été arrêté pour le meurtre d'un vigile au cours du cambriolage d'une bijouterie dans un centre commercial. Une femme qui travaillait là a été formelle : Wells n'était pas le type qui l'avait cambriolée, attendu qu'il était beaucoup plus costaud que le tireur. Un autre vigile a témoigné que l'homme était beaucoup plus maigre que Wells. En fait, le seul témoin à identifier Wells comme le braqueur a été un homme que sa femme trompait… avec Wells. Ce témoignage, joint à la découverte (inexplicable pour ceux qui n'étaient pas au courant de l'habitude de la police locale de « découvrir » des preuves clés quand des affaires semblent partir en quenouille) d'une Rolex provenant du cambriolage dans la voiture de Wells trois mois après le crime, a suffi pour le condamner à la prison à perpétuité. Il a fallu vingt ans pour que le juge responsable prenne sa retraite et permette à un nouveau juge d'annuler la condamnation et de le libérer. Wells attribue cette libération à la main de Dieu.

Voilà les types dont je suis flanqué quand j'apparais dans *Texas Today*. Brock m'a expliqué que le magazine essaie de rompre avec le modèle des nouvelles rassurantes du matin pour devenir un programme percutant d'informations tel que *60 Minutes*, et une émission consacrée au nombre alarmant de condamnations abusives annulées au Texas est sa seconde incursion dans ce nouveau style. Pour me préparer j'ai regardé la première, hier dans ma chambre d'hôtel, sur le thème : *Ces offres sur Internet… sont-elles réelles ?* J'ai vu l'interview d'un homme qui demandait à être remboursé après avoir investi dans des pilules destinées à augmenter le volume de son pénis, et d'une femme qui s'était fait extorquer des milliers de dollars par un escroc qui se présentait comme un courtier en prêts hypothécaires. Je suis assis en ce moment sur le canapé où un homme n'a pas eu peur de dire à l'État du Texas tout entier qu'il avait un petit pénis et qu'il avait pris une mauvaise décision. Qu'est-ce que je risque ?

En chemin, Brock avait insisté à plusieurs reprises pour que je mentionne la municipalité de Westboro le plus souvent possible. Plus je fais de mauvaise publicité pour Westboro, plus ça renforcera notre position dans notre plainte pour poursuites abusives, plus les dédommagements attendus seront importants et plus vite je recevrai l'argent. « Dites Westboro chaque fois que vous en aurez l'occasion », me répète Brock pendant que les techniciens m'installent mon micro. Il me tape sur l'épaule comme pour me dire « Vas-y, tu les auras » et je suis conduit vers le canapé.

Le journaliste percutant est une blonde renversante d'une trentaine d'années au sourire figé, dont le maquillage semble avoir été appliqué à la truelle. Je le remarque en l'apercevant hors des lumières du studio et je suis impressionné quand elle y retourne et reprend un air parfaitement normal. Je me vois sur les moniteurs en retrait et je trouve que je ressemble à un survivant de camp de concentration qui a grand besoin de se raser, décharné et le teint terreux. Mes compagnons, en comparaison, respirent la joie et la santé, soit parce que leur foi leur a donné une aura plus aimable, soit simplement parce que la peau noire passe mieux sous la lumière éblouissante.

« Bonjour à tous, je suis Jim, le régisseur de plateau », dit un jeune homme à lunettes avec un casque et une liasse de notes, et nous disons tous bonjour en agitant la main. « Vous avez besoin de quelque chose ? Un verre d'eau ? du café ? » Nous secouons tous la tête. Jim lève l'index comme s'il venait d'avoir une idée de génie. « M. Sutton, asseyez-vous plutôt au milieu. »

Je change de place avec Jerome Loggins et je vois sur le petit écran du côté que de cette façon nous paraissons choisis davantage au hasard. Si vous avez deux Noirs assis à côté d'un Blanc, vous allez aussitôt penser que les Noirs se connaissent, mais dans ce nouvel agencement nous ne sommes plus que trois mecs injustement condamnés et ramassés n'importe où. Je suis très impressionné. Ces gens-là savent comment maîtriser une image télévisuelle.

Jim enlève son casque et consulte ses notes. « Vous êtes bien M. Loggins. » Loggins hoche la tête. « OK, Melissa va commencer par vous, elle vous demandera quelques détails sur votre condamnation, et ensuite, en gros, comment vous avez vécu ça et ce que vous faites maintenant. Votre philosophie de la vie, en quelque sorte. »

Loggins acquiesce. Jim se tourne vers Everett Wells. « Très bien, ensuite ce sera à vous. Pratiquement les mêmes questions… comment ça s'est passé, bien sûr, et comment vous l'avez vécu, mais surtout nous allons nous intéresser à ce que vous faites maintenant. Comment vous reconstruisez votre vie, tout le reste, vous voyez ?

– Entendu, répond Wells d'une belle voix de baryton. Mon travail dans une maison de jeunes où je fais en sorte que les gamins ne se laissent pas entraîner sur la mauvaise pente », dit-il avec des hochements de tête entendus imités par Jim qui s'adresse ensuite à moi.

« M. Sutton, c'est avec vous que nous parlerons en dernier parce que votre cas est le plus récent. Je vais vous demander ce que vous faites maintenant, et comment vous envisagez l'avenir. » Il dit ça avec un grand sourire, et l'approbation de Loggins et Wells qui sourient aussi, et je me sens comme un trouble-fête parce que je ne partage pas leur satisfaction. Jim remarque mon expression et nous dit: « N'oubliez pas, aucune grossièreté, d'accord? » Il nous regarde tous mais ça s'adresse à moi en particulier.

Comment j'envisage l'avenir. Où caser Westboro là-dedans? J'ai trouvé: mon avenir c'est de poursuivre et de faire chier à mort la municipalité de Westboro parce que ses flics sont une bande incompétente de menteurs et de brutes. Non, je ne peux pas dire « faire chier ». Ils débrancheraient mon micro. « Tarabuster », peut-être?

Les lumières baissent et Melissa Kerns vient s'asseoir dans son fauteuil en parcourant des notes pendant que des techniciens s'interpellent.

Wells se penche vers moi pour me demander avec sa voix de crooner: « C'est votre première fois?

– À la télé? Ouais.

– Vous n'êtes pas nerveux, au moins? demande-t-il avec un sourire diabolique. C'est facile, mon vieux. Amusez-vous. Je crois que c'est ma cinquième fois à la télé, en plus j'ai fait pas mal de radio. Jerome aussi. » Il montre Jerome qui nous fait signe. Alors c'est pour ça que Jim veut que je sois le dernier à parler et qu'il m'a rappelé de ne pas dire de grossièretés. Je suis l'inconnue. L'idée de me laisser dire ce que je pense rend Jim nerveux, il s'inquiète que je puisse détruire l'image qu'ils veulent donner. Voilà des types qui ont été jetés en prison pour rien, mais tout va bien, en fait, ils sont heureux, ils ont trouvé Dieu, ils ont progressé et ils ont de magnifiques perspectives d'avenir. Ne sont-ils pas extraordinaires? La société a commis une erreur en toute bonne foi, et ces types extraordinaires l'ont écartée pour aller de l'avant. Applaudissons-les tous.

« Cinq… quatre. » Melissa Kerns surveille un type derrière une caméra, et elle explose soudain de joie. « Bonjour, je suis Melissa Kerns et voici *Texas Today.* » On dirait que le plaisir absolu de dire ces mots va lui faire mouiller sa culotte. Elle signale quelques dates importantes dans le calendrier du gouvernement texan, puis fait face à une autre caméra.

« Nos femmes et nos hommes courageux en bleu font un énorme travail pour nous protéger, mais parfois ils peuvent commettre une erreur… » Oh non. Cette espèce de salope parle sérieusement ? Je ne suis pas venu ici pour entendre chanter les louanges de la police. Écoutez, malgré tout, je n'ai rien contre les flics, ils ont un boulot désagréable à faire et la plupart du temps ils le font bien. Il y a eu des tas de nuits où j'étais de service et je me suis toujours senti mieux quand il y avait des voitures de police dans le secteur. Mais j'ai compris récemment qu'il est possible d'aller très loin dans l'éloge de ces types-là. Si nous étions tous un peu plus critiques à leur égard, et que nous les traitions comme des gens ordinaires avec un travail difficile, ils ne se sentiraient pas obligés d'être des surhommes. Si nous les considérions tous comme des types comme les autres, ils ne seraient pas obligés de forcer des pièces à s'emboîter dans le puzzle, à faire mentir les témoins et à se débarrasser des véritables preuves pour essayer de gagner. J'espère que ce joyeux petit accident de la nature me demandera qui je tiens pour responsable de ce qui s'est passé, pour que je puisse lui crier : « Les gens comme toi ! »

Si Jim observe mon expression, il a probablement déjà arraché le fil de mon micro. Et naturellement on ne me demandera pas qui je tiens pour responsable. C'est tellement négatif la rancune. À *Texas Today* on n'a pas le temps pour ce genre de propos.

Je sais déjà que nous n'allons pas parler de *pourquoi* ces condamnations injustes ont eu lieu, ce qui est ma seule raison d'être ici. Je voulais discuter avec quelqu'un, me décharger d'un certain nombre de choses. Je voulais parler de ce qui influence une arrestation, du racisme, de la peur de l'échec aux yeux de l'opinion publique. Je voulais un débat honnête avec un policier ou un procureur qui dans leur enthousiasme pour coincer un mauvais sujet auraient perdu de vue le bien et le mal. À quoi je pensais? Aucun policier, aucun procureur responsable d'un de ces désastres ne va venir confesser ses péchés. Jamais de la vie. Aujourd'hui nous parlerons de comment nous reconstruisons notre vie. Jerome est précisément en train de le dire. Il parle aussi beaucoup de Dieu. Le pardon. L'amour dans mon cœur. Ceux qui m'aiment. Aller de l'avant. La gloire de Dieu. Il se sert de tous les mots-clés, et Melissa rayonne.

Jerome commence à parler des témoins à charge. Ils ne lui voulaient aucun mal. Ils voulaient seulement que justice soit rendue pour leur amie, et c'était un moment chargé d'émotion pour tout le monde. Une photo du véritable criminel apparaît, afin que le public puisse voir sa ressemblance physique avec Jerome, et nous comprenons tous à quel point l'incarcération de Jerome était compréhensible, totalement dépourvue de malveillance. Brock m'a parlé de Jerome… Où est la fille qui a dit que tous les Noirs se ressemblaient? Et le procureur qui n'a pas renoncé bien que deux des trois témoins aient déclaré qu'ils avaient été contraints par la police. Et l'avocat de l'accusation qui a maintenu les poursuites pour kidnapping bien que la fillette que j'avais prétendument tuée ait été retrouvée? Que ces avocats redoutent que la preuve soit publiquement faite qu'ils étaient dans leur tort mériterait d'être mentionné, non? Everett Wells soulèvera peut-être la question.

Nous faisons une pause de publicité et Melissa se penche pour dire à Jerome qu'il a été vraiment très bien. Il lui sourit. Elle se tourne vers Everett Wells qui est en train de consulter une bible de poche qu'il a sur lui et lui dit qu'il est le prochain. Je veux demander à Everett si c'est une blague, si la bible est une façon à lui de se montrer ironique, mais j'ai peur de sa réponse. Dieu n'encourt aucun reproche pour ses vingt ans de prison, mais tout le mérite de sa libération lui revient.

En prison, la grosse blague c'est qu'avoir une bible sur soi signifie qu'on a épuisé les possibilités de faire appel. Je devrais peut-être la raconter quand ce sera mon tour.

Cinq, quatre... Nous revoilà à l'image. Nous parlons aujourd'hui avec trois hommes qui ont été emprisonnés par erreur. Et patati et patata. Je vois la caméra se diriger sur Everett Wells, et Melissa décrit son arrestation pendant qu'une photo d'actualités de l'époque montre un jeune Wells menotté que l'on pousse dans une voiture de police. D'après ce que Brock m'a dit de cette arrestation, elle lui avait paru beaucoup plus abusive que celle de Jerome Loggins parce que les témoins qui croyaient en son innocence avaient été menacés et réduits au silence, et que la preuve avait pu être placée dans sa voiture. Impossible à admettre dans une émission percutante comme *Texas Today*. « Racontez-nous ce qui s'est passé pendant votre troisième année en prison », demande gaiement Melissa en escamotant l'imposture de l'arrestation et des poursuites.

Wells accepte cette omission. Il a utilisé son séjour en prison pour être nommé pasteur baptiste. Qui a le temps pour la colère ? La colère vous rongera de l'intérieur. C'est une chose que vous apprenez en prison, nous dit Wells de sa voix apaisante de baryton. Brûler de colère ne blesse que vous-même. En entendant ça je sens mon estomac se soulever, une douleur me traverse le ventre et je lâche un long pet filant dans le canapé. Waouh, il était virulent celui-là. Je suis heureux qu'il ait été silencieux et que les micros ne l'aient pas capté. Heureux aussi que Wells ne s'évente pas en détournant la tête et qu'il continue avec ses platitudes publicitaires à propos de la force victorieuse de l'esprit.

J'imagine ma réaction à ça quand mon tour viendra. Vous voulez des fadaises sur la force de l'esprit ? Je vais vous en donner un gros tas fumant, moi, de force de l'esprit. Vous voulez que je vous parle de mes heures passées le regard rivé sur une cuvette de toilettes en acier inoxydable à me demander comment mon collègue avait pu en arracher un morceau et essayer de se trancher la gorge avec ? Ça serait suffisamment édifiant pour vous ? Et si je vous racontais un des nombreux après-midi que j'ai passés à bavarder avec un homme qui aurait été heureux de me saigner à blanc avec le manche d'une brosse à dents si par mégarde je l'avais appelé par son surnom ? La vérité c'est qu'une fois que vous savez que d'autres êtres humains peuvent vous mettre dans une cage, vous comprenez que votre liberté, et tout ce que vous tenez pour acquis dans votre vie, dépendent entièrement du caprice de quelqu'un de plus puissant que vous. Votre café du matin, vos promenades dans le parc, votre accès à Internet… vous ne les avez que parce que personne n'a décidé que vous ne devriez pas. Et une fois que vous savez à quel point votre place dans la société est réellement fragile, vous ne pouvez plus l'ignorer après avoir été libéré. C'est ancré en vous. Vous avez vu derrière le rideau, et vous êtes pour toujours une denrée avariée.

Je remarque que Jim, le type au casque, me regarde avec inquiétude. Soit je parle tout seul, soit je respire la haine. Je me hâte de lui faire un signe et de sourire, comme si j'écoutais les sages paroles d'Everett Wells.

Wells a fini de parler, et quand intervient une nouvelle pause de publicité il se tourne vers moi. Il a bien géré le pet, je le reconnais. Je m'attends à ce qu'il en parle, mais il me demande tout bas: «Ça s'est passé comment votre arrangement?

– Mon arrangement? Vous parlez de la plainte pour poursuites abusives?»

Il confirme en souriant. Je lui dis que je viens tout juste de sortir et que nous n'avons pas encore conclu d'accord. Je lui demande ce qu'il en est pour lui.

«Quatre millions six», répond-il de sa voix suave, l'air lointain et songeur, en hochant la tête comme s'il écoutait de la musique.

«Millions?

– Westboro est une ville riche, mon vieux, vous devriez obtenir une belle somme. Même si vous n'avez pas fait une année complète.»

Jerome Loggins est d'accord. Il chuchote: «J'ai obtenu un million cinq. Mais ça, ça venait du comté de Dallas. Westboro a de l'argent. J'ai eu un grand avocat. Je peux vous donner sa carte si vous en cherchez un.

– Je suis content de mon avocat.»

Quand il s'agit de toucher de l'argent, nous avons tous de grands avocats. La crème de la crème de la profession se dévoue pour nous aider à encaisser. Si nous avions rencontré ces grands avocats un peu plus tôt, nous ne serions probablement pas ici.

Nous reprenons. C'est mon tour. Je vois la caméra se déplacer sur moi pendant que Melissa parle de mon cas, et on montre la photo dont je me souviens, celle de l'article de journal où un Jeff beaucoup plus gros sort menottes aux poignets du poste de police de Westboro. « Ainsi, M. Sutton, vous avez eu une crise d'appendicite en prison », dit Melissa avec un sourire tellement radieux qu'il doit être douloureux à garder.

Ça paraît bizarre de commencer mon interview par cet épisode-là, mais j'acquiesce consciencieusement. « Ouais, j'ai été malade. » Comment mentionner Westboro si nous parlons de mon appendicite ? « Le stress de tout ce qui s'était passé… » Je m'interromps et je regarde autour de moi tandis que Melissa m'observe d'un air encourageant et inquiet comme si je risquais d'être hors sujet. « Ça a vraiment fait réagir mon corps. Quand la police de Westboro…

– Vous êtes allé à l'hôpital, c'est exact ? demande Melissa en vérifiant ses notes.

– Ouais.

– Alors voyons. Réfléchissons. » Elle se tourne vers la caméra tout en continuant à me parler, ce qui est un curieux décrochage. « Si vous n'aviez pas été arrêté, vous n'auriez peut-être pas eu accès aux soins qui vous ont remis sur pieds, n'est-ce pas ? »

Je n'avais jamais vu les choses de cette façon, c'est sûr. Dans cette optique, l'inspecteur Dave et son ami procureur qui a fait disparaître toute preuve qui aurait pu m'innocenter m'ont rendu un fier service. « Je crois que j'ai oublié de les remercier. » J'ai parlé avec une fausse gaieté destinée à rivaliser avec celle de Melissa, mais elle la perçoit, et son public à travers elle, comme authentique. J'oublie que je suis dans un univers qui rend crédible ce qui est douloureusement faux. J'imagine Brock en train de se frapper le front en regardant cette interview. «La police de Westboro…»

«Pourquoi cela?» demande Melissa à la caméra avec le front soucieux d'une journaliste déterminée. Je ne sais plus si c'est à moi qu'elle parle, à son public, ou à un type qui vient d'apparaître par satellite sur le petit écran. «Pourquoi assurons-nous des soins de première qualité à des violeurs et des meurtriers, alors que des personnes qui travaillent dur n'y ont pas accès? Pour parler de cette question, nous nous adressons au docteur Miles Lake, du ministère de la Santé et des Affaires sociales du Texas.»

Je demande à Everett: «Elle se croit drôle cette pétasse?» et j'entends ma voix résonner dans tout le studio. Je m'aperçois que je n'ai pas éteint mon micro et que mes mots ont servi à accompagner la première apparition du docteur Lake à l'écran. Je vois Jim regarder quelqu'un dans la cabine qui fait un geste rapide de la main à hauteur de sa gorge. Me faire taire. Ou me tuer. Ce qui fera le meilleur effet visuel sur la femme au foyer, ce qui répondra le mieux aux besoins des fabricants de détergents, des laboratoires pharmaceutiques et des hommes politiques qui utilisent les nombreuses pauses pour lui bourrer le cerveau avec leurs absurdités. Everett, accordons-le-lui, trouve que mon intervention inopportune est hilarante, et il éclate d'un rire tonitruant si profond qu'il ressemble à l'appel de l'orignal en rut.

«J'ai répondu une seule fois, bordel. On m'a fait venir ici pour parler d'une seule chose, ma putain d'opération de l'appendicite. Dans cette connerie il n'est pas question de condamnations injustes, seulement de comme nous sommes super bien traités et comme nous sommes heureux. » Ils ont coupé mon micro et je fulmine pour rien. Everett Wells se pince le nez pour s'empêcher de rire, et Jerome Loggins me regarde avec répugnance.

« Mon vieux, dit-il en secouant la tête, sa sérénité biblique évaporée depuis que les caméras ne sont plus sur lui, vous avez pété. »

Mon chauffeur Brock m'emmène des studios de télévision aux bureaux de la commission des taxis.

« Bonjour, je suis venu voir quelqu'un pour récupérer ma licence de chauffeur.

– Récupérer ? Vous l'avez perdue ? » La femme pose les doigts sur son clavier et attend ma réponse.

« Je crois.

– Vous ne savez pas ?

– J'ai été en prison.

– Vous l'avez perdue », dit-elle avec entrain. Elle se met à pianoter. Elle est trop grosse, mais elle a de longs cheveux noirs et un très joli visage ouvert. J'ai recommencé à regarder les femmes, c'est bon signe, je suis sur la bonne voie pour redevenir un être humain normal. J'avais cru que, le jour où je sortirais, la longue privation m'aurait poussé à regarder toutes les femmes, mais pendant ces premiers jours en liberté j'ai remarqué que c'était le contraire. Les femmes étaient devenues invisibles. La partie de mon cerveau qui les aimait s'était endormie. « Votre nom et votre date de naissance ? »

Je les lui donne et elle les tape, puis elle fait une grimace en voyant ce qui apparaît sur l'écran. « Oh, ça dit ici que vous êtes... euh... reconnu comme délinquant sexuel, dit-elle en abandonnant son attitude flirteuse.

– Quoi ? Délinquant sexuel ? » Les têtes se tournent vers nous et je me rends compte que je devrais parler moins fort. J'essaie d'imaginer ce qui s'est passé. Quelle nouvelle foutue paperasse il va falloir que je me coltine ? Je veux seulement récupérer mon boulot. Peut-être pas chez Dillon, mais comme chauffeur de taxi n'importe où. Il y a cinquante compagnies à Dallas pour lesquelles je pourrais travailler.

« C'est ce qui est écrit, répète-t-elle en espérant que je vais m'en aller. Nous ne pouvons pas vous rendre votre licence.

– Mais... je ne suis pas un délinquant sexuel. C'est faux. » Je me penche pour essayer de voir sur l'écran qui exactement a écrit des inexactitudes sur mon compte, et la jeune femme fait un bond en arrière. Elle ne veut pas d'un délinquant sexuel répugnant dans son espace privé. Je pousse un soupir.

« Écoutez, je n'ai jamais été jugé coupable de crime sexuel. J'ai été jugé pour meurtre. Ça n'a rien de sexuel. »

Contrairement à ce que j'avais espéré, cette précision ne semble pas mieux la disposer à mon égard. À vrai dire, son expression a viré à la répulsion contrôlée. Elle tape encore quelques mots sur l'ordinateur, lit le résultat et dit :

« Vous avez tué une fillette de douze ans.

– Non. Non. C'est pour ça que je suis là. Si j'avais tué une fillette de douze ans, vous croyez qu'on me laisserait me promener dans les rues ? »

Elle me lance un regard prudent, hésitant. J'ai marqué un point, mais elle ne lâche rien. Les jolis yeux bien ouverts ne sont plus que des fentes.

« Écoutez, je suis le type dans les infos. Je suis passé à la télé ce matin. »

Elle me montre d'un geste le bureau où je vois des tas de gens dans des boxes derrière elle, mais pas de télés. « J'étais ici, dit-elle.

– D'accord, mettons de côté le fait que je ne l'ai pas tuée. J'ai été jugé coupable de meurtre, pas de crime sexuel. Pourquoi est-ce que je me trouve dans la base de données des délinquants sexuels ? »

La femme regarde l'écran et avance une supposition. « C'était une fillette de douze ans ?

– Et alors ? Je ne peux pas tuer une fillette de douze ans sans que ce soit sexuel ? Supposons que je sois vraiment un tueur qui marche dans la rue et qui a tout à coup envie de tuer quelqu'un, et que la première personne sur qui je tombe soit une fillette de douze ans, vous dites que c'est un crime sexuel ? »

La conversation l'épouvante visiblement et la femme s'écarte de sa table, de l'ordinateur, de moi. Les gens commencent à nous regarder. Comme d'habitude j'ai mal choisi mes mots pour présenter un argument parfaitement valable, et comme d'habitude je vais le payer.

Mais elle n'appelle pas le service de sécurité. Elle continue de regarder l'ordinateur, bien qu'elle en soit maintenant à plus d'un mètre, pour s'éloigner de moi. « C'est la loi Jasmine, dit-elle. Ça dit ici que vous êtes dans la base de données pour avoir enfreint la loi Jasmine.

– Qu'est-ce que c'est ? » J'ai la colère résignée.

« Je ne suis pas avocate, mais je me rappelle quelque chose au sujet de cette fille, il y a quelques années de ça. C'est en rapport avec l'enlèvement d'enfants, vous devez figurer dans la base de données dès que vous êtes jugé coupable. Ou quelque chose d'approchant. En tout cas, c'est la loi Jasmine. »

La loi Jasmine, la loi Brittany, la loi Tyler, la loi Kendra. Tout le monde a une loi à présent. Il y a probablement une loi qui dit que s'il arrive quelque chose à votre enfant vous pouvez faire une loi. De qui est la loi qui dit que si vous êtes soupçonné d'avoir enlevé un enfant les policiers doivent vous balancer des claques dans la gueule ? Supprimer les preuves qui vous auraient innocenté ? Refuser d'envisager un meilleur suspect une fois leur conviction faite ? Ne faire aucun effort pour vérifier vos alibis ? C'est peut-être la loi Jimmy. Il faudra que je me renseigne.

Elle ne cesse de regarder l'écran, peut-être pour ne pas me regarder moi. Finalement elle dit : « Je ne peux rien faire avant que ça soit supprimé de votre dossier. Si vous ne l'avez pas enlevée, ça ne devrait pas trop tarder. »

Je me montre sceptique. « Nous ne pouvons pas vous redonner votre licence. » Et malgré ce que l'ordinateur lui dit, malgré ce que je lui ai dit, je vois de la compassion dans son regard. Elle est trop bien pour travailler ici.

Je dois avoir l'air penaud. Je ne suis même plus sûr d'avoir voulu redevenir chauffeur de taxi, je cherchais seulement à savoir si c'était possible. « Je voulais seulement retrouver mon boulot. » Ma voix est presque un murmure. « Je voulais seulement… quelque chose à faire. » Je ne savais pas que c'était si important d'avoir de simples activités qui vous font passer la journée. Après des mois à contempler les murs, à me sentir inutile, à n'avoir aucune valeur pour personne, j'ai besoin qu'on ait besoin de moi.

Je pousse un soupir et je ferme les yeux. Je dis : « OK, merci », et je me retourne pour partir.

C'est alors qu'elle attrape un bloc à côté de sa table. «Attendez!» Je fais demi-tour et je la vois griffonner sur un papier qu'elle me tend. «Ça n'est pas une place de chauffeur de taxi, mais c'est un travail. Mon cousin a une entreprise de nettoyage de maisons, et si vous voulez seulement travailler, vous pourriez lui téléphoner.»

Je prends le bout de papier, davantage par politesse que parce qu'il m'intéresse. Nettoyer des maisons? Et puis quoi encore? Je suis chauffeur de taxi, pas femme de ménage. Mais rien de tout ça n'est la faute de cette femme et les gens qui proposent de m'aider... d'aider qui que ce soit... sont suffisamment rares pour que je veuille être correct avec elle. Si je jette le papier, je le ferai loin de sa vue. «Merci.»

Elle reste prudente. «Vous n'avez vraiment... (elle montre l'ordinateur)... rien fait de tout ça, c'est vrai?

– C'est vrai.»

Elle m'adresse le même regard méfiant que l'inspecteur Dave, qu'Arrogance Satisfaite et que mon avocat. Je n'ai plus le temps pour l'opération exténuante qui consiste à essayer qu'on me croie. Désormais, chaque fois que je vois ce regard je dois surmonter l'envie d'éclater d'un rire démoniaque, ou de faire une remarque à la Robert sur les menues difficultés d'un meurtre. Je déteste quand je n'arrive pas à caser les bras coupés dans un bidon de cent cinquante litres, pas vous? Allez vous faire foutre si je ne vous plais pas. Maintenant je suis libre.

Je sens une douleur fulgurante là où était mon appendice.

Merde. Je n'ai plus d'organes à enlever. Est-ce qu'on m'a mal recousu? Ou alors ça n'est peut-être que l'espoir.

Je dis d'une voix que la douleur a rendue rauque: «Merci encore. Je lui téléphonerai.»

De retour dans la Mercedes avec Brock, je me délecte des sièges en cuir couleur crème, de la climatisation et de la conduite en douceur. Je vois dehors tous ces gens qui transpirent dans la chaleur de Dallas, bombardés par le vacarme des marteaux-piqueurs à proximité, tandis qu'à l'intérieur de la voiture c'est la fraîcheur et le silence. Tout ce que fait vraiment la richesse c'est de vous permettre de neutraliser la dureté du monde.

Je dis à Brock: «Échec numéro deux. Il paraît que je suis un délinquant sexuel.

– Nous allons nous en occuper», dit Brock qui lorsque je suis revenu dans la voiture venait d'incendier les producteurs de *Texas Today* pour la brièveté de mon interview. Il me dit que pendant que j'étais dans le bureau de la commission il a réussi à obtenir des excuses de leur part, ainsi que la promesse d'une autre intervention dans leur émission de radio. Je ne vois pas ce que ça m'apportera. En fait, je ne suis pas vraiment persuadé que Brock me croie innocent, seulement il aime discuter et gagner de l'argent, et je lui fournis l'occasion de faire les deux. Cette nouvelle dynamique me fait me comporter comme une célébrité capricieuse.

«En parlant de vous occuper des choses, dis-je en essayant de ne pas avoir l'air de geindre, quand pourrons-nous faire abandonner cette accusation de kidnapping? Ils ont sûrement fini d'interroger Brightwell à présent, et il a dû leur dire qu'il ne me connaissait pas...

– Le procureur la garde sous le coude comme garantie. C'est une monnaie d'échange dans la négociation. Il pense que nous réduirons nos exigences financières s'il abandonne les poursuites.

– Ces poursuites m'empêchent de récupérer ma licence de taxi. Il sait sacrément bien que je n'ai kidnappé personne, que Brightwell est le coupable. » Maintenant, oui, je geins et Brock réagit.

Il dit avec brusquerie : « Pourquoi ne pas vous détendre, voyons. Il y a quelques jours vous étiez dans le couloir de la mort, et aujourd'hui vous logez au Plaza-Helmand. Dieu du ciel, vous ne sortez jamais, vous ne parlez à personne. Vous pourriez aussi bien être retourné en prison.

– J'y suis. Vingt-trois heures par jour à regarder des murs en parpaings blancs. Dès que je ferme les yeux je vois les murs. Il faut du temps pour que ça passe, vous savez ? »

Brock a le même quotient d'empathie que Robert. Il m'ignore et regarde le papier que j'ai en main. « Qu'est-ce que c'est ? Bon sang, c'est pour du travail ? Pourquoi voulez-vous travailler ? Détendez-vous, mon vieux. Allez au bar, à la piscine, n'importe où. La plupart des types à qui j'ai affaire quand ils sortent de prison réagissent bien. C'est un peu comme le meilleur moment de leur vie.

– La plupart de ces types ont effectivement commis un crime. »

J'ai raison. Même Brock peut voir que ça fait une différence. En me raccompagnant au Plaza-Helmand il allume la radio et nous écoutons de la musique classique pendant tout le trajet. Le chasseur est là pour m'ouvrir la portière, et après une montée apaisante dans l'ascenseur je me retrouve étendu sur ma couchette de luxe face aux magnifiques murs blancs.

que Brightwell est le coupable. » Maintenant, oui, je gêne et Brock réagit.

Il dit avec brusquerie : « Pourquoi ne pas vous détendre, voyons ? Il y a quelques jours vous étiez dans le couloir de la mort et aujourd'hui vous logez au Plaza-Helmand. Bleu du ciel, vous ne sortez jamais, vous ne parlez à personne. Vous pourriez aussi bien être enfermé en prison.

– J'y suis. Vingt-trois heures par jour à regarder des murs en parpaings blancs. Dès que je ferme les yeux, je vois les murs. Il faut du temps pour que ça passe, vous savez. »

Brock a le même quotient d'empathie que [illegible] et regarde le papier que j'ai en main. « Qu'est-ce que c'est ? Bon sang, c'est pour du travail ? Pourquoi voulez-vous travailler ? Détendez-vous, mon vieux. Allez au bar, à la piscine, n'importe où. La plupart des types à qui j'ai affaire, quand ils sortent de prison, ça se passe bien. C'est un peu comme le meilleur moment de leur vie.

– La plupart de ces types ont effectivement commis un crime. »

J'ai raison. Même Brock peut voir que ça fait une différence. En me raccompagnant au Plaza-Helmand, il allume la radio et nous écoutons de la musique classique pendant tout le trajet. Le classique est la pire [illegible] la pénitence [illegible] une [illegible] paisible dans l'ascenseur [illegible] sur un concerto de Saxe [illegible] aux [illegible] baroques.

14

Un certain Terry vient me chercher le lendemain matin à huit heures dans une camionnette déglinguée, et nous partons pour une journée de nettoyage de maisons. Quand je l'ai appelé de l'hôtel hier soir, il m'a dit qu'il savait qui j'étais d'après les infos, et qu'il était content que je fasse partie de son équipe. Ça change agréablement de la réaction de tous les autres jusqu'à maintenant. En me voyant, il me dit que c'est la première fois qu'il vient chercher un employé dans un hôtel quatre étoiles.

Je lui réponds que je dois trouver une autre piaule. Même si j'obtiens bientôt des dédommagements, une grosse part va s'envoler si je continue à raquer deux cent quatre-vingt-cinq dollars la nuit pour qu'un type ouvre et ferme la portière à ma place.

« Vois si un des endroits où on travaille t'intéresse, dit Terry. Dieu sait qu'ils sont libres. »

Je ne comprends pas très bien pourquoi nous nettoyons des maisons qui sont « libres », mais je suppose que je le saurai assez tôt, alors je me tais. Nous nous arrêtons pour prendre un autre type, Omar, un Mexicain, et une deuxième fois pour acheter du café et un casse-croûte pour plus tard. Jusqu'ici tout va bien.

Terry et Omar travaillent ensemble depuis deux ans, et c'est bon à savoir. De nos jours, ça représente la sécurité de l'emploi, notamment pour un emploi temporaire tel que le nettoyage. Ils ont tous les deux l'air plutôt relax, et pendant le trajet Omar sort un joint de sa poche, l'allume et me le propose.

« J'aimerais beaucoup, mon vieux, merci, mais je crois que je dois d'abord régler mes problèmes juridiques. »

Il comprend. Il sait qui je suis et il passe le joint à Terry qui en tire une bouffée et demande : « Comment ça se fait que les Mexicains ont toujours une herbe aussi dégueu ?

– Va te faire foutre. Si ça te plaît pas, rends-le-moi. »

La camionnette est déjà envahie de fumée quand nous arrivons dans un lotissement flambant neuf. La plupart des maisons semblent vides et celles du bout de la route où nous nous trouvons sont à moitié achevées. Les trottoirs et les allées ont encore la blancheur luisante du béton fraîchement coulé qui n'a pas encore été sali par les éléments. Terry s'arrête devant un énorme faux château prétentieux de deux étages avec un garage pour deux voitures et une fenêtre panoramique sur la rue. Dans le verre miroitant de la fenêtre je vois mon reflet descendre de la camionnette, et à travers la vitre je peux voir jusqu'à l'arrière de la maison.

« Terry, tu es sûr que quelqu'un habite ici ? On dirait que c'est vide. »

Omar et Terry rigolent. « On va vérifier. »

Il y a un avis du shérif sur la porte, des scellés en plastique gris ont été fixés sur la serrure, et je comprends aussitôt ce qui se passe. « Ces gens-là ont été expulsés ou quoi ? »

Terry rigole de nouveau en retirant les scellés et ouvre la porte. Une bouffée d'air chaud et confiné nous saisit dès que nous entrons. « Voilà ce qu'on fait, mon vieux. On nettoie les maisons après les expulsions et on les prépare pour la revente. Celle-là a plutôt l'air en bon état. »

Il va vers le thermostat et actionne une fiche, la climatisation se met en route. « Avant de travailler quelque part, on fait toujours rétablir le courant, dit-il. Tu n'imagines pas la chaleur qu'il fait dans ces maisons quand la clim ne marche pas. » Il tape dans ses mains et nous annonce à Omar et moi : « On fait un tour pour voir. »

Il n'y a aucun meuble, mais de la pagaille partout. Des jouets d'enfants et des livres de coloriage ouverts dans une pièce, un gant de base-ball, une écharpe, des stylos et des pièces de monnaie par terre dans une autre. Les placards sont pleins de portemanteaux, dans la salle de bains il reste encore des bouteilles de shampooing à moitié vides et des tubes de dentifrice à côté du lavabo. C'est comme si une famille qui vivait ici avait dû s'enfuir au milieu de la nuit.

Je vais dans la chambre des parents où on dirait que quelqu'un a transporté une pile de vêtements trop haute et que certains sont tombés quand il se dirigeait vers la porte. Des chaussettes dépareillées, un pull, une ceinture, une robe rouge et une paire de chaussures à talons hauts, le tout perdu en route ou abandonné. J'aperçois les marques des pieds du lit sur la moquette bleu pastel. Contre le mur il reste un oreiller, toujours dans sa taie à fleurs, et une serviette de toilette bleue.

Je suis stupéfait. « Nom d'un chien, qu'est-ce qui a bien pu se passer ici ?

– Le shérif est venu les expulser hier. Ils avaient eu le préavis habituel de trente jours, mais personne ne le prend jamais au sérieux. Ils croient tous qu'ils auront davantage de temps, ou que la banque abandonnera, ou qu'est-ce que je sais. Alors quand le shérif se pointe, ils n'ont qu'une heure devant eux. Ils doivent attraper ce qu'ils peuvent.

– On peut pas dire qu'ils étaient pas prévenus», dit Omar.

Voilà qui est rassurant. Je regarde autour de moi les dégâts que ça provoque. Ces gens-là espéraient vraiment, jusqu'à la dernière minute, que tout allait s'arranger.

«Tu sais comment ce type gagnait sa vie?» me demande Terry. Je secoue la tête. «Devine.

– Il était avocat?» Omar rit et Terry me fait signe que non. J'ai vu la maison et le quartier, et je calcule qu'il faut gagner dans les cent cinquante mille dollars par an pour habiter dans ce genre d'endroit. Ce qui exige un diplôme universitaire quelconque. «Médecin?»

Terry secoue de nouveau la tête. «Il était facteur», dit-il en ouvrant le rideau sur la porte coulissante en verre qui donne sur le balcon. Nous sortons et nous découvrons l'arrière du jardin envahi par la végétation ainsi qu'une piscine entourée d'un carrelage raffiné. Des roseaux que rien n'a empêché de se multiplier se balancent dans l'eau couverte d'algues et je détourne la tête à cause de l'odeur moite et musquée de l'eau stagnante. «Putain de facteur. Tu peux croire ça? Il se faisait, quoi, quinze dollars de l'heure? Et regarde cet endroit. Tu te fous de moi.»

Il me fait redescendre pour que nous allions prendre notre matériel dans la camionnette. «Putain de facteur. Ha!»

Notre travail consiste à mettre la maison en suffisamment bon état pour que la banque, qui a saisi la propriété hypothéquée par le facteur, puisse permettre à l'agence immobilière de la faire visiter à des acheteurs potentiels. Nous retouchons les accrocs de plâtre, nous enlevons les clous où étaient accrochés des tableaux, nous bouchons les trous, et nous astiquons les sanitaires. Tout en travaillant, Terry me raconte des histoires d'horreur sur quelques-unes des pires maisons où il est intervenu.

« Il y en avait une, mec, tu aurais dit que les propriétaires étaient partis en catastrophe. Pleine de meubles, tout était resté. Omar et moi on est allés dans la cuisine et ils n'avaient même pas débarrassé la table du petit déjeuner. Il y avait encore des œufs au bacon dans les assiettes, et on avait renversé du ketchup sur la nappe. L'évier était plein de vaisselle, il y avait du linge dans le sèche-linge. Comme une scène de *Twilight Zone*, tu vois le genre ? Comme si les gens s'étaient évaporés. »

Il s'interrompt pour tremper son pinceau dans la peinture et tamponner les taches décolorées sur le mur. « Ça a pris quatre jours, poursuit-il avec un sourire. Il a fallu engager cinq copains d'Omar, et au bout du compte j'ai perdu du fric parce que j'avais fait à la banque un devis trop bas qu'elle m'avait payé d'avance. »

Nous faisons une pause au bord de la piscine pleine de vase verte. Les gens adorent avoir une piscine, mais parfois ils s'aperçoivent trop tard qu'elle coûte cher à entretenir. Annulez deux visites d'entretien quand l'argent manque, et le paradis derrière chez vous se transforme en marais pourrissant. La nature n'attend que le moment de reprendre ses droits.

Pendant que nous mangeons notre casse-croûte, une équipe des services d'hygiène du comté vient étendre une bâche sur la piscine. « Pour que les moustiques ne s'en servent pas comme lieu de reproduction », explique Terry. Il y a tellement de piscines non entretenues dans le voisinage que c'est devenu un danger pour la santé.

Après le départ de l'équipe du comté, alors que nous sommes étendus sur les chaises longues, un facteur entre par la grille de derrière. « Hé, mecs, je me demandais si je pouvais entrer prendre des affaires. Je crois avoir laissé des médicaments dont ma femme a besoin dans l'armoire à pharmacie. »

Nous nous redressons tous en comprenant que c'est l'ancien propriétaire de la maison et que nous nous prélassons sur ses chaises longues. Ce sont les siennes, ou elles l'étaient, et je m'attends à une défense de territoire, mais il ne montre que de la gêne.

Les instructions de Terry sont de ne laisser entrer personne dans la maison, mais ce que les propriétaires emportent c'est ça de moins dont il aura à s'occuper, alors il le permet.

« Allez-y. » Le type entre dans son ancienne maison, presque sur la pointe des pieds, en essayant de ne pas nous déranger. Aucun de nous ne peut plus se détendre. Se servir de quelque chose qui a appartenu à un homme et lui a été enlevé donne la chair de poule. Il n'y a probablement pas longtemps qu'il a acheté ces chaises longues, peut-être un après-midi consacré aux achats, avec sa femme et ses enfants. Je l'imagine en train de les choisir, de les charger dans son utilitaire et de s'y installer fièrement pour embrasser son royaume du regard, ses enfants qui jouent dans l'eau fraîche et bleue de la piscine. Aujourd'hui, quelques mois plus tard, une bande d'inconnus s'y vautre avant de les balancer devant la maison à l'intention de la camionnette de l'Armée du Salut.

Je demande à Terry si ça lui arrive d'être embêté de faire ça.

« C'est sûr. J'ai vu des vieilles dames, des mamans, des familles pleurer et supplier le shérif. Omar et moi on arrivait avec le shérif. Maintenant on attend qu'il ait fait partir tout le monde. On n'en pouvait plus de voir tous ces gens pleurer. »

À ce moment-là le facteur descend avec deux flacons de médicaments. « Merci les mecs. » Et il s'en va.

« Hé ! » Je le rappelle et il se retourne. « Où est-ce que vous habitez maintenant ? » Omar me lance un regard de reproche comme si ça ne se faisait pas de le demander. Comme je viens de traverser une épreuve sur laquelle personne ne juge bon de m'interroger, j'estime avoir une certaine marge de manœuvre en matière de tact.

« Nous ne restons encore qu'un ou deux jours de plus dans le van en attendant que ma belle-mère ait préparé sa maison. » Il a une voix douce et essaie de ne pas nous regarder, ce qui m'amène à penser qu'il est peut-être en train de mentir. J'espère pour lui qu'il y a effectivement une belle-mère qui leur prépare une maison. « Nous sommes sur le parking du lycée. Avec d'autres vans. »

Il s'en va et la grille se referme derrière lui. Ça paraît fou que toute la famille habite dans un van alors qu'ici, à quelques kilomètres seulement, elle a une maison vide, même si elle n'a pas les moyens de la payer. On pourrait au moins les laisser rester quelques jours de plus. J'en parle à Terry qui secoue la tête.

« C'est pas comme ça que ça marche, fiston. » Il rit. Omar rit aussi et nous retournons à l'intérieur où il dégotte une radio dans le placard et la met à plein volume. Avant qu'il trouve de la salsa, nous entendons une voix monotone donner les dernières nouvelles du marché financier avec un accent british. Le dollar peut bien monter par rapport au yuan et descendre par rapport au yen, zéro a partout la même valeur. Je jette un cheval à bascule devant la porte pour la camionnette de l'Armée du Salut.

Je travaille avec Terry et Omar pendant trois jours avant de me rendre compte qu'en réalité ce boulot me rend heureux. Je me réveille, j'ai un endroit où aller, quelque chose à faire, des gens à qui parler qui n'ont jamais découpé de demandeur d'emploi en morceaux ni étranglé d'épouse. Je m'en aperçois à mon troisième jour de travail, pendant que je mets en pièces un bureau en merisier à Oakmont. Devant le magnifique bureau en miettes sur la moquette crème, j'éprouve une satisfaction que je n'avais pas connue en un an.

Le bureau appartenait à un jeune menuisier qui s'était acheté une maison de quatre cent cinquante mille dollars et l'avait remplie de splendides meubles ouvragés qu'il ne pouvait pas s'offrir non plus. Terry et moi avons calculé que pour faire monter le bureau dans la pièce d'en haut où nous l'avons trouvé le propriétaire a dû louer une grue et retirer la fenêtre panoramique qui donne sur l'arrière. Plutôt que de nous donner le mal de retirer de nouveau la fenêtre et de louer une grue pour sortir le meuble, Terry est descendu prendre une hache pour moi dans la camionnette. Quarante minutes plus tard j'ai réduit ce chef-d'œuvre de deux mille dollars en petit bois pour la cheminée. Je regarde les débris sombres et vernis qui couvrent le sol et la sueur me coule du front dans les yeux.

Terry passe la tête par la porte et constate la destruction, ébloui. « Merde. » Il brandit un tableau de femme nue étendue au bord de la piscine. « Tu veux ça ?

– J'habite dans un hôtel.

– Exact. » Il le jette par-dessus la rambarde et paf ! dans le vestibule. « Et ça ? » Il tient une paire de chaussures de jogging.

« Trop petites.

– Exact. » Paf ! paf !

Omar travaille en bas, et la radio marche, comme d'habitude, mais au lieu de salsa j'entends Lady Gaga chanter *Poker Face*, une chanson optimiste qui me donne de l'énergie. Tout en ramassant les bouts de bois je chante en même temps le seul passage que je connais. *P-p-p-pokerface. P-p-pokerface.* Soudain je sens qu'il y a quelqu'un.

Je me relève en serrant les débris de bois contre ma poitrine, en m'attendant à voir Omar ou Terry, mais c'est un homme blond, la petite trentaine, portant un coupe-vent vert, qui me regarde, choqué. Il me crie : « Qu'est-ce… qu'est-ce que c'est que ça ? Qu'est-ce que vous avez fait à mon bureau ? »

Il s'avance dans la pièce, contemple les dégâts et regarde autour de lui, égaré. « C'était un Moreno. Du merisier. Vous savez combien il valait ? »

Je hurle : « TERRY ! », les bras toujours chargés de petit bois de chauffage.

Mais avec la musique assourdissante Terry ne m'entend pas. *P-p-p-pokerface. P-p-pokerface.* Le type me regarde dans les yeux, suppliant.

« Pourquoi ? » demande-t-il d'une voix plaintive. Il se retourne, bras étendus, il pirouette et comprend que les miettes de son bureau ont été projetées dans tous les coins. Il est désemparé, perplexe. « Pourquoi ?

– On m'a demandé de le découper, mec. Il était trop gros pour qu'on le sorte par la porte. » Il me regarde abasourdi, blessé, et je laisse tout tomber sur la moquette. Je lui hurle : « Qu'est-ce que vous foutez là, bordel ? » et je m'avance vers lui. Il recule. « Vous n'habitez plus ici. C'est une violation de propriété. »

Terry apparaît à la porte tandis que l'homme continue de me regarder sans rien dire. « Hé, mon vieux, vous ne pouvez pas rester », dit Terry en lui faisant signe de sortir. Il m'arrête d'un geste pour me dire qu'il s'en occupe, qu'il ne veut pas que j'agresse quelqu'un et que ça l'embêterait que la police vienne. « Allez, on s'en va. »

Le blond ne me lâche pas des yeux, comme s'il essayait de lire dans mes pensées, de comprendre ma brutalité innée. Je suis sûr qu'à cette seconde il enregistre un souvenir, dans lequel je suis le symbole de toutes les mauvaises choses qui lui sont arrivées. Il fait peser sur moi beaucoup de blessures et d'échecs et je ne l'accepte pas. On m'a déjà suffisamment accablé.

Je crie : « Fous-moi le camp d'ici ! De toute façon, à quoi elle te sert cette merde ? Tu achètes un putain de bureau qui passe pas par une porte ? Tu es quoi ? Le putain de directeur général de cette... Amérique de merde ? » Ma causticité est un brin émoussée. « De toute façon, qui peut avoir besoin d'un putain de bureau comme ça ? » Tandis que je tempête, Terry a mis un bras quasi paternel autour des épaules du type et l'a conduit hors de la pièce, et je hurle dans son dos pendant qu'il l'emmène vers l'escalier. « Tu sais quoi, mec ? Tu peux aller te faire foutre. Va te faire foutre ! »

Quand Terry le fait sortir de la maison le type ne se retourne pas et je me sens tout à coup épuisé, vidé d'avoir tant crié. Je retourne dans la pièce où les débris de bois se sont répandus et je me laisse glisser contre le mur jusqu'au sol. Je mets la tête dans les mains, Terry revient, passe devant moi et va aux tiroirs que j'ai enlevés et empilés avant de réduire le bureau en miettes. Il en sort une tondeuse à cheveux électrique qu'il me montre en repassant. « Il avait seulement besoin de ça. Il a un entretien d'embauche demain. »

Je ne dis rien et Terry redescend. Trois minutes plus tard environ il revient. Je m'attends à ce qu'il me dise que je suis viré. Qu'il n'accepte pas ce genre de comportement sur le lieu de travail. J'ai déjà décidé que je prendrais mon licenciement avec calme. Allez, sans rancune. Je me suis laissé emporter.

Terry me rejoint par terre et nous contemplons le naufrage du bureau. « C'était un héritage familial », dit Terry en allumant un joint. Il en tire une longue bouffée et me le propose. Je le prends.

« Il a dit qu'il ne pouvait pas se permettre de louer de nouveau une grue, et qu'il avait dû l'abandonner ici. Il pensait que quelqu'un verrait comme il était beau et en prendrait soin. »

Nous regardons le tas de bois brisé et je prends une bouffée lente et profonde que je garde quelques secondes avant de laisser la fumée s'échapper longuement. Presque aussitôt je me sens détendu, mes paupières sont agréablement lourdes et ma bouche devient sèche tout à coup. Je ris malgré moi.

Terry rit lui aussi. Je lui rends le joint et nous nous mettons tous les deux à rire devant la pièce couverte de bouts de bois. « Il a dit qu'il était dans sa famille depuis des générations. » Terry a un rire aigu. Nous nous remettons à rigoler. Au bout d'un moment, ça retombe, et Terry me tend de nouveau le joint. Je le refuse et il enlève sa casquette de base-ball, il se passe les doigts dans les cheveux. Il se dégarnit et paraît beaucoup plus âgé sans sa casquette.

« Sérieusement, vieux. C'est pour ça qu'on ne peut pas les laisser revenir. Ils veulent toujours revenir. J'ai besoin de ma tondeuse. J'ai besoin d'un médicament. J'ai besoin de mes chaussures. Ce qu'ils veulent vraiment c'est être à nouveau là. Pour quelques secondes. Ils veulent faire semblant d'avoir une maison. Ils jouent à y croire pendant un moment. » Il me retend le joint. « À partir de maintenant il faudra verrouiller les portes quand on travaillera. »

Comme si je venais d'avoir une idée géniale je fais « Hé ». L'herbe était exactement ce qu'il me fallait et toute ma colère s'est dissipée. « Dis à ce type que je m'excuse, d'accord ? »

Terry se relève et regarde par la fenêtre. « Tu peux lui dire toi-même. Il est devant la maison et il nous observe. »

Je me relève, je marche sur les débris du bureau et par l'élégante fenêtre panoramique je vois le type, debout devant son ancienne maison, l'air de ne rien comprendre à rien. Je ne sais pas bien si c'est nous qu'il regarde ou si ce sont les cieux. Jamais personne n'a eu autant besoin qu'on lui fasse des excuses.

Je dis à Terry : « Je reviens tout de suite. »

Il m'arrête. « Finis de nettoyer ces saletés. Avec des types comme ça on ne sait jamais. Ils sont imprévisibles. J'ai été attaqué au couteau, à la batte de base-ball. » Il me montre son avant-bras où il a deux petites cicatrices. « Une dame a lâché ses saloperies de furets contre moi et Omar.

– Tu as des morsures de furets ?

– Ouais. » Il rit. « Alors laisse tomber le type et finis le boulot. Ses problèmes, ça n'est pas toi qui les as causés.

– Des furets. Sans déconner.

– Sans déconner. Des furets. Et si ce type-là, devant, avait une armée de furets, ils seraient en train de nous bouffer la figure en ce moment. » Il sort de la pièce en riant et me crie par-dessus son épaule : « On boucle ça et on va se prendre une bière. »

15

Je décide d'aller au bar de l'hôtel. Je vais suivre le conseil de Terry, et peut-être aussi celui de Brock, et essayer de me comporter comme un individu normal plutôt que comme une victime traumatisée par une explosion d'obus qui ne cherche qu'à se cacher du reste de l'humanité. Je vais essayer de rejoindre les masses, de redevenir un type normal. En rentrant du travail je prends une douche, je me rase et je mets le costume de Clarence.

Trois cent soixante dollars. Je les ai gagnés. Je jette l'argent que m'a donné Terry sur le dessus-de-lit blanc et or. Trois billets de cent dollars et trois de vingt. Même quand je ne fais que l'imaginer, l'argent qu'on gagne est réel. C'est le pouvoir, c'est la vie, c'est ce qui nous distingue des singes. Mon petit tas de billets marque mon retour dans l'humanité comme Brock et l'excellent personnel du Plaza-Helmand n'ont jamais pu le faire.

Je mets l'argent dans mon portefeuille et je me regarde dans la glace. J'ai meilleure mine que lorsque je me suis vu sur un moniteur de studio de télé, et pas seulement parce que je me suis rasé. Ce jour-là je respirais la résignation, ou peut-être une fureur déjà presque entièrement consumée, une passion réduite en cendres de dégoût qui me donnait un teint gris et terne. Aujourd'hui, même après une chaude journée de travail physique, j'ai été contaminé par les enseignements d'Everett Wells et Jerome Loggins. Je vais surmonter mon amertume. Je ne me laisserai pas dévorer par ma propre colère. Je n'irai pas jusqu'à porter une bible sur moi ou à parler de laisser Jésus entrer dans mon cœur, mais en gros j'irai dans cette direction. Tout le monde, semble-t-il, m'explique que le numéro du vertueux blessé a trop duré… Je vais afficher le personnage qu'ils veulent tous que je sois.

Je m'inonde d'eau de Cologne de luxe que j'ai achetée à la boutique cadeaux de l'hôtel et je me regarde dans la glace. Pas trop mal, je trouve. Le costume de Clarence me va à la perfection. Je doute qu'il lui soit allé aussi bien, parce que j'ai le souvenir de quelqu'un de plus petit que moi. J'essaie d'en retrouver une image mentale, et c'est Robert que je vois à sa place. Je me rappelle soudain que je ne lui ai pas dit au revoir. Ils vont bientôt le tuer. La dernière fois que je l'ai vu il ne lui restait plus que quelques mois. Je me demande s'il s'assoit encore tout seul sur les gradins et s'il lui arrive de penser à moi.

Je vais peut-être lui écrire une lettre. Le docteur Conning en serait ravie.

J'ouvre la porte et jette un coup d'œil dans le couloir. J'ai encore du mal à me faire à l'idée que les portes peuvent s'ouvrir à volonté. Ça durera peut-être toute ma vie, qui sait? Quand je serai vieux, les gosses du quartier trouveront sans doute inquiétante ma façon de regarder prudemment par la porte entrouverte avant d'aller ramasser le journal. Et toutes mes conversations dorénavant se teinteront peut-être d'un peu de l'anxiété que je ressens à l'idée que la récréation va bientôt finir, et je parlerai fort pour être entendu avant que le temps soit écoulé. Je ne serai peut-être plus jamais le même. Décidément non, je ne serai jamais plus le même. La question est de savoir si je peux le cacher.

Il me faut une bière. J'ai besoin de quelques heures de vide mental à ne rien faire d'autre que boire et regarder les femmes. Je vais à l'ascenseur, j'appuie sur le bouton, et quand la porte s'ouvre j'entends toujours l'écho de la voix du gardien, « Ouverture porte principale ».

Dans le hall je remarque les annonces d'un congrès de détectives privés et avant même d'arriver au bar je m'imagine me lançant dans cette nouvelle carrière. C'est peut-être un signe, l'appel que j'attendais. Je pourrais rencontrer des détectives privés, me renseigner sur les contacts à prendre, savoir quelles sont les conditions requises, et dans quelques mois je pourrais utiliser l'argent de mon dédommagement pour me consacrer comme Magnum ou Jim Rockford à résoudre des crimes et à rendre le monde un peu meilleur. Naturellement, je me concentrerais sur les recours des détenus qui auraient été condamnés à tort. Je serais le type qui irait à la résidence universitaire rechercher les deux étudiantes, ou qui dénicherait Vern Brightwell dans une ferme à l'abandon. Après tout ce que j'ai traversé, je me dis que c'est un travail que je pourrais vraiment faire bien. Qui pourrait être plus motivé qu'un type qui comprend ce que ces détenus vivent, qui ressent comme eux chaque moment de chaque jour tandis qu'ils voient leur vie se consumer entre les parpaings blancs ?

Je m'assois au bar, je commande une bière et je regarde les privés qui m'entourent. Ils sont tous en costume, l'air sérieux. Je m'attendais à des personnages plus pittoresques, un vieux Barnaby Jones sage, un Monk anxieux et bégayant, un Magnum fringant ou un Jim Rockford cynique mais souriant. Ces types ici ressemblent tous à des comptables ou à des agents de change.

S'il y a une chose que j'ai retenue de toute cette histoire, c'est que la télé ne donne pas une image fidèle de quoi que ce soit qui touche à l'application de la loi.

Un miroir court le long du mur et je me demande si là derrière des gardiens sont cachés à m'observer.

J'entends une conférence s'achever dans une des salles et bientôt le bar se remplit de privés qui crient leur commande et font passer au-dessus de ma tête les billets au barman. Je suis descendu au bon moment. Une minute ou deux plus tard et je n'aurais jamais pu m'asseoir. En voyant la foule calme sortir de la salle de conférences je me rends compte que c'est avant tout une profession masculine. Mon but en descendant au bar n'était pas de bavarder avec des mecs, aussi intéressant que puisse être leur métier.

J'aborde le sujet avec le monsieur qui vient de s'asseoir à ma droite, un beau type soigné d'une cinquantaine d'années avec un casque de cheveux grisonnants. Je lui demande : « Est-ce qu'il y a des femmes détectives privées ? » en regardant autour de moi et en essayant de ne pas paraître agacé.

Il rit. « Pas beaucoup. » Puis, pensant que c'est peut-être à la profession que je m'intéresse et pas à la baise, il ajoute : « Elles ne sont pas assez nombreuses dans ce domaine. Notamment pour le travail d'infiltration. »

Nous bavardons à propos des femmes pendant que j'en cherche vainement une. Il m'explique que les lois relatives à la délivrance de la licence de détective varient d'un État à l'autre quand je lui sors tout à trac : « Vous saviez que si vous n'êtes pas entouré de femmes pendant une longue période votre barbe s'arrête de pousser ? »

Il s'interrompt, indécis. «Je ne savais pas.»

Merde. Voilà ce que je suis devenu. Je suis incapable de suivre une idée, ou d'obéir aux règles de base du savoir-vivre. Je me souviens de ma première conversation avec Ernesto, quand il avait commencé par parler de Michael Jackson et avait fini par discuter d'hépatite et du système de pension au Texas. Enfermez un homme seul dans une pièce pendant des années, les conversations continueront dans sa tête, et les bribes qui s'en échapperont à l'extérieur donneront l'impression qu'il est fou.

Il me demande : «Dans quelle branche travaillez-vous ?»

Je n'avais pas préparé de mensonge pour cette question. De toute façon, mentir n'a jamais fait partie de mes talents. «Je viens de sortir de prison. J'ai été condamné à tort.»

Il me tape sur l'épaule. «Bon sang, je pensais bien que c'était vous. Je vous ai vu dans *Texas Today.*» Il rit. Il a un souvenir plus net que le mien de mon apparition à la télé, mais je sais que ça lui a plu, pas à cause de ce que j'ai dit mais parce que j'ai traité en direct Melissa je-ne-sais-quoi de pétasse. Il se met à me raconter autre chose à propos de ma présence dans l'émission, mais je ne l'entends déjà plus. Mon cerveau a cessé d'enregistrer toute information excepté le fait que j'aperçois le docteur Katherine Conning assise dans un des confortables fauteuils près de l'entrée du bar.

«Excusez-moi.» Je l'arrête au milieu d'une phrase en glissant du tabouret d'un mouvement mal assuré. Est-ce vraiment elle ? Que fait-elle ici ? Je la croyais psychiatre. Il me regarde avec surprise m'éloigner en chancelant. Je commence à m'habituer à être regardé avec surprise. Comme si je baragouinais la moitié du temps.

Ma tolérance à l'alcool a résolument chuté. Je n'en suis qu'à ma deuxième bière et j'ai déjà l'impression de perdre certaines capacités motrices. Les choses deviennent vagues, ou peut-être ce vague est-il en train de se dissiper. Le docteur Conning est assise dans un fauteuil du bar de mon hôtel. Me suit-elle ? Comme elle pourrait s'enfuir épouvantée si je l'accusais de le faire, je pense commencer en lui disant simplement bonjour.

« Salut. » Elle est en train de consulter des papiers qu'elle a dû recevoir pendant la conférence. Elle lève la tête. J'avais oublié combien elle était belle. Elle repousse ses cheveux derrière l'oreille et me sourit, pas du tout surprise.

« Salut. Comment allez-vous ? » Elle m'indique un fauteuil à côté d'elle. « Asseyez-vous. »

C'est bizarre. Je pensais qu'elle serait davantage surprise. Peut-être ne se rappelle-t-elle pas qui je suis. « Je suis Jeff Sutton. J'ai été condamné à tort…

– Je sais qui vous êtes, répond-elle avec un brin d'amusement. Je n'oublie pas les gens, Jeff. »

Jeff. Elle m'a appelé par mon prénom. C'est bien agréable à entendre. « Alors comme ça vous êtes détective privée ? Je croyais que vous étiez psy.

– Docteur en criminologie. Je travaille énormément avec des détectives privés, mais surtout pour l'institution pénitentiaire. » Elle me fait un joli sourire. Je me souviendrai longtemps de ce sourire. Je lui souris à mon tour en oubliant pourquoi je me suis approché.

Je me rappelle autre chose. « Hé, j'ai réfléchi à ce journal. Quel était le but ? »

Elle sourit de nouveau. « Qu'y a-t-il de si mystérieux à demander à des prisonniers d'écrire ce qu'ils pensent ?

– Non, non… Il y avait autre chose derrière ça. Vous cherchiez une information. »

Son visage, sa beauté prennent soudain une clarté brutale. Plus lumineuse que tout ce que j'ai jamais vu. Quelque chose dans le fait de la regarder change toute ma perception. Je veux lui parler, être dans son univers, mais pour ça je vais devoir quitter le mien. La clarté révèle aussi d'autres choses, des choses dont j'ai toujours su qu'elles étaient là mais que je ne voulais pas accepter. Elle sourit et il me semble que le siège sur lequel elle est assise n'est pas le fauteuil confortable du bar du Plaza-Helmand mais un siège tubulaire tapissé de vinyle comme il y en a en prison. Je cesse de regarder ses beaux yeux pour me concentrer sur les pieds métalliques.

« C'est une étude en cours. Je ne peux pas en parler, dit-elle.

– Bon, et qu'est-ce que vous dites de ça ? » J'essaie de draguer une femme, mais j'entends ma voix devenir quelque peu hostile et mon énergie m'abandonner. Les filles n'aiment pas l'hostilité. Mais moi je n'aime pas cette histoire à la con d'« étude en cours ». Je continue : « Que diriez-vous de cette théorie ? Je pense que vous êtes détective privée, que vous travaillez pour la famille et que vous m'avez demandé d'écrire mon journal pour pouvoir trouver un indice sur ce que j'ai fait du corps de la fillette. Pour qu'elle soit enterrée dignement. Malgré le fait que je vous ai répété cent mille putains de fois que je ne l'ai pas tuée.

– Tout va bien, Jeff », dit-elle, bien que son sourire ait disparu pour laisser la place à une expression inquiète. « Tout va bien. » Et finalement, devant mon regard qui doit être torturé, elle ajoute : « Oui, en effet. C'est pour ça que nous vous avons fait écrire votre journal.

– Ça vous a aidés?

– Non. Ça n'a pas marché.

– Je vous l'ai dit, je ne l'ai pas tuée.» Je la regarde quelques secondes, certain qu'elle ne me croit pas. Je décide alors de changer de sujet. Je me penche vers elle et je lui montre le long miroir. Je lui dis pour plaisanter: «Quand je suis entré ici, j'ai imaginé qu'il y avait des gardiens derrière la glace», comme s'il y avait de quoi rire.

Elle opine de la tête. Je continue de regarder ses jolis yeux, ses longs cheveux roux et bouclés ramenés derrière une oreille. On dirait qu'elle est d'accord et je vois la peinture métallisée sur les pieds de la chaise banale sur laquelle elle est assise. Sur le beau tapis berbère du bar du Plaza, je vois le revêtement en lino d'un parloir de prison. Je vois que l'uniforme du barman ressemble horriblement à un uniforme de gardien. Et le lustre à un néon au plafond.

Je vois que je suis toujours en prison.

dans la collection « Littérature »

Milena Agus, *Mal de pierres*
Milena Agus, *Battement d'ailes*
Milena Agus, *Quand le requin dort*
Simonetta Agnello Hornby, *L'Amandière*
Simonetta Agnello Hornby, *La Tante marquise*
Eliseo Alberto, *Caracol Beach*
Bruno Arpaia, *Dernière Frontière*
Bruno Arpaia, *Du temps perdu*
Reda Bekhechi, *Les Heures de braise*
David Bergelson, *Une Tragédie provinciale*
Suzanne Berne, *Une vie parfaite*
Jordi Bonells, *La Deuxième Disparition de Majorana*
Jordi Bonells, *Dieu n'est pas sur la photo*
Jacques Bonnet, *À l'enseigne de l'amitié*
Giacomo Cacciatore, *Parle plus bas*
Bo Caldwell, *L'Homme de Shanghai*
Domenico Campana, *A l'abri du sirocco*
Alfio Caruso, *Willy melodia*
Louis Carzou, *La Huitième Colline*
Kate Chopin, *L'Éveil*
Linda D. Cirino, *La Coquetière*
Ronaldo Correia de Brito, *Le Don du mensonge*
Linda D. Cirino, *La Kamikaze*
Philippe Delepierre, *Fred Hamster et Madame Lilas*
Philippe Delepierre, *Crissement sur le tableau noir*
Philippe Delepierre, *Les Gadoues*
Philippe Delepierre, Bruno Vouters, *Le Cabaret des oubliés*
Isabelle Eberhardt, *Yasmina*

Fadia Faqir, *Mon nom est Salma*
Catalin Dorian Florescu, *Le Masseur aveugle*
Ernest J. Gaines, *Autobiographie de Miss Jane Pittman*
Ernest J. Gaines, *Colère en Louisiane*
Ernest J. Gaines, *D'amour et de poussière*
Ernest J. Gaines, *Dites-leur que je suis un homme*
Ernest J. Gaines, *Mozart est un joueur de blues*
Ernest J. Gaines, *Par la petite porte*
Ernest J. Gaines, *Une longue journée de novembre*
François Garcia, *Jours de marché*
Carlos Gamerro, *Tout ou presque sur Ezcurra*
Fabrizio Gatti, *Bilal sur la route des clandestins*
Dan Gearino, *J'ai tout entendu*
Dan Gearino, *De toutes pièces*
Fabio Geda, *Dans la mer il y a des crocodiles*
Lesley Glaister, *Fastoche*
Lesley Glaister, *Blue*
Michel Goujon, *La Madrague*
Alexandre Gouzou, *J'aurais voulu que tout soit autrement*
Seth Greenland, *Mister Bones*
Seth Greenland, *Un patron modèle*
Raúl Guerra Garrido, *Doux objet d'amour*
Raúl Guerra Garrido, *Tant d'innocents*
Eddy L. Harris, *Jupiter et moi*
Eddy L. Harris, *Paris en noir et black*
Bertina Henrichs, *La Joueuse d'échecs*
Barbara Honigmann, *Un amour fait de rien*
Barbara Honigmann, *Très affectueusement*
Norma Huidobro, *Le Lieu perdu*
Henry James, *L'Américain*
Henry James, *La Mort du lion*
Henry James, *Portrait de femme*

Henry James, *Washington Square*
Alter Kacyzne, *Contes d'hiver et d'autres saisons*
Inaam Kachachi, *Si je t'oublie, Bagdad*
Kim Thúy, *ru*
Andreï Kourkov, *Le Pingouin*
Andreï Kourkov, *Le Caméléon*
Andreï Kourkov, *L'Ami du défunt*
Andreï Kourkov, *Les pingouins n'ont jamais froid*
Andreï Kourkov, *Le Dernier Amour du président*
Andreï Kourkov, *Laitier de nuit*
Patrice Lelorain, *Adieux*
Primo Levi, *Le Fabricant de miroirs*
Primo Levi, *Lilith*
Iain Levison, *Un petit boulot*
Iain Levison, *Une canaille et demie*
Iain Levison, *Tribulations d'un précaire*
Iain Levison, *Trois hommes, deux chiens et une langouste*
Andrej Longo, *Adelante*
Rosetta Loy, *La Bicyclette*
Victor Lodato, *Mathilda Savitch*
Milena Magnani, *Le Cirque chaviré*
Edna Mazya, *Radioscopie d'un adultère*
Antony Moore, *Swap*
Soma Morgenstern, *Fuite et fin de Joseph Roth*
Soma Morgenstern, *Le Fils du fils prodigue*
Soma Morgenstern, *Idylle en exil*
Soma Morgenstern, *Le Testament du fils prodigue*
Soma Morgenstern, *Errance en France*
Walter Mosley, *Lucky Boy*
Robert Neumann, *Les Enfants de Vienne*
Virginie Ollagnier, *Toutes ces vies qu'on abandonne*
Virginie Ollagnier, *L'Incertain*

Itzhak Orpaz, *Fourmis*
Itzhak Orpaz, *La Mort de Lysanda*
Itzhak Orpaz, *La Rue Tomojenna*
Itzhak Orpaz, *Une marche étroite*
Markus Orths, *Femme de chambre*
Markus Orths, *Second roman*
P. M. Pasinetti, *Demain tout à coup*
P. M. Pasinetti, *De Venise à Venise*
P. M. Pasinetti, *Partition vénitienne*
P. M. Pasinetti, *Petites Vénitiennes compliquées*
Alessandro Piperno, *Avec les pires intentions*
Qiu Xiaolong, *Cité de la Poussière Rouge*
Paolo Repetti, *Journal d'un hypocondriaque*
Hernán Ronsino, *Dernier train pour Buenos Aires*
Yoïne Rosenfeld, *Ce sont des choses qui arrivent*
Lionel Salaün, *Le Retour de Jim Lamar*
Leonora Sartori, *L'Autocollant*
Lore Segal, *Du thé pour Lorry*
Lore Segal, *Son premier Américain*
Jim Shepard, *Project X*
Zalman Shnéour, *Oncle Uri et les siens*
Sholem Aleikhem, *Contes ferroviaires*
Sholem Aleikhem, *La peste soit de l'Amérique*
Israël Joshua Singer, *Argile*
Andrzej Szczypiorski, *Nuit, jour et nuit*
Andrzej Szczypiorski, *Autoportrait avec femme*
Andrzej Szczypiorski, *Jeu avec le feu*
Oser Warszawski, *On ne peut pas se plaindre*
Teddy Wayne, *Kapitoil*
Alison Wong, *Les Amants papillons*
Aaron Zeitlin, *Terre brûlante*

CET OUVRAGE A ÉTÉ ACHEVÉ D'IMPRIMER
SUR ROTO-PAGE
PAR L'IMPRIMERIE FLOCH À MAYENNE
EN JANVIER 2011

N° d'édition : 412. N° d'impression : 78667.
Dépôt légal : mars 2011.
(Imprimé en France)